RAKERS

DIE RAKERS-SAGA

BUCH 1

A.R. KNIGHT

KAPITEL 1
GEMIETETE MUSKELN

DER TÜRSTEHER und die Empfangsdame waren unschuldig. Genauso wie die Gäste im kleinen Vorderraum des Restaurants, einem auffälligen Lokal mit altmodischen Lampen, cremefarbenen Wänden, die mit zum Verkauf stehender Kunst gespickt waren, und einer täglich gedruckten Speisekarte. Letzteres wusste Fade nur, weil sie ihm eine gaben, als er sich an die Bar setzte. Die Getränke standen auf der Rückseite, und das Datum prangte in dicken Blockbuchstaben ganz oben. Darunter waren die Preise, die sich einem katastrophalen Niveau näherten, fett gedruckt aufgelistet. Also bestellte Fade einen Shot billigen Wodka, ließ einen Fünfer auf dem Tresen liegen und ging in den privaten Raum, um allen den Abend zu verderben.

Vier Herren, wie Fade jeden im Anzug nannte, beugten sich über ihre Mahlzeiten an einem quadratischen Eichentisch. Fade bemerkte, dass sie Krümel über die schimmernde Oberfläche des Tisches verstreut hatten. Tropfen von Rotwein aus nachlässigem Einschenken sprenkelten die Tischplatte.

Schlampig.

Die vier drehten sich gleichzeitig zu ihm um, ihre Münder in verschiedenen Kauzuständen. Fade konzentrierte seinen Blick auf einen in der hinteren Ecke, der eindeutig eine Zahnbehandlung brauchte, um einige Vorderzähne zu reparieren, die vor seinem Zahnfleisch zu fliehen schienen. Ihre Augen wanderten zu Fades, und er beobachtete, wie sich ihre Gesichtsausdrücke von Neugier über Verwirrung zu Angst verwandelten.

Diese weit aufgerissenen, schockierten Augen sagten Fade, dass es Zeit war anzufangen.

»Guten Abend, meine Herren«, sagte Fade und schloss die Tür hinter sich. »Sieht so aus, als hätten Sie sich auf der falschen Seite von jemand anderes Geld wiedergefunden.«

»Wer zum Teufel bist du?«, lallte der Typ, der ihm am nächsten saß. Das Verschleifen der Silben passte zur leeren Flasche auf dem Tisch, eine zweite war halb leer. Die anderen drei warteten, um zu sehen, welche Antwort ihr Champion bekommen würde.

Fade beugte sich vor, schob die Schlagdubeks um seine Handfläche und über seine Finger und schlug dem Typ eine rein. Warf ihn samt Stuhl um. Die Beine des Mannes flogen nach oben, während er nach unten flog, traf den Tisch und stieß sein halb mit Wein gefülltes Glas über die Kante auf diesen schönen Anzug und sein weißes Hemd. Von den drei anderen am Tisch schaffte es einer, der am weitesten entfernte mit den seltsamen Zähnen, noch einen nervösen Bissen zu nehmen, bevor alles auseinanderfiel.

Der Anzugträger zu Fades Rechten schob sich vom Tisch weg, seine linke Hand griff in seine Jacke nach etwas, was Fade für eine Waffe hielt. Nicht das, was dieser Kampf brauchte. Fade schnappte sich den Teller des gefallenen Mannes und schleuderte ihn über den Tisch. Er traf die Stirn des Waffentypen und zerschellte. Fade fing den erlöschenden Blick des Mannes gerade lange genug auf, um zu bestätigen, dass das Bewusstsein die Szene verlassen hatte, bevor er sich den letzten beiden zuwandte. Im Gegensatz zu ihrem mutigen, plattenzerschmetterten Kameraden verstanden diese beiden. Sie hoben die Hände. Warteten auf die Forderungen.

»Ich weiß das zu schätzen, Jungs«, sagte Fade und stieg über den Weintypen hinweg. »Leider werde ich nicht dafür bezahlt, euch als Geiseln zu nehmen. Oder euch auszurauben.«

Der dritte Mann senkte leicht die Hände, verwirrt. Das dauerte so lange, bis Fade einen weiteren Schlag mit den Schlagdubeks ausführte und den Mann zu Boden schickte wie seinen Kumpel. Diesmal allerdings ohne verschütteten Wein.

»Was willst du?«, sagte der letzte Typ, dessen Zähne Fades Albträume heimzusuchen schienen.

»Nicht mich solltest du das fragen«, Fade pausierte. Griff in seine Tasche und zog eine kleine Karte heraus. »Die Person, die das hier wollte? Mit der kannst du reden. Sein Name ist Ellsworth. Er sagte mir, ich soll es dir sagen.«

Zu seiner Ehre, als er Ellsworths Namen hörte, ließ der Zahntyp die Arme sinken und nickte Fade zu. »Mach weiter.«

Doch als Fade seinen Arm zurückzog, um einen weiteren Schlag auszuteilen, griff der Zahntyp nach seinem Steakmesser und stach damit in Richtung von Fades Brust. Es hätte funktioniert, wenn der Zahntyp jemals zuvor einen Mann erstochen hätte. Wenn er wüsste, wie man ein Messer benutzt, um etwas anderes als New York Strips zu schneiden. Der fatale Fehler? Zögern. Angst vor dem Unbekannten. Das ließ den Angriff des Zahntypen etwas zu langsam werden und gab Fade reichlich Zeit, das Handgelenk des Mannes mit seiner linken Hand zu fangen. Er schlug das Messer zurück auf den Tisch und teilte trotzdem den Schlag mit den Dubeks aus.

Vier Ziele, vier am Boden.

Fade verbrachte die nächste Minute damit, ihre Taschen zu durchsuchen. Geldbörsen zu durchwühlen. Bargeld zu nehmen. Ein paar Geschenkkarten. Ihre Handys waren schön; die würden sich verkaufen lassen. Und als er fertig war, griff Fade in seine eigene Brieftasche und zog eine kleine Serie von Visitenkarten heraus. Alle mit der gleichen aufgedruckten Nummer. Eine Nummer, die zu einer Mailbox führte, in der nichts außer ein Ton zu hören war.

Er stellte sich diese gerne als Vorsprechen für zukünftige Kunden vor.

Prüfte seine Uhr, ein Plastikmodell, das dennoch wiederholten gewaltsamen Angriffen standhielt. Fünf Minuten waren vergangen, seit er durch die Tür gegangen war. Was bedeutete, dass Fade überfällig für einen Abgang war. Den machte er, indem er aus dem Raum schritt. Schenkte der Empfangsdame ein Lächeln und ein Winken auf dem Weg nach draußen. Warf dem Türsteher einen Dollar zu.

Sie schienen nett zu sein.

Gills war die Art von Bar, in der sich Leute mit einem gewissen Ruf versammelten, um über Dinge zu reden, die für sie selbst von großer Bedeutung und für alle anderen von geringer Bedeutung waren. Fernseher aus Secondhand-Läden klammerten sich an die Wände und schrien stumm Sport zu den wenigen Gästen.

Verkrustete schwarze Plastiktische, immer noch mit Serviettenhaltern, obwohl *Gills* seine Küche geschlossen hatte, als die Bußgelder der Gesundheitsbehörde, so hatte

Fade gehört, die Gewinne überstiegen. Rauch hing in der Decke, den Gläsern, den Jacken, obwohl er vor einigen Jahren durch ein staatliches Verbot verdammt worden war. Neonschilder warben für die zehn Leute, die an Tischen oder an der Bar saßen, Bier aus Dosen tranken oder Shots härterer Sachen nippten. Alle warteten auf einen Anruf, einen Besuch, eine weitere Stunde, die verging.

Fades Zielobjekt hing über der Bar, vertieft in ihr Handy, ein trübes Glas Rotwein neben ihr. Thalia ergänzte ihre Getränkewahl mit ihrer abgenutzten schwarzen Lederjacke und Jeans. Kurz geschnittene Haare, um sie, wie Thalia sagte, aus dem Weg zu halten. Jeder andere, der in *Gills* reinkam und Wein bestellte, würde ein Lachen ernten. Einen spöttischen Blick. Thalia ließen sie in Ruhe, außer wenn sie noch einen Schluck wollte. Dann musste sie nicht fragen.

»Keine Runde für mich?«, Fade setzte sich neben seine Partnerin.

»Wusste nicht, ob du's schaffen würdest«, sagte Thalia, ohne von ihrem Handy aufzublicken. »Hast du dich entschieden, eine Weile mit ihnen zu reden? Dich anzufreunden?«

»Sie waren mitten beim Abendessen«, antwortete Fade. »Es schien grausam, sie mitzunehmen, bevor sie auch nur einen Bissen probiert hatten.«

»Kein Grund, ein Risiko einzugehen.« Thalia nahm einen Schluck von ihrem Getränk. Schauderte. »Das ist furchtbar.«

»Du hast es schon früher getrunken. Kein Mitleid von mir.«

»Ich hoffe jedes Mal, dass sie mir tatsächlich Wein geben.« Thalia starrte ihr Glas böse an. »Das, das schmeckt eher wie Ocean Spray und Dimetapp zusammengemischt.«

»Während du diesen Fusel schlürfst, wirf mal einen Blick auf diese.« Fade holte die Handys, die er eingesteckt hatte, aus seiner Tasche. Breitete sie vor Thalia auf der Theke aus. Der Barkeeper warf einen kurzen Blick herüber, bemerkte Fades erhobenen Finger für ein Getränk und machte sich an die Arbeit. Keine Fragen gestellt. Niemand sonst im Lokal, wie Fade beim Umsehen feststellte, schien hinzuschauen. Schien sich zu interessieren.

Gills war seine Lieblingsbar.

»Ich kann die loswerden«, sagte Thalia. »Wir teilen wie üblich?«

»Manchmal, da ich derjenige bin, der diesen Leuten den Arsch aufreißt, habe ich das Gefühl, ich sollte mehr als fünfzig Prozent bekommen.«

»Hundert Prozent von nichts ist immer noch nichts«, sagte Thalia.

»Guter Punkt. Deshalb kümmerst du dich ums Geld.« Fade schnappte sich das Glas, das der Barkeeper zu ihm rüberschob. Kippte den Wodka hinunter. Genoss das Feuer, als es seinen Weg in seinen Magen brannte, und liebte jede Sekunde davon.

»Sonst noch was?«, fragte Thalia. »Irgendwelche Komplikationen? Kann ich Ellsworth grünes Licht geben?«

»Sie haben die Botschaft verstanden«, sagte Fade.

Thalia nickte. Tippte etwas auf ihrem Handy und schickte es ab. Steckte das Gerät wieder in ihre Tasche und begann auch die anderen Handys wegzupacken. Nahm noch einen Schluck vom Wein, schauderte diesmal nicht so sehr. Wenn du lange genug etwas Schlechtes tust, gewöhnst du dich daran.

»Siehst du Jaycee heute Abend?«, fragte Thalia.

»Hoffe ich«, antwortete Fade. »Es ist schließlich ein Schultag.«

»Als ob dich das je aufgehalten hätte.«

»Nennst du mich einen schlechten Vater?«, fragte Fade.

»Jaycee ist erst sechzehn. Sie sollte nicht jeden Abend auf sich selbst aufpassen müssen.«

»Du buchst die Jobs.«

»Ich sage dir, was verfügbar ist. Du bist derjenige, der den Kalender füllt.«

Fade blickte zu einem Fernseher. Einige Baseball-Spielhöhepunkte. Er versuchte, auf das Erscheinen des Spielstands zu warten, damit er etwas hätte, worüber er mit Jaycee reden könnte, das nichts mit Alkohol oder dem Verprügeln von Leuten in Hinterzimmern zu tun hatte. Ohne Erfolg.

»Ich will nicht hart zu dir sein«, fuhr Thalia nach einer Sekunde der Stille fort. »Es ist verdammt nett, dass du unsere Bankkonten zum Platzen bringst. Ich habe nur das Gefühl, wenn ich nicht diejenige bin, die dich daran erinnert, ab und zu nach deiner Tochter zu sehen, wird es niemand tun.«

Fade nickte. Hob einen Finger für eine zweite Runde.

»Rate mal, was heute Abend passiert ist?«, sagte Fade, während er daran nippte. Thalia stützte ihren Kopf auf ihren Ellbogen, ihr Blick wanderte zwischen ihm und dem Wein hin und her.

»Was?«

»Ich habe einen Teller geworfen«, sagte Fade. »Ein Typ versuchte, eine Waffe zu ziehen, jetzt steckt Keramik in seinem Gesicht.«

»Ein Bild, auf das ich gewartet habe.«

»Ziemlich schnelles Denken, oder?«

Thalias Augen zeigten ein wenig Belustigung. Fade verbuchte den Kommentar als nicht völlig misslungen.

»Thematisch passend, vermutlich«, sagte Thalia.

»Einen Teller bei einem Essenskampf zu werfen.« Dann verzog sich ihr Mund zu einer geraden Linie. »Du siehst immer öfter Waffen, Fade. Vielleicht solltest du darüber nachdenken, selbst eine zu tragen.«

»Ich bin nicht gut mit denen«, sagte Fade. »Ich würde mir selbst in den Fuß schießen.«

»Schon mal von einem Schießstand gehört? Die helfen dir«, erwiderte Thalia.

»Das von der Frau, die will, dass ich mehr Zeit mit meiner Tochter verbringe?«

»Du wirst überhaupt keine Zeit mit ihr haben, wenn der nächste Typ dir aus der anderen Ecke des Raums eine Kugel verpasst.«

Fade leerte sein Glas. Trat von der Bar zurück. Das Gespräch ging in eine Richtung, die er heute Abend nicht einschlagen wollte. »Ruf mich an, wenn etwas ansteht. Ich kann Platz schaffen, und ich verlange gerne das Doppelte für Eilaufträge.«

»Keine Sorge.« Thalia trank ihren Wein aus. Starrte auf das leere Glas, Spuren von Lippenstift klebten am Rand. »Ich hab dich auf der Kurzwahltaste.«

»Kurzwahltaste. Vorsicht, Thalia. Du verrätst dein Alter«, sagte Fade und machte eine Show daraus, die ruhige Bar zu mustern. »Keiner dieser fürstlichen Kunden wird das attraktiv finden.«

»Hör auf, ein Arsch zu sein, Fade.«

»Du verlangst das Unmögliche.« Fade warf einen billigen Abschied auf die Theke und ging. Zurück in die Nacht, zu seinem Auto und dem langen Heimweg.

Thalia hatte kaum gesehen, wie sich die Tür hinter Fade schloss, als ein anderer, größerer Mann seinen Hocker einnahm. Ein schwerer Mantel, zu schwer für das kühle Küstenwetter, darunter der breitkrempige Hut des Mannes.

Wie jemand, der versucht, einen Gangster aus den Zwanzigern zu imitieren, ohne zu begreifen, dass die Umgebung den Look nicht unterstützt. Thalia widmete sich weiter ihrem neuen Glas Wein, das sich nach ein paar Sekunden Alterung nicht verbessert hatte. Wandte sich wieder ihrem Handy zu.

Manche Leute sind es nicht wert, ein Gespräch anzufangen. Manche Leute fangen trotzdem eins an.

»Das ist also dein Partner«, sagte der Mann, seine Stimme ein rauchiger Schwall aus Zigarren und Alkohol. »Ich sehe nicht, dass du ihn zu irgendeinem der Treffen mitbringst.«

»Er ist nur geschäftlich.« Thalia hielt ihre Augen auf dem Handy, hoffend, betend, dass eine Nachricht hereinkommen würde. Etwas, das sie für eine Minute wegbringen würde. Sie scrollte weiter durch alte E-Mails. Versuchte, beschäftigt zu wirken.

»So fängt es immer an«, sagte der Mann. »Aber irgendwann werden deine Partner zu deiner Familie. Manchmal die einzige, die du hast.«

»Komm auf den Punkt«, sagte Thalia.

Der Mann nahm einen langen Schluck von seinem hellen Bier. Thalia bemerkte, dass er es nicht ganz erwischte; Tropfen fielen auf ein beflecktes cremefarbenes Hemd. Rannen um sein großes rundes Kinn. Details, die sie erfasste, ohne es zu versuchen, ohne es zu wollen. Instinkt.

»Du kennst den Punkt. Du weißt, warum ich hier bin«, sagte der Mann und rutschte dann auf dem Hocker zurecht. Wischte sich übers Gesicht. »Das sind verdammt viele Handys für eine Person.«

»Alles, um von dir loszukommen«, erwiderte Thalia. Da sie erkannte, dass das Gespräch nicht wegschwebte, verdunkelte sie den Bildschirm ihres Handys und schob es in eine

Tasche. Starrte auf die Schnapsflaschen auf der anderen Seite der Bar. Die Spiegelung des Mannes in ihren etikettierten Gläsern.

»Bist du dafür bereit?«, sagte der Mann, wobei er die Worte in dem Wissen aussprach, wie Thalias Antwort ausfallen würde. Wusste die Antwort, die sie geben musste. Also sagte Thalia nichts. Nahm noch einen Schluck von ihrem Wein.

»Das dachte ich mir«, fuhr der Mann fort. »Aber hier ist das Ding. Du bist kein Kind mehr. Ich muss dir keinen Spielraum mehr lassen. Also wirst du entweder mein Angebot annehmen, oder ich schneide dich ab.«

Thalia hatte lange auf diese Worte gewartet. Jahre. Doch aus irgendeinem Grund, immer noch, als die Worte durch die Luft zu ihren Ohren schwebten, kratzte etwas an ihrer Brust. Es geschah wirklich. Diese letzte Bindung löste sich für sie auf.

»Was willst du, dass ich tue?«, fragte Thalia. Sie war nicht sicher, warum sie fragte. Vielleicht eine Art letztes Aufbäumen, eine Chance, festzuhalten. Hasste sich selbst dafür, aber Verzweiflung macht oft einen Spott aus Mut. Die Miete wurde immer noch fällig, Unabhängigkeit hin oder her.

»Komm zurück«, sagte der Mann. »Es gibt einen Platz für dich.«

»Das wird nicht passieren«, entgegnete Thalia.

Der Mann wartete einen Moment. Gab Thalia eine Chance, es sich anders zu überlegen. Dann leerte er den Rest seines Bieres und hob seine Masse vom Hocker. »Gut. Ich spiele nicht rum, wenn es um diese Dinge geht. Du stehst jetzt auf einer Liste. Wir vergessen diejenigen nicht, die gehen.«

»Warum interessiert dich das überhaupt?«

»Weil andere auf Ideen kommen könnten«, sagte der Mann. »Und du bist gerade mein Paradebeispiel geworden. Wenn ich bereit bin, meine eigene Nichte loszuwerden, nun, dann wird keiner der anderen auch nur einen Zentimeter vom Weg abkommen.«

»Das möchte ich sehen«, als Thalia die Worte aussprach, wanderte ihre linke Hand unter ihre Jacke. Griff nach der Waffe in ihrem Schulterholster, bereit zu ziehen und zu feuern, falls ihr Onkel einen Schritt machen würde. Der Mann gab ihr ein widerliches Grinsen.

»Denk daran, das ist alles deine Entscheidung«, sagte ihr Onkel, als er von der Bar aufstand. Ging durch die einzige Tür hinaus.

Thalia blieb noch eine Minute an der Bar sitzen. So lange brauchte sie, um den Griff um die Pistole zu lockern. Damit ihre rechte Hand das Glas noch einmal an ihre Lippen führen konnte, die rote Flüssigkeit durch ihren Mund und ihren Magen lief und die Sorge wegspülte, die sich dort festgesetzt hatte.

Lang genug für ihr Handy, um zu piepen. Für eine kurze Nachricht, eine Nummer.

Für einen Auftrag, der hereinkam.

Irgendwann im Laufe des Abends hatte es begonnen zu regnen. Die Tropfen kamen dick und schwer, platschten gegen Fades Windschutzscheibe wie Bomben. Nutzlose Bomben, wenn man die Menge an Insektenresten betrachtete, die immer noch an der Scheibe vor ihm klebten. Fade zog am Hebel in der Hoffnung, dass seine Scheibenwischer ihre Arbeit tun würden, aber es kam keine Flüssigkeit heraus. Der rechte Wischer blieb störrisch stehen. Gleichzeitig begann die CD zu springen, wiederholte Louis' schmetternden Trompetenstoß, als ob die Legende irgendeinen alten Königlichen zum Hof ankündigen würde.

Als Vergeltung schaltete Fade herunter und lenkte das Auto um einen Minivan herum, der hartnäckig vor ihm hertuckerte. Schwenkte zurück auf seine eigene Spur, bevor ein entgegenkommender Müllwagen – warum war der so spät noch unterwegs? – ihn zu Brei verarbeiten konnte. Hatte noch Zeit zu bremsen, bevor er eine Ampel überfuhr, die eine Kreuzung mit weicher Restaurantbeleuchtung bewachte. Glitt zurück in die Vorstadt.

Das Telefon vibrierte. Jaycee. Fade drückte mit dem Finger darauf, schaltete den Lautsprecher ein, während das Telefon in seinem Getränkehalter lag. Oder, angesichts der Menge an ausgelaufenem Kaffee und Limonade, daran klebte.

»Bin auf dem Weg«, sagte Fade zur Begrüßung.

»Wollte gerade fragen, ob du Abendessen möchtest?« Jaycees Stimme kam mit unnatürlicher Munterkeit durch. Wie sie zu jeder Zeit so viel Energie haben konnte, wusste Fade nicht. Drogen, vermutete er, aber Thalia sagte ihm immer wieder, dass Kinder einfach so seien.

»Was gibt's auf der Speisekarte?«

»Was auch immer du mitbringen kannst?« Jaycees Stimme nahm diesen allzu unschuldigen Klang an. Diesen hoffnungsvollen Ton, der sich wünschte, dass Fade bereitwillig mit der Idee weitermachen würde.

»Wo sind meine Lebensmittel hin?« sagte Fade. Dann vibrierte das Telefon erneut. Thalia rief an.

»Das ist, äh, meine andere Frage«, sagte Jaycee, als Fade die Hand ausstreckte, um den Knopf zu drücken.

»Thalia ruft an. Ich rufe dich zurück.«

»Aber der Ofen ver--« Jaycees Stimme brach ab, als Fade den Knopf drückte. Dann wurde ihm klar, was Jaycee gesagt hatte. Der Minivan hinter ihm hupte, und Fade ließ das Auto nach vorne schießen.

»Thalia«, begann Fade.

»Fade, das ist ein großer Auftrag. Und sie wollen ihn heute Abend, sonst hätte ich nicht so schnell angerufen«, sprach Thalia schnell, ihre Stimme vermischte sich mit den verschütteten Geräuschen von der Straße. Sie war nach draußen gegangen, erkannte Fade, was bedeutete, dass der Deal heikel war. Sie konnte nicht riskieren, dass jemand mithörte.

»Jaycee brennt vielleicht gerade mein Haus nieder«, erwiderte Fade.

»Es wird noch eine Weile halten«, sagte Thalia. Der Minivan klebte an ihm. Diese hellen Lichter in der perfekten Höhe, um durch Fades Heckscheibe zu scheinen; blendend. Er warf einen flüchtigen Blick auf den Tacho. Zehn unter Limit. Er gab Gas und der Van fiel zurück.

»Ich berechne dir jeden verkohlten Bissen«, sagte Fade. Das Telefon vibrierte wieder. Jaycee rief zurück.

»Es ist Ellsworth. Sagt, du hast es heute Abend perfekt gemacht«, sprach Thalia weiter. Fade konnte sich nur sein Schlafzimmer in Flammen vorstellen. Sein schöner Anzug, handgeschneidert, der zu Asche wurde, weil Jaycee gegrillt statt gebacken hatte.

»Entschuldige, einen Moment.« Fade drückte erneut auf sein Handy. »Jaycee, was zur Hölle?«

»Ich hab Lust auf Tacos«, in Jaycees Stimme lag keine Panik, kein Schreck. »Kannst du Tacos holen?«

»Was ist mit dem Haus? Wo ist das Feuer?«

»Ach, das«, Jaycee machte eine Pause. Das Telefon vibrierte. Thalia. Fade erinnerte sich, dass er fuhr, und blickte auf in das grelle Rot einer weiteren Kreuzung. Trat auf die Bremsen. Rutschte auf dem Regen. Ein Auto schoss vor ihm vorbei, die Hupe kreischend. »Es gibt kein Feuer.«

»Kein Feuer?« Fade dachte kurz über die Dummheit

nach, vier tödliche Schläger ohne einen Kratzer zu besiegen und dann bei einem Autounfall zu sterben. Das Telefon vibrierte immer noch.

»Ja, ich hab nur Spaß gemacht--« Fade drückte wieder auf sein Telefon. Schaltete zurück zu Thalia.

»Ellsworth. Was will er?« fragte Fade.

»Da ist eine Party«, sagte Thalia. »Noch heute Abend.«

»An einem Dienstag?«

»Kinder machen die verrücktesten Dinge«, antwortete Thalia.

»Erzähl mir nichts davon«, sagte Fade. »Was will er?«

Die Ampel sprang auf Grün. Fade erkannte den Wechsel und fuhr los. Dann fiel ihm ein, dass er links abbiegen sollte. Verdammt. Der Regen kam heftiger herunter, als würde er sich seiner Stimmung anpassen.

»Die Gastgeberin. Ein Mädchen. Er will, dass du sie zu einer Adresse bringst, die ich dir schicken werde«, Thalia machte eine Pause. »Fade, was machst du?«

Sie musste ihn fluchen gehört haben. Fade starrte, bewegte sich langsam, dieser Minivan hing ihm immer noch am Heck. Brauchte eine Stelle zum Wenden.

»Versuche zu überleben, Thalia«, antwortete Fade. Das Telefon begann wieder zu vibrieren. Jaycee.

»Klar. Denkst du, du schaffst das? Das Geld ist gut. Ellsworth ist bereit, den Eilauftrag zu decken.«

»Schick mir die Details«, sagte Fade. Eine Lücke im Verkehr. Er bog scharf links ab, holperte die Auffahrt hoch und starrte auf das Schild vor ihm. Wo er gerade reingefahren war. *Cortez's Cantina.* Er nahm das Telefon ab.

»Also, wegen dieser Tacos.«

KAPITEL 2

PARTY-PUNSCH

JAYCEE BEREUTE DIE TACOS. *Cortez's Cantina* war nicht das, was ihr vorgeschwebt hatte, als sie in einem Anfall von Heißhunger nach scharfer Salsa und knusprigen Tortillas den Kühlschrank mit den Einkäufen ihres Vaters geschlossen hatte. Die Idee war, etwas Leckeres und Einfaches zu besorgen, anstatt zu versuchen, zufällige Zutaten zu einem Gericht zusammenzuwürfeln, das sie nicht krank machen würde. *Cortez's Cantina* gehörte allerdings zu jener verschwommenen Kategorie von Restaurants, die man am besten nach Mitternacht aufsuchte, wenn die Enttäuschung über das Essen wahrscheinlich von den vorherigen Ereignissen des Abends überschattet wurde.

Stattdessen hatte sie jetzt fettiges Fleisch auf harten Tortillas, die beim leichtesten Berühren zerbrachen.

»Also, erzähl mir was«, sagte Fade, als er die Platte auf den Vierertisch mit den unterschiedlichen Stühlen stellte. Zwei davon erkundeten die Tiefen dunklen Holzes, als wären sie aus einem Möbelgeschäft in einem verwunschenen Wald bezogen worden. Einer hatte einen bräunlichen Ton – als hätte er ein Jahrzehnt lang am Strand in der

Sonne gebleicht. Der vierte, nach dem sehnsüchtigen Blick zu urteilen, der über Fades Augen huschte, wann immer sie darauf landeten, musste mit irgendeiner Erinnerung verbunden sein, zu der Jaycee noch keinen Zugang erhalten hatte. Er trug mehr als seinen gerechten Anteil an Schrammen und Dellen, verblassten Aufklebern und Flecken unbestimmbaren Ursprungs. Ein Stuhl, der tausend Worte wert war.

Was mehr oder weniger das Leitprinzip ihres Hauses war. Ein schmaler Ort in einer ruhigen Straße, vollgestopft mit Andenken an Erinnerungen, an denen Jaycee kaum teilhatte. Fade schien in dem Haus gedanklich hin- und herzuwandern, obwohl er es so weit wie möglich mied. Warum ein Zuhause haben, das man nicht haben wollte? Jaycee wusste es nicht. Aber ihr Vater musste die vierzig Jahre fast erreicht haben, und es gab noch viel Zeit für sie, von hier nach dort zu gelangen.

»Über meinen Tag?« Jaycee setzte sich Fade gegenüber und reichte ihm einen Teller. Für die Tacos brauchte man kein Besteck, nur Hände. Sie hatte ihre gewaschen. Sie hatte nicht darauf geachtet, ob ihr Vater dasselbe getan hatte.

»Über alles Mögliche, eigentlich.« Fade nahm einen Taco, ein mit Rindfleisch gefülltes Ding, bedeckt mit Käse und Gemüse, das aussah, als hätten tausend chemische Prozesse ihm jede natürliche Eigenschaft geraubt.

»Sie erlauben den Zehntklässlern dieses Jahr zum Abschlussball zu gehen«, sagte Jaycee. Hätte man sie an die Wand gedrückt und gefragt, warum sie mit dieser Aussage angefangen hatte, einer Aussage, die direkt zu jedem Gespräch führte, das sie niemals mit ihrem Vater führen wollte, hätte Jaycee es nicht sagen können. Vielleicht weil es seit der morgendlichen Ankündigung das Einzige war, worüber ihre Freundinnen gesprochen hatten. Bis Allie die Party heute Abend erwähnte. Bei einer Freundin einer Freundin einer Freundin oben auf dem Hügel.

»Abschlussball?« Fade war sofort wieder aufmerksam, seine Augen wanderten vom Taco zu Jaycees Gesicht. Sie versuchte, unschuldig auszusehen. Ohne Erfolg. »Versuchst du, eine Verabredung zu bekommen?«

»Willst du damit sagen, dass ich es versuchen müsste, Papa?« antwortete Jaycee und überlegte, wie sie aus diesem Gespräch herauskommen könnte. Sollte sie einen Taco auf den Boden fallen lassen? Verlockend, aber das würde bedeuten, einen Taco zu verlieren. Noch nicht wert. Noch nicht.

»Ich sage gar nichts.« Fade biss in seinen Taco. Griff nach der Limonade, die er mitgebracht hatte. Schlürfte durch den Strohhalm.

»Wenn ich mich entscheide zu gehen, dann ja, werde ich eine Verabredung finden.« Jaycee nutzte die Gelegenheit, das Thema zu wechseln. »Was ist bei dir los?«

»Viel zu tun«, sagte Fade, was Jaycee einen Moment lang verwirrte. Fade war nicht der Typ, der Jaycee so leicht davonkommen ließ. Sie schwor, er hatte Freude daran, sie in unangenehme Gespräche zu verwickeln. Sie dazu zu bringen, zuzugeben, dass ein Spiel unwichtig war, dass gute Noten auf lange Sicht unendlich wichtiger waren als noch eine Nacht mit Freunden zu verbringen, dass zu oft Taco-Takeout zu essen, dessen verführerische Schrecklichkeit ruinieren würde. »Es gibt da was, wo ich heute Abend hin muss.«

Jaycees Gesicht leuchtete mit einem breiten Lächeln auf, bevor sie es unterdrückte. Er geht heute weg? Jaycee murmelte ein stilles Gebet an welchen Gott auch immer, der ihr dieses Geschenk gemacht hatte. Nicht, dass Fade nicht ständig aus dem Haus stürmte, aber ausgerechnet heute Abend wegzugehen und ihr eine Gelegenheit zu geben? Ihre Augen wanderten zu ihrem Handy auf der Theke, wo sie die Teller geholt hatte. Nachrichten mussten verschickt werden.

»Tu nicht so enttäuscht«, fuhr Fade fort. »Ich weiß, wir wollten abhängen. Diesen Film sehen. Aber das ist eine wichtige Sache.«

Sachen. So nannte ihr Vater sie. Alles, was er tagsüber und nachts tat, war eine 'Sache'. Jaycee hatte schon versucht, im Internet zu schnüffeln. Nach ihrem Vater in den Karrierenetzwerken gesucht. Seinen Namen gesucht. Nichts. Nada. Nur einige kurze Erwähnungen in College-Zeitungen über sportliche Leistungen. Judo-Wettkämpfe und eine Vorliebe für Ringen. Die Bekanntgabe der Dean's List in seiner Heimatzeitung.

»Was für eine Sache?« fragte Jaycee.

»Das Übliche.«

»Wirst du mir jemals erzählen, was das ist?«

»Vielleicht, wenn du älter bist.« Fade beendete seinen ersten Taco. Begann mit dem zweiten. »Also, was wirst du machen, während ich weg bin?«

»Hausaufgaben, wahrscheinlich.« Jaycee hatte etwas Geometrie. Einen Aufsatz über die Große Depression, die trotz der Aussagen ihrer Freunde nicht das war, was nach ihrer Trennung von Wade Latts in der achten Klasse passierte. Nichts davon würde heute Abend geschehen.

Fade befragte Jaycee trotzdem ein bisschen über die Arbeit. Er versuchte zweifellos, die Mindestanforderungen für die 'Vater'-Quote zu erfüllen. Jaycee wusste, dass Fade reichlich Schuldgefühle darüber empfand, wie die Nächte und Tage vergingen, ohne Fotoalben voller Erinnerungen zu füllen. Sie konnte es an den zufälligen Geschenken erkennen, die er ihr kaufte, aber mehr noch an den Gesprächen, die Fade mit sich selbst führte, spät in der Nacht, wenn er dachte, Jaycee würde in ihrem Schlafzimmer schlafen. Nur waren die Wände im Haus nicht so dick, und Fade neigte dazu, sich aufzuregen.

Ihre Mutter war weg, und zwar nicht auf eine Art, bei der sie eines Nachts zur Tür hereinkommen könnte. Und ihr Vater wollte sie nicht gehen lassen.

Hiermit, wie auch mit vielen anderen Dingen, war Jaycee zufrieden, es so zu belassen.

Als Fade ein paar Minuten später vom Tisch aufstand, nachdem der Umfang der Hausaufgaben oberflächlich besprochen worden war, gab Jaycee ihm eine schnelle Umarmung und schob ihn zur Tür hinaus. Schnappte sich ihr Handy und ging nach oben. Die Antwort kam schnell. Sie hätte zwanzig Minuten, bis ihre Mitfahrgelegenheit auftauchte.

Für einen Dienstag entwickelte sich dieser zu einem guten.

Fade fuhr langsam am Partyhaus vorbei und überlegte, wie er an einem Haufen Oberstufenschülern vorbeischleichen sollte. Bewaffnete Wachen, bösartige Gangster, blutrünstige Hunde – all das war in Ordnung. Mit all dem konnte man umgehen. Teenager jedoch waren jenseits der Karte. Er könnte sie bewusstlos schlagen, sicher, aber Kinder zu verprügeln erschien wie eine schlechte Wahl. Sie würden auch nicht zögern, die Polizei zu rufen, da diese Kids wahrscheinlich keine Kriminellen waren.

Als Fade am Ende des Blocks ankam, einer verschlafenen Straße abgesehen von den leuchtenden Farben, die vom Partyhaus ausstrahlten, fuhr er zurück und parkte am Bordstein ein paar Häuser weiter. Nahe genug, um das Ziel im Auge zu behalten, aber unsichtbar für jeden im Haus, es sei denn, eines der Kinder entschied sich, den Block langsam zu inspizieren. Fade nahm das Telefon auf. Wählte Thalias Namen.

»Ich muss wieder sechzehn sein«, sagte Fade, als Thalia abhob.

»Du und ich beide.«

»Irgendwelche Ideen, wie ich da reinkomme?«

»Was für eine Art von Ding ist es?«, sagte Thalia, und Fade bemerkte den kaum wahrnehmbaren Hauch von Wein in Thalias Stimme. Interessant. Normalerweise führte sie keine Geschäfte, während sie angetrunken war. Machte das Zielen schwierig. Reduzierte die Reaktionszeit. All die üblichen Vorbehalte. Andererseits machte ein bisschen vom starken Zeug die Konsequenzen auch leichter zu handhaben.

»Die Art von Ding, zu der ich nicht gegangen bin.«

»Ich kannte dich nicht in der Highschool, Fade.«

»Sagen wir einfach, ich war nicht in der Rave-Szene.«

Nicht dass Fade in irgendeiner Szene gewesen wäre. Die Highschool, an die sich Fade erinnerte, war wie all seine anderen Stationen gewesen. Ein Wirbel aus verschiedenen Städten, verschiedenen Gruppen und Erwartungen, die nichts mit Geometriehausaufgaben zu tun hatten. Andererseits, wenn deine Eltern dir nicht sagen können, was sie beruflich machen, ist das zu erwarten.

»Kannst du nicht an dem Haus hochklettern? Durch ein Fenster?«

»Ich bin in der Vorstadthölle. Die Hälfte dieser Häuser hat wahrscheinlich Bewegungsmelder. Nachbarschaftswache mit schnellen Fingern am Abzug.«

Auch wenn seine Eltern ihm nicht sagen konnten, was sie taten, musste Fade sich trotzdem darauf vorbereiten, in ihre Fußstapfen zu treten. Die Sprachen lernen. Dieses und jenes Buch lesen. Es spielte keine Rolle, was ihm zugeteilt wurde. Keine Zeit für irgendetwas anderes als Lernen, weil, verdammt, es gibt nichts Wichtigeres als das für deine Zukunft.

Er fragte sich, was sie sagen würden, wenn sie ihn jetzt sehen könnten; eine Teenager-Party überwachend, um an einen schmutzigen Haufen Bargeld zu kommen. Sie hätten es sowieso nicht verstanden. Die Dinge, die wir tun, um unser Leben dort zu halten, wo wir es haben wollen.

»Du könntest vorgeben, die Polizei zu sein. Lärmbeschwerde. Das würde sie wahrscheinlich an die Haustür bringen.«

»Hab meine Polizeikostüme zu Hause vergessen.«

»Fade, ich versuche dir zu helfen, deinen Job zu machen. Du musst mich dafür nicht anscheißen.«

Fair genug. Fade lehnte sich im Sitz zurück. Starrte das Haus an. Die Garage war links von der Tür. Für zwei Autos. Ein kleiner Balkon hing über der Haustür, bedeckt mit Efeu im Romeo-und-Julia-Stil. Es könnte möglich sein, auf das Garagendach zu klettern, einen Sprung nach vorne zu machen und den Balkon zu greifen. Ihn zu erklimmen.

Ein paar Schläge brachten Fades Blick zurück auf Straßenniveau. Ein weiteres geparktes Auto, ein weiteres Quartett von Kindern, die hineingingen, um ihren Dienstagabend zu feiern.

»Wer veranstaltet denn Partys an einem Dienstag?«, sagte Fade.

»Veronica Pline, anscheinend.«

»Warte, das Kind des Milliardärs?« Fade erinnerte sich an die Klatschblätter, dort an der Supermarktkasse. *PLINE* in manchen Wochen überall auf den Titelseiten. Eine Familie voller Katastrophen und Freuden. Zumindest nach den Schlagzeilen zu urteilen. Fade glaubte nicht, dass er je eine Ausgabe gekauft hatte.

»Sie hat bereits ihre eigene Wikipedia-Seite.«

Ein weiteres Auto fuhr vor. Die Uhr schob sich auf neun zu. Bei der Rate dieser neuen Besucher würde Fade nicht auf das Dach kommen, geschweige denn auf den Balkon, ohne dass ihn jemand sehen würde. Er beobachtete, wie das Auto direkt nach der Einfahrt parkte. Zwei Kids stiegen aus. Mädchen. Eine, deren Haar um ihre Schultern wippte, sah verdammt vertraut aus.

»Hey«, sagte Fade und unterbrach Thalias Aufzählung von Veronica Plines verschiedenen Ansprüchen auf Berühmtheit. »Ich glaube, Jaycee ist gerade angekommen.«

Stille. Fade spielte verschiedene Wege durch, wie er Jaycee dazu bringen könnte zuzugeben, was sie an einem Dienstagabend tat. Es konnte keine direkte Anschuldigung geben, nein. Es musste einen Grund geben. Er und Jaycee respektierten gegenseitig die Realitäten des Lebens. Das Vaterprivileg reichte bei ihr nicht weit.

»Sie ist dein Weg hinein«, beeilte sich Thalia zu sagen. Als wüsste sie, dass es nicht das Richtige war.

»Du willst, dass ich meine Tochter benutze?«

»Dies wird ihre Studiengebühren bezahlen. In gewisser Weise arbeitet sie für sich selbst.«

»Wenn sie später versucht, mich umzubringen, sage ich ihr, dass das deine Idee war.«

»Ich glaube, *du* warst derjenige, der dem zugestimmt hat. Lass mich wissen, wie es läuft.« Thalia legte auf. Drängte ihn zurück zur Mission. In Ordnung.

Fade stieg aus dem Auto. Schloss die Tür. Betrachtete sich im Licht der Straßenlaterne. Arbeitsjacke an, um die kühle Nachtluft abzuhalten. Hemd mit Kragen darunter, um den Dresscode des Abendessens zu erfüllen. Jeans und

Schuhe, die formal aussahen, aber in der Praxis ließen sie ihn eine Meile in unter vier Minuten laufen, wenn nötig. Ja, er könnte den besorgten Vater spielen.

Während er den Gehweg entlangging, blickte Fade auf die anderen Häuser. Lichter an. In einem sah es aus, als würde die Familie nach dem Abendessen aufräumen. Ein Paar Knirpse, die mit Geschirr hin und her liefen. Das gegenüberliegende, neben dem Partyhaus, hatte Sprinkler an. Alles so malerisch. Alles so perfekt.

Und dann Veronica Pline mit ihrer Disco-Rakete. Fade stand jetzt direkt gegenüber ihrem Haus. Die Vorhänge zugezogen, aber das war wie zu versuchen, die Sonne mit einem Stück Seidenpapier abzuschirmen. Wirbelnde Farben. Das sanfte Wummern des Basses, das sogar hier draußen den Beton erschütterte.

Fade schaute die Straße auf und ab. Sicher zum Überqueren.

Die Einfahrt hoch, Hände aus den Taschen. Zwang ein Lächeln auf seine Lippen. Stand vor der Tür. Hand erhoben. Er würde klopfen und was sagen?

Hi, ich suche Jaycee? Ich bin ihr Vater?

Hey, äh, ist Jaycee hier? Es ist Zeit für sie, nach Hause zu kommen?

Was macht ihr Kids an einem Dienstagabend?

Er hatte mehr Türen eingetreten, als er zählen konnte. War in Besprechungen, Deals und Schlägereien geplatzt. Das war ein Job, Fade. Behandle es wie einen.

Das Lächeln verschwand. Seine Hand ging zum Türknauf, einem silbernen, runden Ding. Er drehte sich.

Fade öffnete die Tür und trat in seine ganz persönliche Hölle.

Es gab Dinge an Partys, die Jaycee zweifellos genießen konnte; die Musik – besonders die schnellen Songs, die zu den Lichtern pulsierten und einem diesen High-Octane-Energiekick gaben, die Leute – Klassenkameraden außerhalb, na ja, der Klasse zu sehen, war wie eine schüchterne Blume beim Aufblühen zu beobachten. Man wusste nie, was sie hinter den beigen Schulwänden versteckten. Und natürlich die Spontanität.

»Was wird heute Abend passieren?«, fragte Jaycee ihre Freundin und Fahrerin Allie, als sie Veronica Plines Eingangshalle betraten. Kunstseidene Luftschlangen in allen Farben hingen von einem kleinen Kronleuchter herab. Bilder drängten sich an den weißen Wänden. Kunst, keine Fotos. Aufgespritzte Gemälde, Landschaften in unnatürlichen Farbtönen getaucht. Rechts führte eine Treppe nach oben, ein zweites Stockwerk, ein Dutzend Teppichstufen entfernt. Eine Öffnung gewährte einen Blick in ein belebtes Wohnzimmer.

»Was wird nicht passieren, eher«, antwortete Allie, ihre Stimme verlor sich, als sie einen Flur entlang eine wirklich beeindruckende Sammlung von Dingen entdeckten, für deren bloße Betrachtung Jaycees Vater sie umbringen würde.

»Willst du gehen?«, fragte Jaycee aus Höflichkeit. Hier würde einiges passieren. Geschichten, die man erzählen konnte. Als Allie nichts sagte, packte Jaycee ihr Handgelenk und zog sie vorwärts. »Komm schon. Lass uns einfach umsehen. Wenn's langweilig ist, gehen wir.«

Der Flur führte an einem Gäste-WC vorbei, Tür verschlossen und besetzt, und weiter in eine Küche. Und was für eine Küche. Jaycee riss den Blick vom Tablett mit Drogen und Alkohol, ausgebreitet unter einem gefalteten Zettel, auf dem in geschwungener Schrift stand: »Bedient euch«, und betrachtete die makellose Anordnung der Geräte. Mixer und Schäler, Pfannen, die über einer Kochinsel mit Gasherd hingen. Marmor-Arbeitsplatten, oder jedenfalls überzeugend genug gefälscht. Ein Kühlschrank, der eher wie ein Computer aussah.

Das Highlight war natürlich Danny Jackles. Dort stand er und hielt Hof über zwei seiner Lieblingslakaien, während sie rote Becher leerten. Danny Jackles, mit seinem immer gestylten Haar, das wie eine Rasierklinge nach vorne ragte, wie eine Welle, die auf ein fernes –

»Du starrst«, flüsterte Allie. »Er wird es bemerken.«

»Vielleicht will ich das ja.« Aber Jaycee schaute weg. Zurück zum Tisch mit den Bechern. Dem Wodka. Den kleinen Tütchen mit Gras.

»Nimmst du was?« Allie streckte die Hand nach den Bechern aus, zögerte aber.

»Tu ich das jemals?«

»Ich dachte nur, weil Danny hier ist?«

»Mein Vater würde mich umbringen.« Buchstäblich an dem Tag, als Jaycee dreizehn geworden war, bevor er ihr Lieblingsfrühstück gemacht hatte, hatte Fade sie hingesetzt und ihr klar erklärt, welche tödliche Gefahr ihr drohen würde, sollte Jaycee solche Substanzen konsumieren. Zumindest bis sie das richtige Alter erreicht hätte. Es gab Dinge, die Fade sagte, bei denen sich seine Mundwinkel hoben oder seine Augen funkelten, und sie konnte erkennen, dass er scherzte. Dies jedoch, dies war ihr wie ein Amboss auf den Kopf gefallen. Kein Humor. Kein Witz. Einfach, unheilvoll und verdammt wirksam.

»Würde es dir dann was ausmachen zu fahren?«, sagte Allie. Jaycee schüttelte den Kopf, und Allies Schlüssel landeten eine Sekunde später in ihrer Hand. Ihre Freundin folgte mit einem Becher harten Stoffs, ertränkt in einem zuckrigen Bad aus Limonade. Jaycee ihrerseits schnappte sich einen eigenen Becher. Er würde als Tarnung dienen, und falls das Badezimmer jemals frei würde, könnte sie ihn mit Wasser füllen.

Nicht ihre erste Party.

»Hey Danny«, verkündete Jaycee, während sie auf ihn zuging. Sie lächelte seinen Freunden zu. »Wie läuft die Party?«

»Für einen Dienstag? Killer.« Dannys Stimme hatte diesen entspannten Vibe, als wäre er für immer in einem Surferfilm gefangen. »Gerade erst angekommen?«

Jaycee bemerkte, wie Allie sich um sie herum bewegte. Ein Gespräch mit Dannys Freunden begann. Sie kannte das Spiel.

»Stilvoll spät, wie immer.«

Danny blitzte ein Grinsen auf. Hob sein Getränk zum Mund und nahm einen langen Schluck. »Also beantworte mir eine Frage, Jaycee.«

»Ja?«

»Wie schmeckt dieses leere Glas?«

Jaycee errötete. Komm schon. Spiel mit. »Eigentlich ziemlich gut. Ich fahre.«

»Fährst wann?« Danny warf einen Blick auf die Uhr über dem Ofen. »Es ist noch nicht mal spät.«

»Es ist nicht mein Auto.« Zeit, das Blatt zu wenden. »Woher kennst du eigentlich Veronica?«

Danny zuckte mit den Schultern. »Tu ich nicht. Hab sie nie getroffen. Ich glaube, die Leute stürmen einfach diesen Ort. Ich habe gehört, sie macht diese Partys, um Leute kennenzulernen, weißt du. Weil sonst alle zu eingeschüchtert sind, um mit ihr zu reden.«

»Eingeschüchtert?« Veronica war in der Oberstufe, also sah Jaycee sie nicht oft in der Schule. Konnte Dannys Theorie nicht überprüfen.

»Weißt du das nicht?«, sagte Danny. »Wenn du Veronica wütend machst, lässt sie dich verschwinden. Oder ihre Eltern tun es. Also, du weißt schon, muss man vorsichtig sein. Hilft ihr nicht gerade dabei, Freunde zu finden.«

»Das klingt bescheuert.«

»Warum sagst du ihr dann nicht Hallo? Ich fordere dich heraus.«

Jaycee verdrehte die Augen. »Klar, was auch immer. Wo ist sie?«

Danny zeigte zur Decke. »Soweit ich weiß, oben. Sie ist nicht runtergekommen, seit ich hier bin.«

»Wenn du mich in zehn Minuten nicht siehst, schick Hilfe.«

Danny lachte. Nett. Jaycee drehte sich um, ging den Flur hinunter. Bog links ab, ging die Treppe hinauf. Sie hörte, wie sich hinter ihr die Haustür öffnete, schaute aber nicht zurück. Wahrscheinlich mehr Leute, die sie nicht kannte.

Oben an der Treppe ging es in einen schmalen Flur. Ein Büro zu ihrer Linken. Badezimmer und Dusche zu ihrer Rechten. Dann die weit geöffnete Tür zu dem riesigen Raum, der als Veronica Plines persönlicher Palast diente. Jaycee schlich zur Tür und spähte hinein.

Der Raum war voll mit den Dingen, die Jaycee haben würde, wenn sie alles haben könnte, was sie wollte. Gadgets und Poster, kaskadierende Schichten von Make-up und Lippenstiften. Eine komplette Eishockeyausrüstung für Frauen, die an der gegenüberliegenden Wand hing. Ein Spiegel, größer als Jaycee selbst, stand zwischen einem Fensterpaar. Ein Bett, größer als Jaycees Schlafzimmer; bedeckt mit Kissen.

»Gefällt's dir?«, sagte eine Stimme, geschmeidig und säuerlich, und Jaycee brauchte einen Moment, um die Besitzerin zu finden, die Hand über ihrem Telefon, und sie von einer Fliegengittertür anblickte, die zum Balkon führte.

»Äh, ja?«, antwortete Jaycee Veronica. Die Gastgeberin trug einen schicken Pullover einer Marke, die weit außerhalb von Jaycees Modekosmos lag. Jeans und Socken. Gepflegt, aber nicht übertrieben geschminkt, wirkte Veronica Pline auf Jaycee wie eine Spielerin in neuen Welten, so weit jenseits von Jaycees Realität wie etwa der Präsident oder ein Filmstar.

Diese Überlegung bekam nicht viel Spielzeit.

Eine Hand landete auf ihrer Schulter, und Jaycee zuckte zusammen. Sie drehte sich um und blickte, unmöglich, in die wütenden Augen ihres Vaters.

Fade musste zugeben, dass er den strengen Vaterausdruck richtig gut drauf hatte. Jaycees Augen wurden so weit, dass sie fast die Hälfte ihres Gesichts einzunehmen schienen. Ihr Mund klappte auf. Sogar ein kleines Keuchen war zu hören.

Erfolgreiche Elternschaft, genau hier.

»Genau, Jaycee. Zeit zu gehen.« Fade nickte in Richtung Treppe.

»Wie…?«, formte Jaycee mehr mit den Lippen als dass sie es aussprach, aber Fade verstand.

»Dein Vater ist überall, weiß alles«, sagte Fade. »Jetzt verschwinde.«

Jaycee ihrerseits erholte sich schnell. Sie neigte den Kopf. »Fährst du mich nicht?«

Veronica Pline erschien in ihrer Schlafzimmertür, die Hände ausgebreitet und an beiden Seiten des Türrahmens festgekrallt, als hätte sie Angst, geradewegs hindurchzufallen. Fade musterte ihr Gesicht und verglich es mit dem Foto, das Thalia von der Zielperson geschickt hatte. Ein Volltreffer.

»Junge Dame«, begann Fade. »Was machst du-«

»Was machen Sie in meinem Haus?«, fragte Veronica mit all dem Rückgrat und ohne die Angst, die Oberstufenschüler eigentlich haben sollten, wenn sie mit ihm sprachen. Also wechselte Fade die Taktik.

»Ich hole meine Tochter zurück.« Fade bemerkte, wie Jaycees Blick zwischen den beiden hin- und herhuschte. »Und frage mich, was du mit dem Zeug unten machst. Bin mir nicht sicher, ob das alles legal ist für jemanden in deinem Alter?«

Fade war, ehrlich gesagt, beeindruckt von den Waren, die dort ausgestellt waren. Er kannte genug harte Kerle und raue Gesellen, die für so eine Auswahl in ihren Höhlen töten würden. Er müsste ihnen erzählen, dass die Kids in dieser Stadt es besser hatten als sie.

»Was ich tue, geht Sie nichts an.« Veronica zückte ihr Handy. »Wenn Sie nicht sofort verschwinden, rufe ich die Polizei.«

»Die Polizei?« Fade hob beide Augenbrauen. »Scheint ein riskanter Zug zu sein, mit, du weißt schon, deinem Vorrat da unten. Und Jaycee, ich sehe, du bist immer noch hier. Geh, jetzt.«

Jaycee verstand endlich den Wink. Sie schob sich an Fade vorbei und verschwand die Treppe hinunter. Wenn Fade es richtig gespielt hatte, wäre die einzige Person, die nach Jaycees Abgang wissen würde, dass er hier war, Veronica. Die nicht mehr lange hier sein würde. Jaycee müsste nicht unter der tödlichen Peinlichkeit leiden, die in allen Highschool-Filmen vorkam – ein uncooler Elternteil.

»Was wollen Sie?«, fragte Veronica, nachdem Jaycee gegangen war.

»Es gibt Leute, die mit dir reden wollen«, sagte Fade. »Sie kennen deine Eltern. Ich bin ihr Fahrer.«

Kleine Lügen schmieren die Räder, das sagte Fade sich immer.

»Wer?«

»Ich werde nicht dafür bezahlt, Fragen zu stellen.«

»Na, dann vergiss es.« Veronica hob ihr Handy ans Gesicht. Fade hörte ein Klingelgeräusch. Reagierte nicht.

»Es gibt zwei Möglichkeiten, wie das laufen kann«, sagte Fade, während Veronicas Handy weiter klingelte. »Entweder du kommst jetzt sofort mit mir und nichts passiert. Oder du spielst dieses Spiel, und jemand wird verletzt.«

»Sehen Sie.« Veronica trat einen Schritt zurück. »Das unterstützt Ihr Argument nicht gerade. Wenn Sie bereit sind, mich für diese Leute zu verletzen, warum sollten die nicht dasselbe tun?«

Klar, dass die Tochter schlauer Leute auch schlau sein würde, der Kram unten notwithstanding. Fade hörte das Klicken des Telefons, während er versuchte, sich etwas Überzeugenderes einfallen zu lassen.

»Ja, Grady?«, sagte Veronica ins Telefon. »Da ist ein Typ in meinem Haus. Er sagt, ich muss mit ihm mitkommen. Bedroht mich, eigentlich.«

Fade hörte ein paar Worte und ein Klicken. »Also, nicht die Polizei?«

»Meine Eltern haben eine Gehaltsliste.« Veronica lehnte sich gegen die hintere Wand, nahe einer Kommode. »Sie haben noch ein paar Minuten, bis sie zurück sind, und dann wird es richtig übel für Sie.«

»Kann ich dir eine Frage stellen?« Fade bewegte sich zum Türrahmen.

»Es ist Ihre Zeit.« Veronica zuckte mit den Schultern.

»Du gibst eine Party, aber du bist hier oben in deinem Zimmer allein? Warum?«

»Was kümmert Sie das?«

»Neugier.«

Veronica starrte ihn an. Fade war tatsächlich neugierig, aber er kaufte hauptsächlich Zeit. Er musste sichergehen, dass Jaycee längst weg war, bevor er und Veronica verschwanden. Wenn das bedeutete, dass Veronicas Bodyguards ein paar Schläge einstecken mussten, nun, dafür waren sie da.

»Sie wissen, dass Sie ordentlich verdroschen werden, oder?«, sagte Veronica, und Fade hörte einen fragenden Unterton in ihrer Stimme. »Grady arbeitet für meinen Vater. Er reagiert nicht freundlich auf Drohungen.«

»Ich komme klar. Gibst du mir eine Antwort?«

Alles in allem hatte Fade nicht vor, das Haus verwüstet zu hinterlassen. Oder einen Mann vor einem Haufen Kinder zu verprügeln. Aber für die Summe, die Thalia hier im Gespräch hatte, würde er einiges in Kauf nehmen.

»Ich mag keine Partys.« Veronica schaute wieder auf ihr Handy. »Das ist, bei weitem, die interessanteste Zeit, die ich je auf einer hatte.«

»Warum veranstaltest du sie dann?«

»Weil es erwartet wird«, seufzte Veronica. »Der einfachste Weg, damit Leute dich mögen, wirklich. Wenn du ihnen Dinge gibst.«

»Normalerweise würde ich sagen, das ist eine schreckliche Art, Freunde zu finden, aber du hast das Geld, also warum nicht?« Fade hörte, wie die Haustür zufiel. Ein Automotor sprang kurz darauf an. Jaycee oder ihre Freundin hatten in der Nähe des Hauses geparkt. Die Chancen standen gut, dass sie gegangen war. Was bedeutete, es war Zeit zu gehen.

Er trat ins Schlafzimmer und, schneller als er für möglich gehalten hätte, griff Veronica hinter die Kommode und zog einen kleinen Revolver mit Knubbellauf hervor. Fade starrte auf die Waffe.

»Bist du aus den 1930ern gefallen?«, fragte Fade.

»Ich bin eine bessere Schützin damit, als Sie denken würden«, erwiderte Veronica. »Er tötet auf diese Entfernung.«

»Wette ich.« sagte Fade. Dann stürmte er nach vorne und rechts. Er setzte darauf, dass Ms. Veronica Pline, achtzehnjährige widerwillige High-Society-Dame, nicht schnell am Abzug sein würde. Er setzte richtig. In einer heißen Sekunde hatte Fade Veronicas linke Hand von der Waffe weg, den Rest von ihr gegen die Wand gedrückt. Ohne sie freizulassen, legte Fade die Pistole auf die Kommode und schob sie außer Reichweite. »Zwei Möglichkeiten, diesen Ort zu verlassen. Ruhig oder bewusstlos. Deine Wahl?«

»Ich gehe mit«, sagte Veronica.

»Das Klügste, was du heute Abend gesagt hast.« Fade drückte gegen ihren Rücken und bewegte Veronica vorwärts. Er griff hinüber und nahm das Handy aus Veronicas Hand und steckte es in seine eigene Tasche.

Die beiden gingen den Flur entlang, und Veronica wehrte sich nicht gegen ihn. Ein kurzer Blick die Treppe hinunter zeigte keine Studenten. Aus der Küche und dem Wohnzimmer war jedoch jede Menge Lärm zu hören.

»Weiter. Runter und zur Tür hinaus«, sagte Fade.

»Darf ich mir Schuhe anziehen?«

»Nein, darfst du nicht.«

»Weißt du, wie teuer diese Socken sind?«

Fade blickte auf ihre Füße. Die Socken waren lila. Es waren Socken. »Nein, weiß ich nicht, und es interessiert mich auch nicht.«

Veronica ging die Stufen hinunter, öffnete die Tür und trat hinaus. Fade war direkt hinter ihr. Als sie hinausging, sah Fade, wie Veronica den Kopf leicht nach links drehte. Dort war nichts außer einem Busch gewesen. Also stieß Fade das Mädchen und duckte sich, als er herauskam.

Der Schlag flog über seinen Kopf hinweg und traf nur Luft.

Fade stieß mit seinem linken Ellbogen zu und drehte sich, um zu sehen, wie er den Bauch eines großen, verärgert aussehenden Iren traf. Fades Ellbogen verlor sich im Bauch des Mannes, von dem Fade annahm, dass es sich um Grady handelte. Gradys Hände klammerten sich an Fades Arm, und der Leibwächter schleuderte Fade nach vorne. Er rollte mit dem Schwung mit und kam neben Veronica auf die Füße, die sich gerade vom Gras aufraffte.

»Was zum Teufel tust du da, versuchst ein Mädchen zu entführen?«, fragte Grady und ging auf Fade los. So kugelförmig Grady auch sein mochte, der Bodyguard trug sein Gewicht gut. Er setzte seine Masse in einen rechten Haken um, der, da war Fade sich sicher, schon viele Idioten in Gradys zweifellos umfangreicher Geschichte von Kneipenprügeleien zu Fall gebracht hatte.

Unglücklicherweise für Grady waren volle rechte Haken Fades liebste Bewegung zum Ausweichen. Fade wich dem Schlag zur Seite aus, packte Gradys Schlagarm und zog den Mann zu sich. Stellte ein Bein und fing Gradys Knöchel ab. Brachte den Mann ins Gras zu Fall. Der Fall breitete Gradys Jacke aus und zeigte eine beeindruckende Sammlung von Waffen, darunter einen Taser und Pfefferspray. Fade schnappte sich Ersteres, während Grady sich aufzurichten begann.

»Du bist ein gerissener Bengel, nicht wahr?«, murmelte Grady, während er sich zu Fade umdrehte, der den Taser in Gradys Gesicht abfeuerte.

»Richtig gerissen.« Fade ließ den Taser fallen, der direkt

vor dem zuckenden Körper seines Besitzers landete. Veronica starrte Grady an, wie im Schock, und wehrte sich nicht im Geringsten, als Fade sie den Block hinunterführte, in sein Auto setzte und den Motor startete.

»Siehst du, das hätte nicht passieren müssen«, sagte Fade, während er in den Gang schaltete. »Aber weißt du was, es ist vorbei. Konzentrieren wir uns auf das Jetzt, was für mich etwas dringend benötigtes Geld und für dich ein kurzes Lösegeld bedeutet.«

Thalia, die in ihrem Auto um die Ecke von Fades Parkplatz saß, beobachtete, wie ihr Partner Veronica Pline auf den Beifahrersitz steckte. Thalia nahm ihr Handy auf und tippte die Nummer ein, die ihr Auftraggeber, Ellsworth, ihr gegeben hatte. Eine Stimme antwortete am anderen Ende, blieb still.

»Bereit für den nächsten Schritt«, sagte Thalia.

Der Mann am anderen Ende spuckte eine Adresse aus. Thalia tippte sie in einer Nachricht an Fade ein. »Also, was habt ihr vor?«, fragte Thalia den namenlosen Typen am Telefon.

»Was meinst du damit, was wir vorhaben? Du sollst keine Fragen stellen.«

»Sie ist nur ein Mädchen«, Thalia startete das Auto. Fade fuhr bereits den Block hinunter, und sie wollte nicht zurückfallen.

»Nein, sie ist die Tochter ziemlich reicher Eltern. Wir werden nur sehen, wie sehr sie sie lieben, das ist alles.«

»Dann werdet ihr ihr nichts tun?«

»Thalia«, der Mann sagte den Namen, als würde er sie kennen. Thalia versuchte, sich an Ellsworths Handlanger zu erinnern, konnte sich aber an keinen erinnern. Nicht ihre Beachtung wert. »Weißt du, was mehr Aufmerksamkeit erregt als die Entführung eines reichen Mädchens? Sie zu verletzen. Niemand wird sich darum scheren, wenn wir ein paar Tausender von Leuten nehmen, die mehr Geld haben, als sie überhaupt ausgeben können. Die Leute werden richtig wütend, wenn wir sie verprügeln. Ihr wird es gut gehen.«

»Das nehme ich als Garantie.«

»Würde dich nicht gerne verärgern«, lachte der Mann. »Wir werden in einer Stunde am Übergabeort sein. Behaltet sie bis dahin.«

Das Telefon klickte. Thalia legte es ab. Hielt Schritt mit Fades Auto. Gelegentlich, wenn sie eine Straßenlaterne passierten, konnte sie seine Arme in Bewegung sehen. Gestikulierend. Ihr Partner redete gerne mit seinem Körper. Ließ Thalia immer denken, er würde jemanden schlagen, sein Glas vom Tisch stoßen. Eine seiner vielen Eigenheiten.

Veronica saß stocksteif da, Thalia konnte den Hinterkopf über dem Sitz herausragen sehen, wann immer Fade an einer Straßenlaterne vorbeifuhr. Fade hätte sie jedoch gefesselt, an die Tür gekettet, sie verschlossen gehalten. Trotzdem könnte Veronica einfach mitgefahren sein. Eine weitere Geschichte, die sie ihren Freunden in der Schule erzählen konnte. Was war cooler, als für Lösegeld festgehalten zu werden?

Thalia war seit langem nicht mehr in der Schule gewesen.

Sie glitten aus den Vororten in einen industrielleren Bezirk. Näher zum Hafen hin. Häuser verschwanden, ersetzt durch Geschäfte und dann die dunklen, geschlossenen Gewerbebetriebe, die nachts nicht arbeiteten. Bürgersteige ersetzt durch Zäune, Asphaltplätze voller Lastwagen und Paletten. Helle Lampen an den Ecken ragten hoch, um Überwachungskameras zu beleuchten.

Dieser Teil der Stadt war an einem Dienstagabend nicht gut besucht. Selbst Räuber oder finsterere Elemente nicht; es gab hier einfach nichts, was sich zu stehlen lohnte.

Sie nahmen ein Mädchen, und Thalia konnte Veronica nur als ein Mädchen betrachten, ob nun rechtlich erwachsen oder nicht, für Geld mit. Die Entführung war nicht das Problem. Sie und Fade; sie hatten schon viele Leute mitgenommen, die nicht in der Öffentlichkeit sein sollten. Leute, die die falschen Feinde hatten. Aber Veronica? So weit Thalia feststellen konnte, so weit das Internet enthüllte, hatte sie nichts falsch gemacht. Sie war nur als Kind von ein paar Leuten geboren worden, die einen Haufen Geld gemacht hatten. Jetzt war sie hier und würde ein Leben lang Albträume bekommen.

Vielleicht würde Thalia nach diesem Auftrag sie und Fade von solchen Jobs fernhalten. Ihre Seelen waren schon schmutzig genug.

Fade fuhr zum Übergabepunkt, einem leeren Trockendock zwischen Schiffen. Ein großes Geflecht aus Kränen und Stahlträgern stand um sie herum, helle weiße Lichter beleuchteten das Ganze. In der Ferne schlugen die Wellen der Bucht gegen Betonbarrieren. Ein beruhigendes Klatschen, das sich mit dem sprudelnden Zischen des fließenden Wassers vermischte. Ein Paar Möwen scheuchten sie auf, als sie ankamen, schrien in die Nacht hinweg. Seelöwen riefen einander über der Brandung, hielten eine ihrer nächtlichen Konferenzen ab.

Thalia hielt einen halben Block von Fades Auto entfernt, schaltete ihre Lichter aus, als sie bemerkte, dass sie angehalten hatten.

Sie glitt hinaus, wobei die Deckenlichter in ihrem Auto aus blieben, als sie die Tür öffnete, ging zum Kofferraum und öffnete ihn. Sie hob einen Hartschalenkoffer heraus, stellte ihn auf das Dach des Autos und öffnete ihn. Darin lag die Art von Waffe, die sie wertvoll machte. Die Fade schützen konnte. Die definitiv außerhalb der legalen Zone für Schusswaffen in der Stadt lag. Sie baute sie auf der rechten Seite des Autos auf. Verborgen vor dem Blick vorbeifahrender Fahrzeuge. Durch das Zielfernrohr hatte sie einen ausreichenden Überblick über die Abwurfzone.

Sie sah Fade aus dem Auto steigen und losgehen. Sie hatten eine halbe Stunde totzuschlagen, bevor Ellsworth und seine Handlanger auftauchen würden. Zeit, zu überprüfen und sicherzustellen, dass keine Überraschungen warteten. Abmachungen waren Abmachungen, aber man wusste nie, wann jemand plante, einen übers Ohr zu hauen. Deshalb hatte sich Thalia schwarz gekleidet, deshalb würde ihr Auto keine Aufmerksamkeit erregen, und deshalb müsste man buchstäblich über sie stolpern, um zu bemerken, dass sie bereit war, jeden Ankömmling aus der Distanz wegzublasen.

Aber auf das, was sie sah, war sie nicht vorbereitet. Ein Paar seltsam aussehende Gestalten, die um einen der Träger herumliefen, als kämen sie aus dem Nichts. Einer von ihnen, ein bulliger Mann mit einem großen, breitkrempigen Hut, als wäre er einem der Clint-Eastwood-Filme ihres Vaters entsprungen. Die andere, eine Frau, trug eine blaue Sportjacke und schicke Trainingsleggings. Wie Charaktere aus einer schlechten Werbung. Thalia richtete das Zielfernrohr auf sie, während Fade sich umdrehte, um sie zu begrüßen.

Ellsworth und seine Crew operierten in Anzügen. Thalia konnte sich keine Gruppierungen vorstellen, die sich kleideten, als gingen sie auf Kostümpartys. Ihr und Fades Vertrag war unterbrochen worden.

Aber von wem?

KAPITEL 3

EINDRINGLINGE

FADE MUSSTE DREIMAL HINSEHEN. Die beiden Gestalten vor ihm, die wie Erscheinungen in einem Traum aus dem Nichts hervorgetreten waren, passten hier nicht hin. Der eine, ein schlaksiger, haariger Mann, schien ein verirrter Komparse aus irgendeinem Western zu sein. Der Kerl trug sogar Patronengurte und ein Paar Revolver im Holster. Sein Partner hingegen sah eher aus wie eine Hintergrundfigur in einem 80er-Jahre-Aerobic-Video. Komplett in buntem Spandex und... war das tatsächlich ein richtiger Rucksack?

»Wer seid ihr zwei?«, fragte Fade, als sie näher kamen. Es gab tausend Dinge, die er dieser Frage hinzufügen wollte. Wichtige Geheimnisse wie: *Wie habt ihr euch für diese Klamotten entschieden? Wer meinte, ihr wärt eine gute Wahl? Kann ich mir diesen Hut ausleihen?*

Fade fügte nichts davon hinzu.

Die Frau sprach zuerst, während der Mann Fade in die Augen starrte und seinen Mund bewegte, als wünschte sich der Cowboy, etwas Tabak zum Kauen zu haben. »Sie können mich Eve nennen. Das ist Lode. Und Sie sind Fade?«

Eves Stimme klang förmlich, als würde sie eine Erklärung vorlesen. Lode starrte währenddessen weiter.

»Arbeitet ihr für Ellsworth?«

Fade verlagerte sein Gewicht auf den linken Fuß. Lode sah aus, als würde er planen, wo er ihn abknallen sollte, und Fade hatte genug Filme gesehen, um zu wissen, wie schnell man eine dieser Pistolen ziehen konnte. Aus dieser Position und mit dem Cowboy, der nur ein paar Meter entfernt stand, glaubte Fade, jede schnelle Hand schlagen zu können.

»Beantworten Sie die Frage«, sagte Lode. Er sprach wie ein Fass, das einen Hügel hinunterrollt, stolperte mit tiefen Echos über die Worte. Fade bemerkte, dass seine Hände nicht zuckten: Der Cowboy hielt sie locker an seinen Seiten.

»Klar. Ich bin Fade. Was ist damit?«

Eve machte den ersten Zug. Fade hatte seine Augen auf Lode gerichtet, aber es war die Spandex-Frau, die den Rucksack abwarf und ihn Fade ins Gesicht schleuderte. Er schaffte es kaum, seinen Arm zu heben, um den Rucksack abzuwehren, nur um zu sehen, wie Eve mit einem Hagel von Tritten auf ihn zuflog. Die ersten beiden trafen; Schläge mit Eves linkem Bein in Fades Seite. Sie schmerzten, sicher, aber es war nichts, was Fade nicht schon gespürt hätte. Schläge in die Niere, in den Magen. Die würden später wehtun.

Als Eve zu ihrem rechten Bein wechselte und es tief ausholte, stürmte Fade auf den Cowboy zu. Er wich nach rechts aus, außerhalb der Reichweite von Eves Fuß. Lode hob seine eigenen Fäuste, mehr im Boxerstil, und Fade täuschte einen linken Haken an. Lode bewegte sich, um zu blocken, und Fade bewegte sich weiter. Er fegte an Lode vorbei und stieß den Cowboy im Vorbeigehen, sodass Lode von ihm wegtaumelte.

Wenn Thalia sich dort positioniert hatte, wo sie sein sollte, wären beide Kostümpartygäste direkt in ihrem Visier. Fade außerhalb jeder Schusslinie.

»Stopp«, sagte Fade, als sich das Paar wieder zu ihm umdrehte. »Diese ersten beiden Treffer schenke ich euch. Gute Moves. Aber wenn ihr noch einen Schritt macht, werdet ihr eine Menge Schmerzen erleben.«

Eve neigte ihren Kopf zu ihm. »Sie sind in der Unterzahl.«

»Ich weiß nicht, wer ihr zwei seid, aber ihr müsst an eurem Aufklärungsspiel arbeiten.« Fade trat einen Fuß zurück. Wollte Thalia allen Raum und alle Zeit geben, die sie brauchte, um einem von ihnen in den Rücken zu schießen. »Wenn ich meine Hand hebe, werdet ihr beide in einer Sekunde am Boden liegen. Also warum reden wir nicht stattdessen?«

Lode kniff seine Augen zusammen. Ein gemeiner Blick, ergänzt durch den Stoppelbart und das schmutzige weiße Bandana, das um den Hals des Mannes gebunden war. Der Cowboy gehörte wirklich auf ein Filmset. Fade hätte geglaubt, Lode sei direkt aus einem Saloon gelaufen. Neben ihm hob Eve ihren Rucksack vom Boden auf.

»Ein Deal«, sagte Lode. »Sie kommen mit uns. Jetzt. Und wir werden Sie nicht vor dem Mädchen töten.«

Das Mädchen? Fade blinzelte. Ah ja. Veronica, immer noch im Auto eingesperrt. Wenn sie nicht wussten, wer sie war, dann waren sie definitiv nicht Ellsworths Leute. Also wer waren sie?

»Lustig. Ich glaube nicht, dass ihr in der Position seid, Forderungen zu stellen.« Fade blickte zur dunklen Straße hinüber. »Weitere Freunde kommen bald, und ich hab euch im Visier. Also wie wäre es, wenn wir das tun, was ich sage?«

Eve blickte zu Lode. »Es wird Zeugen geben.«

»Aber nicht viele«, entgegnete Lode. »Und er ist das Ziel.«

Fade schaute von einem zum anderen. »Das Ziel? Ihr zwei seid ein riesiges Rätsel, wisst ihr das?«

Eve drehte sich mit einem traurigen Lächeln zu ihm um. »Ich hätte es genossen, mit Ihnen zu kämpfen, Fade.«

Bevor Fade antworten konnte, griff Lode in seine staubige Jacke und zog etwas heraus, das für Fade wie eine Kazoo aussah. Eine kurze, blaue Plastikröhre. Lode richtete sie auf Fade, was Zeichen genug war, dass dieses Gespräch vorbei war. Fades Hand schoss nach oben. Zwei Finger. Freigabe für nicht-tödliche Gewalt. Wer auch immer diese beiden beschäftigte, Fade wollte es wissen. Er musste wissen, woher sie seinen Namen kannten.

Thalias Schuss krachte sofort. Traf den Cowboy im Rücken. Lode stolperte vorwärts, und Fade hätte schwören können, dass der Mann knurrte, aber Lode schaffte es trotzdem, diese Plastikröhre auf ihn zu richten. Fade machte einen Schritt in einen Tritt, zielte direkt auf Lodes Hand, um was auch immer es war wegzuschlagen. Wie der Cowboy nach Thalias Gewehrkugel noch stehen konnte, wusste Fade nicht.

Er verstand auch nicht, warum die Welt plötzlich seitwärts kippte. Warum verschwammen die weißen Lichter und die roten Träger um ihn herum? Warum konnte er seine Beine und Arme nicht mehr fühlen? Warum spürte Fade, obwohl er dachte, dass er fiel, nicht, wie er auf dem Boden aufschlug?

Man hatte ihr gesagt, dass dies passieren könnte. Dass

sie als Tochter öffentlicher, wohlhabender Leute überall, wo sie hinging, gefährdet sein würde. Jahrelang war Grady in ihrer Nähe geblieben. Ein großer Schatten über ihren Partys, Spieltreffen und Kinoabenden. Veronica vermutete, dass die ständige Anwesenheit des Mannes ein großer Grund dafür war, warum diese Einladungen im Laufe der Jahre weniger wurden. Ehemalige Freunde entschieden, dass Veronicas Leibwächter es nicht wert war.

Als der Mann - Fade erschien ihr immer noch als seltsamer Name - Grady auf ihrem Vorgarten niederschlug, fühlte sich Veronica seltsam befreit. Zum ersten Mal seit einem Jahrzehnt war sie auf sich allein gestellt. Die Umstände hätten besser sein können. Vielleicht *nicht* gerade mit Handschellen am Türgriff des Autos gefesselt.

Aber als die beiden verrückt gekleideten Leute anfingen, ihren Entführer zu verprügeln, vergaß Veronica völlig ihre eigene Situation.

Der Kampf dauerte nur wenige Sekunden, aber diese Moves! Selbstverteidigungskurse, Kickboxen, nichts davon kam einem echten Kampf zwischen Leuten gleich, die darin gut waren. Das war nicht wie Grady, der irgendeinen ahnungslosen Oberstufenschüler packte und zur Haustür hinauswarf. Diese Leute wussten, was zu tun war. Veronica presste ihr Gesicht an die Scheibe und beobachtete, wie Fade, nachdem er an dem Typ mit dem Cowboyhut vorbeigestreift war, sich umdrehte, um ihnen entgegenzutreten.

Er hatte ein Lösegeld erwähnt, aber diese Leute wirkten nicht wie diejenigen, die sie haben wollten. Es sei denn, solche Arrangements waren viel gewalttätiger, als sie es sich vorgestellt hatte. Also wer waren sie?

Ein lauter Knall erschütterte die Autofenster. Veronica erkannte den Klang. Ein Schuss, und nicht von etwas Kleinem. Erinnerungen an den Schießstand kamen zurück. Gradys Beharren darauf, dass sie fähig sein müsse. Sich verteidigen können und wissen, was auf sie zukam. Ihre Augen huschten zur Heckscheibe, aber sie konnte wegen der Lichter und Autositze, die ihr die Sicht versperrten, nicht viel erkennen. Der Cowboy allerdings war zusammengezuckt. Vielleicht war er getroffen worden?

Ein Blitz. Hell und plötzlich. Wie ein Kamerablitz. Veronicas Augen verschwammen für einen Moment, während verblassende Auren zurückblieben. Fade lag jetzt am Boden. Wie?

Grady hatte in ihren Kursen nie etwas Derartiges erwähnt.

Jetzt schleiften der Cowboy und die Frau Fade weg. Ein weiterer Knall des Gewehrs, und diesmal fiel die Frau um. Definitiv getroffen. Definitiv nicht überlebensfähig. Die Frau lag mit dem Gesicht nach unten auf dem Boden, ihre Hand an der Seite. Der Cowboy hob Fade hoch und begann zu rennen. Was für ein Freund.

Aber nein. Die Frau stand jetzt auf. Erst auf die Knie, dann auf die Füße. Und in einer Sekunde war sie weg, rannte in die Dunkelheit jenseits der Lichter.

Veronica lehnte sich im Sitz zurück. Die Handschellen saßen eng um ihre Hände. Ihr Herz schlug schnell. Ein Rausch. Ihr Blick fiel auf das Handy in ihrer Tasche. Möglich, vielleicht es zu erreichen. Wenn sie sich genug verrenken würde.

Eine Hand schlug gegen das Fenster und Veronica zuckte zurück, was dazu führte, dass die Handschellen in ihre Haut schnitten. Eine Frau stand vor dem Auto, eine kleine Pistole in den Händen. Sie traf Veronicas Blick für einen Moment, schaute dann wieder umher. Veronica wartete darauf, dass sie die Tür öffnete, sie herausließe, aber die Frau tat es nicht. Schließlich setzte sie sich auf die Motorhaube des Autos.

Fades Handy, das in der Mittelkonsole lag, vibrierte plötzlich. Veronica warf einen Blick darauf. Der Name in großen Buchstaben. Jaycee. Eine Tochter, die versuchte, ihren Vater anzurufen. Veronica fragte sich, ob Jaycee wusste, was ihr Vater tat. Wie das wohl wäre; einen Entführer als Vater zu haben.

Diese Gedanken verflüchtigten sich, als eine Reihe anderer Autos entlang der Straße anhielt. Männer und Frauen in verschiedenen Schwarztönen gekleidet stiegen aus den Limousinen mit getönten Scheiben aus. Keiner von ihnen hielt offen Waffen, aber Veronica konnte an ihrer Art, wie sie aussahen, wie sie gingen, erkennen, dass diese Leute nicht spielten.

Die Frau riss die Autotür auf und Veronica wäre fast auf den Boden gefallen.

»Wo ist der Schlüssel?«, fragte die Frau.

»Getränkehalter.« Veronica nickte in Richtung der Mittelkonsole, während sie halb aufstand, ihre gefesselten Hände zwangen sie, sich nach unten zu beugen. »Was ist mit Fade passiert?«

»Mach dir darüber keine Sorgen.« Die Frau fischte den Schlüssel heraus, drehte sich um und öffnete die Handschellen, während die erste Gruppe von Anzugträgern um das Fahrzeug herumkam.

»Ist Fade früh abgehauen?«, sagte der erste Mann, ein großer, dünner Typ mit dünner Stimme. »Habe nicht erwartet, dich überhaupt zu sehen, Thalia.«

Die Frau blickte Veronica mit einem Stirnrunzeln an, ein Blick, den der Mann bemerkte.

»Es waren zwei Leute hier«, sagte Thalia zu dem Mann. »Einer sah aus wie ein Cowboy. Sie haben uns überrascht.«

»Nicht unsere.« Der Mann sah die anderen um ihn herum an, lachte. »Wir sind ziemlich festgelegt in unserer Kleidung.«

Thalia machte einen Schritt auf ihn zu, und alle erstarrten. Veronica eingeschlossen. Bis die Handschellen von ihren Händen rutschten und auf den Boden fielen.

»Hör zu«, sagte der Mann zu Thalia. »Sie waren nicht von uns. Wir wissen nicht, wer Fade überfallen hat. Wenn wir etwas hören, werden wir anrufen. Jetzt aber, das ist unser Mädchen?«

»Sie ist es.«

Der Mann sah Veronica an. Lächelte sie an. Nicht auf die glatte, schmierige Art, wie manche Männer es taten. Aber auch nicht freundlich. Es war ein Lächeln ohne Emotion. Eine Transaktion, das war alles.

»Sie sind Veronica Pline?«, sagte der Mann. Thalia lehnte sich gegen das Auto. Holte ihr Handy heraus. Anscheinend würde sie nicht mehr helfen.

»Ja, bin ich«, antwortete Veronica. Grady hatte immer gesagt, sie solle kooperieren, wenn sie entführt würde. Kooperieren und dann nach einem Ausweg suchen. Einem Weg, Hilfe zu rufen. Sie hatte immer noch ihr Handy.

»Wenn Sie mit mir kommen könnten?«, sagte der Mann. Dann zu Thalia: »Sobald wir sie im Auto haben, bekommst du die Bezahlung.«

Thalia nickte, ohne den Blick von ihrem Handy zu heben. Der Mann hielt Veronica seinen Arm hin, und sie ging mit ihm. Ließ sich um Fades Auto herum, über das trockene Betondock und zu der größten Limousine führen.

»Werden Sie mir wehtun?«, fragte Veronica den Mann.

»Habe es nicht vor«, sagte der Mann. »Wenn alles nach Plan läuft, sind Sie in ein paar Tagen wieder zu Hause. Wir sind keine Monster.«

Veronica nickte. Obwohl, wer würde schon sagen, dass er ein Monster *wäre*, wirklich?

Der Mann beugte sich vor, öffnete die hintere Tür der Limousine und geleitete sie in das dunkle Auto. Veronica stieg ein, setzte sich auf den Sitz. Und hätte fast geschrien, als sie bemerkte, dass ein Mann neben ihr saß. Veronica blockierte das meiste Licht, das vom Dock kam, so dass das Gesicht des Mannes im Schatten verborgen blieb. Bis ein Streichholz aufflammte, der Mann hielt es an das lange Ende einer Zigarre. Seine felsigen Augen schauten zu ihr herüber, weißes Haar glitzerte orange im Licht. Sein Mund öffnete sich, Rauch sickerte in einem flachen Atemzug heraus.

»Willkommen in Ihrer neuen Welt, Ms. Pline.«

Die Schüsse hatten beide getroffen. Thalia wusste das. Der Cowboy war fast gefallen, und die Frau war auf ihrer Seite zusammengebrochen. Die Kugeln waren groß, tödlich genug, selbst ohne Tötungsabsicht, dass beide hätten am Boden bleiben müssen. Hätten einen Krankenhausaufenthalt benötigt, bevor sie wieder aufstehen konnten.

Stattdessen waren sie weg. Und Fade mit ihnen. Zum ersten Mal hatte sie ihren Partner verloren.

Thalia hielt ihren Blick auf ihr Handy gerichtet, wartete auf Nachrichten. Ein Zeichen von denjenigen, die Fade mitgenommen hatten. Wartete auf die Einzahlung von Ellsworth.

»Wir sind hier fertig«, sagte Aaron, Ellsworths dünner rechter Mann, zu ihr. »Du solltest es jeden Moment eingehen sehen.«

»Du gehst, bevor er es tut«, sagte Thalia, »und wir werden nicht mehr mit dir zusammenarbeiten.«

Aaron lachte. »Du weißt, dass wir unser Wort halten. Sieht allerdings so aus, als hättest du bald kein ›wir‹ mehr.«

Thalia antwortete nicht. Weil Aaron vielleicht recht hatte. Weil Fade vielleicht nicht zurückkommen würde. Eine der Realitäten in dieser Art von Arbeit. Jeder Freund bedeutete eine Beerdigung.

Ihr Handy piepte. Die Benachrichtigung über die ausstehende Einzahlung erschien auf dem Bildschirm. Der richtige Betrag. Thalia schaute zu Aaron hinüber und nickte ihm zu. »Es ist da. Du kannst gehen.«

Aaron ging los, hielt dann inne. »Thalia, ich weiß nicht, was mit Fade passiert ist, aber für das, was es wert ist: Wir hoffen, dass ihr ihn findet. Wir wissen die Arbeit zu schätzen, die ihr beide in der Vergangenheit für uns geleistet habt.«

»Danke.«

Aaron und sein Team strömten zurück in die Autos und rasten in die Dunkelheit davon. Veronica Pline mit ihnen. Thalia hoffte, dass das Mädchen bereit war für das, was Ellsworth mit ihr vorhatte.

Thalia stieg in Fades Auto. Schloss die Beifahrertür. Startete den Motor und fuhr es vom Trockendock weg. Parkte es ein paar Straßen weiter in einer Seitenstraße, wo es nicht abgeschleppt werden würde. Nicht auffallen würde. Als sie aussteigen wollte, sah Thalia Fades Handy in der Mittelkonsole. Es vibrierte wieder. Jaycee.

»Hallo«, antwortete Thalia, während sie das Auto verließ und die Tür abschloss.

»Thalia?« Jaycees Stimme war angespannt. Wütend. »Wo ist mein Vater?«

»Beschäftigt.«

»Was?« sagte Jaycee. »Weißt du, dass er heute Abend zu meiner Party gekommen ist? Weißt du, dass er mich vor allen rausgeworfen hat?«

Thalia ging weiter die Straße entlang zurück zu ihrem

eigenen Auto, in dem das Gewehr verpackt und verstaut war. »Du hättest nicht dort sein sollen.«

Jaycee lachte, im Ton eines Kindes, das weiß, wann es einen Erwachsenen bei einer Lüge ertappt hat. Bei einer unvernünftigen Erwartung. »Das ist lächerlich. Ihr seid diejenigen, die nicht dort hätten sein sollen.«

Thalia wusste nicht, was sie sagen sollte. Sie war nicht die Mutter des Mädchens. Sie versuchte, Fades Bitte zu respektieren, nicht über die Arbeit vor Jaycee zu sprechen. Obwohl sie sich nicht sicher war, wie viel länger Fade es vor seiner Tochter geheim halten konnte – das Mädchen war aufmerksam. Jaycee hatte nach Kunden gefragt, die sie am Telefon gehört hatte. Sie verstand durch die Häufigkeit einsamer Pizzaabende und früher Morgenstunden, an denen ihr Vater zur Tür hereinkam, während sie hinausging, dass Fade keine regelmäßigen Arbeitszeiten hatte.

Aber sie wusste nichts von der Gewalt. Von den Entführungen. Davon, wie an jedem beliebigen Abend, wie diesem, ihr Vater gute Chancen hatte, nie wieder nach Hause zu kommen.

»Jaycee«, sagte Thalia. »Du musst dich beruhigen. Es ist eine Party. Dein Vater wird später nach Hause kommen. Du kannst dann mit ihm reden.«

»Wann?«

»Ich weiß nicht. Das könnte noch eine Weile dauern. Du solltest ins Bett gehen. Hast du nicht morgen Schule?«

»Wow. Danke für die Erinnerung.« Thalia hörte den Sarkasmus in Jaycees Stimme. Spürte ihn, als das Mädchen den Anruf beendete. Thalia hatte nicht vor, Kinder zu bekommen, und diese Gespräche änderten ihre Meinung nicht gerade.

Zurück an ihrem Auto öffnete Thalia die Tür und ließ sich auf den Sitz gleiten. Legte Fades Handy zusammen mit ihrem eigenen auf das Armaturenbrett. Es gab ein Muster bei diesen Dingen. Entweder würde jemand anrufen und fragen, ob man Fade freikaufen wolle, oder Fade selbst hätte einen Ausweg gefunden und würde anrufen, um abgeholt zu werden.

Oder die Telefone würden stumm bleiben, und Fade wäre tot.

Fade konnte spüren, dass er sich bewegte. Konnte das Rumpeln in seinen Knochen fühlen, während der SUV über glatte und raue Straßen fuhr. Als er an Kreuzungen anhielt und wieder anfuhr. Schließlich wurde ihm bewusst, dass sie redeten. Lode, der Cowboy und Eve auf den Vordersitzen. Er bemerkte den Rucksack neben sich. Den, den Eve getragen hatte. Fade stellte fest, dass er seine Finger und Zehen bewegen konnte. Er konnte seine Arme fühlen.

»Ich sage immer noch, die Klippe ist der beste Punkt hier in der Gegend«, sprach Lode, während er fuhr. »Um diese Uhrzeit wird niemand dort sein. Sie werden seine Leiche nicht so schnell finden.«

»Wir sollten weiter weg fahren«, entgegnete Eve. »Wir brauchen Zeit, um die Auswirkungen zu sehen. Zu sehen, ob ein anderer genau hier seinen Platz einnimmt.«

Fade wusste nicht, worüber sie redeten. Ehrlich gesagt, interessierte es ihn auch nicht wirklich. Seine Augen wanderten zum Rucksack. Seine Taschen waren, abgesehen von seiner Brieftasche, leer. Kein Handy. Keine Möglichkeit, Hilfe zu holen.

Aber dieser Rucksack... Fade hatte das schon einmal gesehen. Hatte es selbst ein- oder zweimal getan. Sobald man sein Ziel in Handschellen und draußen hatte, entspannte man sich. Dachte, man wäre sicher. Ließ Dinge dort, wo sie nicht sein sollten.

Mit seiner linken Hand, vorsichtig, um seinen Kopf, seine Beine oder irgendetwas anderes nicht zu bewegen, schlängelte Fade seine Finger zum Rucksack. Fühlte entlang des Reißverschlusses an der Hauptklappe. Das Öffnen würde ein Geräusch machen.

Was bedeutete, dass er eine Ablenkung brauchte.

»Er war jedoch der Knotenpunkt«, sagte Lode gerade. »Wir kümmern uns um ihn, und wir sollten etwas Zeit haben.«

»Zumindest wird es den Gärtner von unserem Rücken fernhalten.«

Fade sah den Cowboy nicken. Er machte seinen Zug.

»Das war ein verdammt hartes Ding, mit dem du mich getroffen hast«, verkündete Fade. Er spürte, wie der SUV ruckte, Lode trat überrascht auf die Bremse. Fade nutzte den Klang seiner eigenen Stimme, um zu verdecken, dass seine linke Hand den Reißverschluss hochzog. Genug, um hineingreifen zu können.

»Du solltest noch nicht wach sein«, sagte Lode, und Fade konnte die Augen des Cowboys im Rückspiegel sehen.

»Tut mir leid, eure Party zu verderben.« Fade konnte im Inneren des Rucksacks eine Möglichkeit spüren. Irgendein kleines hartes Ding, ein Rechteck. Komm schon. Lass ihn Glück haben, nur dieses eine Mal.

»Es ist keine Party«, sagte Eve. »Du musst sterben, für alle anderen.«

»Das ist tröstlich«, erwiderte Fade. »Ich würde ungern ohne Grund sterben.«

Er umklammerte mit seiner linken Hand den Gegenstand im Rucksack, drehte sein Handgelenk so, dass der Handrücken verbergen würde, was er herauszog.

»Es spielt keine Rolle«, sagte Lode zu Eve. »Sprich nicht mit ihm. Du weißt, wie du wirst.«

»Du bist nicht der Anführer«, sagte Eve zu ihm.

Zwietracht. Interessant. Fade bemerkte, dass Lodes Augen nicht mehr auf ihn gerichtet waren, und er bewegte seine linke Hand, schob das Objekt, das kleine Handy, nach rechts. Hielt es nach unten und außer Sichtweite, hinter Eves Sitz. Warf einen Blick darauf. Das Handy war ein altes Modell, mehrere Jahre veraltet. Die Art von Ding, die man in einem Secondhandladen kaufen würde, wenn man etwas Billiges brauchte. Es war ausgeschaltet. Was seine eigene Herausforderung darstellte.

»Und ich bin dein Partner«, sagte Lode. »Ich sage dir nur, was ich denke, das ist alles.«

»Was ich denke, ist, dass es andere Wege gibt«, sagte Eve. »Wege, die Richtung zu ändern, ohne zu töten.«

Fade hielt den Knopf an der rechten Seite des Handys gedrückt. Betete, dass das Ding nicht klingeln oder ein anderes Geräusch machen würde, während es hochfuhr. Der Bildschirm leuchtete weiß auf, das Firmenlogo erschien. Noch kein Geräusch.

»Sie sagen das, aber Sie wissen, dass es am einfachsten ist«, sagte Lode. »Sie können nicht erwarten, dass Sie sich aus jeder Situation herausreden können.«

»Aber es hätte nichts dagegen, uns aus manchen herauszureden. Du weißt genauso gut wie ich, dass das Töten eines Menschen eine Lücke hinterlässt. Manchmal läuft es nicht so, wie wir es wollen.«

Das Logo verschwand und der Startbildschirm erschien.

Das Handy war gesperrt. Fade starrte auf ein Nummernfeld auf dem Bildschirm. Es forderte ihn auf, vier

Ziffern einzugeben. Seine Augen huschten zurück zu dem Paar, das auf den Vordersitzen stritt.

Durch das Fenster konnte er im Mondlicht Berge erkennen. Sie schlängelten sich durch kurvenreiche Straßen. Also nördlich der Stadt. Abgelegen. Wenige Lichter.

»Also sagen Sie mir«, sagte Lode. »Wir haben versucht, uns herauszureden, wie hat das beim letzten Mal funktioniert?«

Eve blieb still.

»Das habe ich mir gedacht.« Lode streckte die Hand aus und drückte den Einschaltknopf für das Radio. Schaltete auf Klassik.

Fade erkannte das Stück. Es war Mozart. *Eine Kleine Nachtmusik.*

»Ich habe das gehört«, sagte Eve nach einer Minute. »Er war so ein kleines Kind zu der Zeit. Wir waren alle erstaunt.«

Fade legte seinen Kopf schief. Worüber sprach sie? Vielleicht irgendein Vorspiel? Dann schaute er wieder auf das Handy. Sie benutzten ein Gerät wie dieses, fuhren einen SUV und hörten Radio statt digitale Musik. Waren wie Freaks gekleidet. Wie wahrscheinlich war es, dass das Passwort kompliziert war?

Er tippte viermal die 0 ein. Das Handy vibrierte leicht. Kein Glück.

»Du bist ziemlich ruhig da hinten«, sagte Lode.

»Fühle mich immer noch nicht gut«, antwortete Fade. Was nicht wirklich gelogen war. Was auch immer sie ihm verabreicht hatten, hatte seinen Kopf etwas benebelt. Seine Arme und Beine kribbelten etwas, als ob sie lange Zeit eingeschlafen gewesen wären.

»Du warst weg. Obwohl du es nicht mehr lange genießen wirst.«

»Lode, du musst nicht mit dem Mann reden.« Eve sprach mit einem gereizten Seufzen, wie eine Mutter, die ihr Kind ermahnt.

»Du musst aufhören, diese Leute wie Opfer zu behandeln. Sie wissen, was sie getan haben. Es gibt einen Grund, warum wir hier sind.«

Fade versuchte eine Folge von Einsen. Wieder vibrierte das Handy.

»Wovon reden Sie?«, sagte Fade. »Ich bin kein Opfer?«

»Wenn überhaupt, bist du dein eigenes Opfer«, sagte Lode. »Du hast schlechte Dinge getan oder wolltest sie tun. Genug schlechte Dinge, die sich auf der ganzen Welt ausbreiten und sie aus der Bahn werfen würden. Menschen und Zivilisation zurück ins finstere Mittelalter schicken.«

»Sie geben mir schrecklich viel Anerkennung«, erwiderte Fade. Diese beiden waren also wahnsinnig. Völlig durchgedreht. Vielleicht hatte ihnen jemand Fades Namen gegeben, der ihn tot sehen wollte.

Als nächstes versuchte er 1234. Eingabe. Das Handy entsperrte sich. Eine einfache Anordnung von Anwendungen, sah aus wie die Standardausstattung, die mit dem Gerät kam. Einschließlich der einen, die er wollte.

»Lode, wenn du die Klippe willst, die Abzweigung kommt gleich hier«, sagte Eve.

»Wirst du damit klarkommen?«

Eve sagte eine Minute lang nichts.

»Es wird schon gehen«, sagte Eve schließlich.

Fade tippte auf das GPS. Er fand die Option, seinen Standort an einen Freund zu senden. Er hatte das mit Thalia schon oft gemacht. Immer wenn er Unterstützung brauchte. Also tat er es jetzt. Drückte den Knopf und während der SUV langsamer wurde und links abbog, zeigte das Handy die Liste der Kontakte an, an die es gesendet werden sollte.

Alle null davon.

»Sie wollen mich von einer Klippe werfen?«, sagte Fade und versuchte, das Gespräch am Laufen zu halten. Sie abgelenkt zu halten.

»Am besten, wenn sie die Leiche finden, dass keine Einschusslöcher vorhanden sind. Keine Stichwunden. Kein anderes Todeszeichen«, sagte Lode. »Einfacher, wenn sie keinen Grund für deinen Tod finden können, es einen Unfall zu nennen.«

Wie viele Menschen hat dieser Typ getötet?

Fade tippte mit der rechten Hand Thalias Nummer ein. Schickte den Standort. Bestätigte, dass die Nachricht rausgegangen war, dann schaltete er das Handy aus. Wenn er überleben sollte, dann lag es nicht an ihm.

KAPITEL 4

TICKENDE UHREN

JAYCEE SCHRECKTE AUF. Im Fernsehen lief eine andere Sendung. Oder besser gesagt, Werbung. Es war die Zeit der Dauerwerbesendungen – die Tageszeit, die sie nie sah, außer bei Übernachtungspartys. Aber selbst dann würden sie nicht dreißig Minuten lange Werbespots für Produkte anschauen, die sie sich nicht leisten konnten.

Sie ließ ihren Blick durch das Wohnzimmer schweifen. Suchte nach Anzeichen, dass ihr Vater nach Hause gekommen war. Nichts. Die einzige Lampe, größer als sie selbst, tauchte den Raum in weißes Licht. Eine Änderung, gegen die sie protestiert hatte, aber auf der Fade im Namen des Umweltschutzes bestanden hatte. Allerdings brachte es die Bilder gut zur Geltung.

Keine Gemälde, nur Fotos. Orte, an denen sie mit ihrem Vater gewesen war. Mit ihrer Mutter. Wo die beiden, ihre Eltern, gereist waren, bevor sie überhaupt geboren wurde. Die Fotos waren über die Wände verteilt. Eigentlich zu viele. Als ob ihre Familie nichts außer einander liebte.

Jaycee rutschte vom Sofa, stieß sich das Schienbein am Couchtisch und stolperte in die Küche, während sie sich die schmerzende Stelle rieb. Die Uhr am Ofen zeigte kurz nach Mitternacht. Mitternacht an einem Dienstag. An einem Schultag. Längst nach der Zeit, zu der ihr Vater zu Hause sein sollte.

Nicht dass er nicht ab und zu spät nach Hause kam, aber nicht so. Normalerweise ging er ans Telefon, wenn sie anrief. Oder schrieb eine Nachricht, wenn er spät heimkommen würde. Diesmal gab es nichts. Und warum hatte Thalia sein Handy?

Einmal hatte es auch nichts gegeben. Jaycee goss sich ein Glas Wasser ein. Schaute sich um und versuchte sich vorzustellen, wie es nur wenige Stunden zuvor gewesen war. Hatte sich ihr Vater anders verhalten? Das Abendessen schien normal gewesen zu sein. Tacos zum Mitnehmen; ein immer größerer Teil ihres Lebens in letzter Zeit.

War er angespannt gewesen? Nein.

Aber sein Auftauchen auf der Party? Was sollte das?

Sie verließ die Küche und ging in das Zimmer ihres Vaters. Öffnete die Tür. Das Bett war gemacht; die Blumenmusterbettwäsche etwas, von dem sie gedacht hätte, dass ihr Vater sie längst weggeworfen hätte, aber es waren die Laken ihrer Mutter. Jaycee schaute zum Kleiderschrank mit seinen geschlossenen braunen Türen. Dahinter hing eine Reihe von Anzügen ihres Vaters, aber die Hälfte des Platzes gehörte Kleidern, die keinen Besitzer mehr hatten. Diese Kleider, die Outfits, die ihre Mutter getragen hatte, sie waren immer noch da. Auch hier keine Spur von Fade. Kein Zettel, keine Unordnung durch einen hastig gepackten Koffer.

Sie nahm einen Schluck Wasser. Eine kalte Dosis Realität. Sie schloss die Schlafzimmertür und ging. Ging wieder nach unten. Ihr Handy war immer noch leer. Sie schaltete es ein und überprüfte es, aber es gab keine verpassten

Anrufe. Keine weiteren Nachrichten. Na ja, das war nicht ganz richtig.

Allie Carter hatte noch einen lachenden Satz hinzugefügt. Darüber, wie Jaycees Vater ihren Abend ruiniert hatte. Für Allie war das ein Witz, etwas Lächerliches.

Die beiden hatten die Schuldzuweisung auf der Heimfahrt geplant. Jaycees Strategie, zu schmollen und zu posieren, um ihren Vater dazu zu bringen, sie in Ruhe zu lassen. Oder ihr zumindest etwas Schönes zu kaufen.

Aber warum war er überhaupt auf der Party gewesen?

Jaycee betrachtete das Foto über dem Fernseher. Ein großes. Vergrößert, sodass es den größten Teil der Wand bedeckte. Ein Panoramabild mit den dreien, die an einem Strand standen. Zu beiden Seiten erstreckte sich das kristallblaue Wasser, bis es auf die Wolken und den Horizont traf. Die Lächeln waren breit. Jaycee dachte, ihr Gesicht sei von zu viel ihrer Haare bedeckt, die wild im Wind wehten. Aber in diesem Bild gab es Freude.

Sie blickte zurück auf das Handy. Das letzte Mal, als ihre Eltern spät unterwegs gewesen waren, war es genauso gewesen. Die Uhr war in den Morgen vorgerückt ohne Kommunikation. Ohne Worte.

Nur einer von ihnen war nach Hause gekommen.

Lode zerrte Fade aus dem SUV und schob ihn über den sandigen Boden. Struppiges Unkraut stach in seine Beine. Fade konnte nicht anders, als den Wind in seinem Gesicht zu genießen. Kühl in der Witterung vor Sonnenaufgang. Der Horizont hinter ihnen, jenseits der kleinen Berge, glühte in einem sanften Lila, das die Sonne ankündigte. Die Halbinsel war breit um sie herum. Sie waren von der Straße abgekommen, nahe am Rand. Der Boden war flach und hart; einfach genug für den SUV, darüber zu fahren.

»Geh und stell dich dort drüben hin«, Lode zeigte mit

einer großen Taschenlampe auf eine Stelle nahe am Rand. »Zieh das nicht in die Länge.«

»Was ich nicht verstehe«, sagte Fade und machte langsame, große Schritte. »Ist das Warum?«

»Warum was?«, fragte Lode.

»Warum ich?« Fade breitete seine Arme aus und setzte ein unschuldiges Gesicht auf. »Ich dachte nicht, dass ich jemandes Zeit wert wäre? Wer bezahlt euch?«

»Wir machen das nicht für das Geld«, sagte Eve. »Wir brauchen es nicht.«

»Dann aus Spaß?«, Fade schlurfte mit seinen Schuhen durch den Sand. Er war noch nie mit dem Absturz von einer Klippe bedroht worden, aber er hatte seinen fairen Anteil an Alles-oder-Nichts-Momenten erlebt. Der beste Weg, da rauszukommen, war, sie in die Länge zu ziehen. Einen Weg zu finden, zu entkommen oder ihre Meinung zu ändern. Sobald sie aufhörten zu reden, hattest du die Schlacht verloren.

»Wir tun es, weil wir müssen«, sagte Lode. »Das ist alles, was du wissen musst.«

»Da ich derjenige bin, der stirbt, denke ich, ich werde entscheiden, was ich wissen muss«, erwiderte Fade. »Außerdem seid ihr diejenigen, die meiner Tochter erklären müssen, warum ihr Vater nicht nach Hause kommt.«

Er hasste sich ein wenig dafür, Jaycee so zu benutzen. Das Mädchen verdiente es nicht, als Verhandlungsmittel für die Probleme ihres Vaters zu dienen. Andererseits, was würde Jaycee lieber haben? Niemanden oder ihren Vater?

Eve runzelte die Stirn. »Sie haben eine Tochter?«

»Eve«, sagte Lode mit einem Tonfall, der verriet, dass er wusste, worauf das Gespräch hinauslief und versuchte, es sofort zu beenden.

»Jaycee«, sagte Fade. »Meine kleine Tochter.«

Eve warf Lode einen zwiespältigen Blick zu.

Fade bemerkte ihre Blicke, Lodes plötzliches Grimassieren. Diese beiden waren keine perfekten Partner, und Eve war Fades beste Chance, hier lebendig rauszukommen.

»Wenn ich mein Handy hätte, könnte ich euch Fotos zeigen«, fuhr Fade fort. »Sie ist quirlig. Schlau. Manchmal habe ich wirklich Angst, was sie als Nächstes tun wird.«

»Ruhe«, Lode musterte Eve. »Nicht. Wir waren schon mal in dieser Situation. Ein Kind macht den Elternteil nicht unschuldig.«

Eve ignorierte Fades Kommentar und sah Fade direkt an. »Wir halten die Welt stabil. Im Moment bist du die größte Bedrohung für diese Stabilität. Durch deine Beseitigung wird die Menschheit etwas besser.«

»Ich?«, fragte Fade. »Ich weiß nicht, auf welcher Welt ihr lebt, aber ich bin keineswegs die größte Bedrohung. Ihr habt abtrünnige Diktatoren, unkontrollierte Atomwaffen, und ihr nehmt euch mich vor?«

Hinter ihnen entdeckte Fade das Zeichen, auf das er gewartet hatte. Lichter, die sich den gewundenen Weg hinabschlängelten, während der Himmel heller wurde. Das ferne Dröhnen eines Motors. Hoffnung, die zu ihm kam.

»Wir gehen dorthin, wohin man uns schickt«, sagte Eve. »Was wir wissen, ist, dass du bald, wenn wir dich in Ruhe lassen, etwas tun wirst, das diesen Planeten auf einen Pfad wirft, von dem er sich nicht erholen wird.«

»Das ergibt Sinn. Überhaupt nicht verrückt.«

»Es spielt keine Rolle«, warf Lode ein. »Wir verschwenden Zeit. Spring, jetzt.«

Fade verschränkte die Arme. »Du wirst mich dazu zwingen müssen.«

Das Motorengeräusch kam näher. Lode blickte zurück. »Um diese Zeit sollte kein Auto hier sein.«

Der Cowboy griff an seinen Gürtel, zog eine seiner Pistolen heraus. Zielte auf Fade und spannte den Hahn. »Spring oder ich schieße dich runter.«

»Nur zu«, sagte Fade. Das Motorengeräusch wurde lauter. Fade konnte Thalias Auto sehen, das mit Hochgeschwindigkeit auf sie zuraste, weit über dem angemessenen Tempo für die Küstenstraße. Eve drehte sich zum Auto um, während Lode den Finger am Abzug verstärkte.

»Lode, ich glaube-«, begann Eve zu sagen, und Lode wandte sich ihr zu, gerade rechtzeitig um zu sehen, wie Thalias Auto die Straße verließ, an ihrem SUV vorbeiraste, bremste, rutschte und die beiden rammte. Der Aufprall war schnell genug, hart genug, dass Eve und Lode durch die Luft flogen. Fade beobachtete, wie sie flogen, wie in einem Film, und auf dem Boden aufschlugen. Sie zuckten und rollten und verschwanden dann von der Klippe.

Fade schaute auf die Stelle, wo sie gewesen waren, und zuckte mit den Schultern. Interessante Typen. Er war nicht traurig, dass er sie nicht mehr sehen würde.

»Perfektes Timing«, sagte Fade, als er auf den Beifahrersitz glitt.

»Du zahlst für die Beseitigung der Dellen.« Thalia fuhr zurück Richtung Straße. »Wie hast du mir den Standort geschickt?«

»Ich habe den Eindruck, dass sie mit moderner Technologie nicht wirklich vertraut waren?«, sagte Fade, nachdem er den Diebstahl ihres Handys beschrieben hatte. »Sie waren seltsam.«

»*Waren* ist hier das Schlüsselwort. Ellsworth hat bezahlt. Wir können los.«

»Du vielleicht. Mich erwartet eine ziemlich freche Tochter, wenn ich nach Hause komme.«

Fade nahm sein Handy. Schickte eine kurze Nachricht. Teilte Jaycee mit, dass er in Sicherheit sei.

Veronica versuchte herauszufinden, wo sie waren, indem sie aus den Fenstern der Limousine schaute, aber die dunkle Tönung hielt die nächtliche Welt in schwarzen Schatten. Sie wusste nur, dass sie den Hafen weit hinter sich gelassen hatten. Tiefes Schweigen erfüllte die Minuten, während Ellsworth an seiner Zigarre paffte. Veronica war nicht sicher, worauf er wartete. Eine Reaktion von ihr? Ein Signal von seinem Fahrer? Sie warf einen Blick zu ihm hinüber, seine Augen starrten aus dem Fenster, in dasselbe Nichts, das sie sah.

»Was wollen Sie also?«, fragte Veronica, als sie es nicht mehr aushielt.

Ellsworth blickte zu ihr. Sagte nichts. Also griff Veronica nach ihrem Handy; zog es aus ihrer Tasche. Bevor sie es jedoch an ihr Gesicht bringen konnte, streckte Ellsworth die Hand aus und schnappte es ihr weg. Er hielt es fest, starrte im Licht seiner Zigarre auf den leeren Bildschirm. Dann legte er es auf den Sitz.

»Warten Sie«, sagte Ellsworth.

Also wartete Veronica. Im Wagen spielte keine Musik. Der Fahrer sprach nicht. Wenn dies eine Entführung war, war es für Veronica das Langweiligste, was sie je erlebt hatte.

Die Limousine bog in einen Parkplatz ein, und sie hörte das Knirschen eines sich öffnenden Garagentors. Straßenlaternen standen jetzt überall, aber aufgrund der späten Stunde war der Parkplatz leer. Sie fuhren nach unten, die Steigung war steil genug, dass Veronica es bemerkte. Tief in die Garage unter der Erde. Graue Betonwände wurden von Leuchtstoffröhren erhellt – ihr weiß-blaues Leuchten entrückte Veronica aus Zeit und Raum. Ohne Fenster, im

Nebel ihrer eigenen Erschöpfung, verfiel Veronica ins Surreale.

Es war keine große Garage, nicht mehr als ein Dutzend Stellplätze. Die meisten davon waren bereits von einer Menagerie aus Limousinen und SUVs belegt. Hier unten waren die Arbeitszeiten offenbar flexibel.

»Jetzt können wir reden«, sagte Ellsworth plötzlich. »Hier unten kann niemand mithören.«

»Mithören?« Veronica schüttelte den Kopf, vertrieb die Benommenheit.

»Manchmal«, Ellsworth löste seinen Sicherheitsgurt. Hielt seine Zigarre in der linken Hand, während er seine Tür öffnete. »Wird man bei einer bestimmten Gruppe so beliebt, dass sie einen nie in Ruhe lassen wollen. Also muss man seinen sicheren Ort finden.«

Veronicas Tür öffnete sich. Ellsworths Fahrer stand auf der anderen Seite und bedeutete ihr auszusteigen. Veronica wollte gehen, drehte sich dann aber nach ihrem Handy um. Aber es war weg. Ellsworth musste es genommen haben.

Sie stand auf und traf Ellsworth hinter dem Auto. Er führte sie zu einer einzelnen Tür, schwer und rot und aus Metall. Sein Fahrer folgte einige Meter zurück.

»Welche Freunde?«, fragte Veronica.

»Ich habe alle möglichen. Einige mögen mich sogar«, erwiderte Ellsworth. »Aber zurück zu Ihrer Frage. Der Grund, warum Sie überhaupt hier sind. Sicher wissen Sie, wer Ihr Vater ist?«

Veronica versuchte, die richtige Antwort zu finden. Natürlich kannte sie den Namen ihres Vaters. Wusste, dass er ein Milliardär und Techunternehmer war. Er hatte stets viele Projekte am Laufen und schaffte es häufiger als nicht auf Magazincover. Aber das schien nicht zu sein, wonach Ellsworth fragte.

»Er ist ein ehrgeiziger Mann«, bot Veronica an. Ellsworth nickte.

»Daran ist nichts auszusetzen«, sagte Ellsworth. »Tatsächlich bewundere ich seinen Erfolg. Ihr Vater war in seinen Unternehmungen ziemlich rücksichtslos.«

Sie erreichten die Tür, und Ellsworth trat vor, ergriff den Griff und drehte ihn. Schlösser öffneten sich und die Tür ging auf. Ellsworth bedeutete Veronica einzutreten.

Hinter der Tür befand sich ein gerader, langer Flur. Veronica konnte eine Reihe von Räumen auf beiden Seiten sehen. Türen und weitere Gänge, die abzweigten. Vielleicht ein Labyrinth.

»Was meinen Sie mit rücksichtslos?«, fragte Veronica. »Ich treffe immer nur Menschen, die mir sagen, wie sehr sie die Arbeit meines Vaters schätzen.«

»Natürlich sagen sie das.« Ellsworth führte sie den Gang hinunter. Blieb an der ersten Tür stehen. Wandte sich ihr zu. »Dieser Raum ist für diejenigen, die nicht mögen, was ich tue.«

Ellsworth öffnete die Tür. Drinnen stand ein einzelner Stuhl. An der Wand davor hingen verschiedene Werkzeuge, die Veronica nur als verstörend beschreiben konnte.

»Wer '*nicht mag, was Sie tun*'?«

»Ich bin kein schrecklicher Mensch«, sagte Ellsworth zu Veronica. Er ging am Stuhl vorbei zu einem der Werkzeuge; einem langen, scharfen Messer. »Allerdings treffe ich im Laufe der Dinge Menschen, die in ihren Ansichten festgefahren sind. Die es vorziehen, sich mir zu widersetzen, statt sich mir anzuschließen. Und manchmal muss ich eben überzeugender sein.«

Ellsworth hielt die Klinge einen langen Moment und legte sie dann zurück ins Regal.

»Versuchen Sie, mich einzuschüchtern?«, fragte Veronica. Denn warum sonst würde Ellsworth ihr diese Dinge zeigen?

»Einschüchterung ist nur eine andere Art der Verhandlung«, antwortete Ellsworth und führte sie aus dem Raum. »Jeder reagiert anders. Manche Formen sind wirksamer als andere.«

»Sie haben mir immer noch nicht gesagt, was Sie über meinen Vater sagten?«, bemerkte Veronica, als sie zurück in den Flur gingen. Sie versuchte, ihre Stimme gleichmäßig zu halten. Versuchte nicht daran zu denken, was passieren könnte, wenn Ellsworth beschließen würde, eine der Klingen an ihr zu benutzen.

»Ihr Vater hat etwas, das ich will«, sagte Ellsworth. »Er hat es erworben, indem er mehrere meiner Freunde betrogen hat. Er versprach ein gemeinsames Unterfangen und nahm dann die Belohnungen für sich selbst. Im Grunde, Veronica, hat Ihr Vater das gestohlen, was mir gehören sollte.«

Sie gingen den Flur entlang, bis sie eine weitere Metalltür auf der rechten Seite erreichten. Ellsworth öffnete diese. Ein langer Tisch mit gepolsterten Bürostühlen auf Rollen daneben. Ein kleines Regal mit Wasser, Kaffee und einer Auswahl an frisch aussehenden Donuts schmiegte sich in die Ecke des Raumes. An einem Ende befand sich ein großer, schwarzer Bildschirm.

»Das ist nicht besonders beängstigend«, sagte Veronica.

»Das muss es auch nicht sein«, sagte Ellsworth. »Wie gesagt, verschiedene Methoden. Von Zeit zu Zeit wird es notwendig, nach außen zu zeigen, dass diejenigen, mit denen ich mich treffe, gut behandelt werden.«

Zurück in den Flur. Durch eine andere Tür auf der linken Seite.

»Was hat mein Vater gestohlen?«, fragte Veronica.

»Das ist es ja«, sagte Ellsworth. »Ich weiß nicht genau, was es ist. Nur dass ich es brauche. Will. Und dass er es nicht verdient.«

Dieser Raum war anders. Er hatte einen Teppichboden, im Gegensatz zu all den anderen. Ein Sessel stand in der Mitte. Ein einzelner Ruhesessel. Veronica bemerkte Lautsprecher im ganzen Raum. Ein großer Fernseher an der Wand vor dem Sessel.

»Lassen Sie mich raten, Sie zwingen die Leute, Dinge anzusehen? Dinge zu hören, die sie nicht hören wollen?«, fragte Veronica.

»Oder die sie sehr gerne hören möchten«, sagte Ellsworth. »Ich vertraue nicht so sehr auf Folter. Auf Schmerz. Was ich lieber tue, was ich lieber erreichen möchte, ist ein gegenseitiges Abkommen. Bei dem beide Parteien mit etwas weggehen, das sie brauchen. Ich finde, die Bemühungen sind in solchen Fällen viel stärker.«

»Was bekomme ich aus diesem Handel?«, fragte Veronica.

»Ihr Vater bekommt Sie«, sagte Ellsworth. Sie gingen zurück in den Flur. Auf die nächste Tür zu.

»Das habe ich nicht gefragt«, sagte Veronica. »Was bekomme ich aus diesem Handel?«

Ellsworth hielt inne, drehte sich um und sah Veronica im Flur an. Sein Mund verzog sich zu einem langsamen Lächeln. »Veronica Pline, Sie sind eine sehr überraschende junge Frau.«

Der Schlüssel drehte sich im Schloss. Jaycee beobachtete, wie der Riegel zurückglitt, während Morgenlicht von hinten durch den Flur strömte. Als ihr Vater ins Haus trat, war Jaycees Hand bereits in Bewegung. Die Ohrfeige traf. Hart genug, um Fade einen Schritt zurücktaumeln zu lassen, fast wieder zur Tür hinaus. Jaycee holte mit der

Hand für einen weiteren Schlag aus, aber Fade fing sie ab.

»Nicht gerade der Empfang, den ich erhofft hatte«, massierte Fade mit seiner rechten Hand die Wange, wo Jaycee ihn getroffen hatte.

»Du kannst froh sein, überhaupt einen Empfang zu bekommen«, erwiderte Jaycee. »Weißt du, was du mir gestern Nacht angetan hast? Weißt du, wie schrecklich das war?«

»Für mich war es wahrscheinlich schlimmer«, sagte Fade.

»Schlimmer für dich?« Jaycee trat einen Schritt zurück. Überlegte, ihren Rucksack nach ihrem Vater zu werfen. Aber wenn es eine Sache gab, die sie im Laufe der Jahre gelernt hatte, dann dass ihre Worte, ihre Emotionen härter trafen als körperliche Schläge. Trotzdem war diese Ohrfeige äußerst befriedigend gewesen.

»Du willst es nicht wissen«, sagte Fade, während er eintrat und die Tür hinter sich schloss.

»Natürlich nicht. Warum sollte ich wissen wollen, warum mein einziger Vater gestern Nacht stundenlang ohne ein Wort verschwunden war? Warum sollte ich nicht ruhig bleiben und es als einen weiteren seltsamen Abend in einem Leben voller solcher akzeptieren?« Jaycee ließ die Welle von tragischer Wut und Selbstmitleid über sich hinwegspülen. Sie hatte es erwartet. Dafür geplant. Genau wie sie wusste, dass jedes Mal, wenn ein Film diese Szene mit dem anschwellenden Orchester erreichte, den emotionalen Höhepunkt, Tränen in ihre Augen steigen würden. Sie wusste, dass es auch hier passieren würde. Und sie nutzte es.

»Jaycee, komm schon. Es tut mir leid«, versuchte Fade,

sie in eine Umarmung zu ziehen, aber Jaycee stieß ihn zurück.

»Nein. Du weißt, wie sie gestorben ist. Du weißt, dass sie nicht zurückkam. Du kannst mir nicht dasselbe antun.«

»Das war nicht meine Absicht«, sagte Fade. »Die Dinge sind außer Kontrolle geraten.«

»Hör auf, Ausreden zu erfinden!« Jaycee drehte sich um und ging zurück in die Küche. Sie musste für einen Moment durchatmen. Sie wollte nicht die Kontrolle verlieren. Wollte nicht, dass Fade das sah. Das war das Problem mit Verletzlichkeit; man konnte sie nicht immer kontrollieren.

»Es wird nicht wieder vorkommen«, sagte Fade, während er ihr folgte. »Ich verspreche es.«

»Du bist ein Lügner«, sagte Jaycee. »Du bist ein Lügner und dabei bleibt es. Ich bin deine Tochter und muss damit leben. Aber ich muss mir keine Versprechungen anhören, die du sowieso nie einhalten wirst. Also sag sie gar nicht erst.«

Ihr Vater wirkte ratlos. Er hatte keine Ausweichmöglichkeit. Keine vorgefertigten Phrasen oder schlagfertigen Antworten für diesen Fall. Gut so.

»Ich weiß nicht, ob du verstehst, wie es sich anfühlt«, sagte Jaycee. »Ich weiß nicht, ob du es kapierst. Du bist alles, was ich habe. Ohne Mama bist du es. Damit habe ich mich abgefunden. Ich weiß, dass du nicht perfekt bist. Aber ich will, dass du nachdenkst. Dass du dich erinnerst, dass ich hier bin. Und dass ich dich brauche.«

»Es tut mir leid«, sagte Fade. Aber seine Augen, seine hängenden Schultern zeigten, dass er wusste, wie unzureichend diese Aussage war.

»Ich muss los«, sagte Jaycee. »Allie wird gleich vorfahren. Dann gehe ich zur Schule und versuche den Leuten zu erklären, warum du gestern Abend auf einer Party aufgetaucht bist. Warum ich aussehe, als hätte ich überhaupt nicht geschlafen. Es wird ein höllischer Tag.«

»Falls es etwas bedeutet«, sagte Fade zu Jaycees Rücken. »Ich hatte das nicht geplant. Es war nicht meine Schuld.«

Jaycee blickte zurück. »Du sagst ständig solche Dinge. Jedes Mal, wenn du für irgendetwas verschwindest, jedes Mal, wenn du absagen musst. Aber du erklärst nie etwas. Du hast auch nie erklärt, warum Mutter nicht zurückgekommen ist. Mit diesen Geheimnissen kannst du offenbar leben. Aber ich weiß nicht, ob ich das kann.«

Jaycee nahm ihre Tasche, öffnete die Tür und ging hinaus. Schloss sie und ihren Vater hinter sich. Holte tief Luft und ging weiter. Schrieb Allie eine Nachricht, sie an der Ecke am Ende des Blocks zu treffen.

Im Moment wollte sie überall sein, nur nicht zu Hause.

KAPITEL 5
SCHULD MIT RÜHREI

AUF DEM HERD STANDEN EIER. Bereit für ihn zum Essen. Frisch gebrühter Kaffee auf der Arbeitsplatte. Trotz ihrer Schimpftirade, trotz ihrer Einstellung hatte Jaycee ihn wieder willkommen geheißen. Fade füllte den Teller, setzte sich an den Tisch und starrte eine Minute lang ins Leere.

Er verdiente sie nicht als Tochter. Verdiente niemanden, der seine Missbräuche ertrug und immer wieder zurückkam. Die seine halbherzigen Erklärungen akzeptierte und ihn trotzdem umarmte, bevor sie abends ins Bett ging. Die ihn bei ihren Theateraufführungen dabei sein ließ. Die ihn Vater nannte.

Erst vor wenigen Stunden hatte er auf einer Klippe gestanden und das Ende seines Lebens betrachtet. Kurz davor, Jaycee zur Waise zu machen. Das Problem war: Das war nicht das erste Mal gewesen. Nicht das fünfte oder das zehnte Mal. Er brachte sich schon seit Jahren in Situationen, die er nicht verdiente zu überleben. Es war nur schlimmer geworden, seit seine Frau, seit Maggie...

Nein, er hatte seine Gründe. Fade sah sich in der

Küche um. Der neue Kühlschrank. Der glänzende Herd mit mehr Funktionen, als er zählen konnte. Das Haus, das sie ihr eigenes nennen konnten und nicht das der Bank. Er hatte Gründe. Dies war kein Flirt. War nicht zum Spaß.

Er beendete sein Frühstück, warf die Teller in die Spülmaschine und ging nach oben. Das Fenster in seinem Schlafzimmer blickte auf einen kleinen Hinterhof und über einen Zaun hinweg in den der Nachbarn. Fade konnte dort einen Spielplatz sehen, für Kinder, die viel jünger als Jaycee waren. Durch ihr Fenster sah er eine Küche, die seiner eigenen sehr ähnlich war. Nur wettete er, dass sie nicht für ihren Lebensunterhalt Menschen entführten. Sich nicht in Schießereien stürzten, Fäuste ins Gesicht bekamen oder an Autoverfolgungsjagden in der Dunkelheit der Nacht teilnahmen. Und doch hatten sie alles, was er auch hatte. Also warum? Warum riskierte er alles dafür?

Sein Handy piepte. Fade nahm es heraus und warf einen Blick darauf.

Kosten für die Beseitigung der Dellen: 800 Euro.

Thalia. Sie ließ ihr Auto mit den neuen, körperförmigen Beulen bereits reparieren. Der gleiche Mechaniker, den sie beide benutzten, schon lange benutzten, der mit ihrem Onkel zusammenarbeitete. Der den Mund hielt. Kostete ein bisschen mehr, aber diese Gebühr war nichts im Vergleich dazu, dass sie keine Fragen beantworten mussten.

Ich übernehme das.

Fade schickte die Antwort und ging ins Badezimmer. Drehte die Dusche auf und ließ das heiße Wasser zusammen mit dem Kaffee, den er getrunken hatte, wirken, um ihn wieder wach zu machen. Wieder eine Nacht ohne Schlaf. Er würde den heutigen Tag gut überstehen. Heute Abend umfallen. Morgen würde sich sein Kopf anfühlen, als bewege sich sein Verstand in Zeitlupe. So lief das immer.

Er hatte Maggie seltsamerweise im Team kennengelernt. Spezialkräfte. Sie waren im selben Trupp gewesen, hatten gemeinsam Einsätze durchgeführt. Fünf Jahre, und dann waren sie draußen. Fünf Jahre der Verbundenheit durch Adrenalin und Feuerkraft. Des gegenseitigen Vertrauens um ihr Überleben.

Es war ihr erstes Date in der realen Welt gewesen, außerhalb der Kasernen und dem versteckten Gespenst, zurückgerufen zu werden, das es für ihn besiegelt hatte. Das Date selbst war ein einfaches gewesen. Abendessen und statt eines Films die Landesmesse. Eine lange Nacht voller schlechter Jahrmarktsfahrten, Spielbuden, wo sie sich abwechselten beim Gewinnen und die überdimensionierten Preise an nahestehende Kinder verschenkten. Zuckerwatte, frittierte Butter. Für einen Moment waren die beiden alles gewesen, was er sich wünschte.

Sein Handy piepte, als er aus der Dusche stieg.

Wie hat sie es aufgenommen?

Das war typisch Thalia. Immer ihre Nase in alles stecken. Aber dann, Fade schätzte ihre Perspektive. Thalia hatte normalerweise eine bessere Vorstellung davon, was Jaycee dachte, als er selbst.

Hat mir eine kräftige Ohrfeige verpasst. Ist gegangen.

Es hatte nicht lange gedauert nach der Landesmesse, bis Ringe ausgetauscht wurden. Obwohl Fade selbst da schon wusste, dass ihnen die Zeit davonlief. Normale Jobs, die zu ihren besonderen Fähigkeiten passten, wurden knapp. Natürlich hatten sie Kontakte. Wenn man in einem bestimmten Bereich tätig ist, lernt man Leute kennen. Leute, die, wenn man seinen Job gut macht, nur allzu gerne bereit sind, einen weiterzuempfehlen. Nur allzu glücklich, einen im Netz zu behalten.

Sie wird darüber hinwegkommen.

Ich muss es wiedergutmachen. Irgendwelche Ideen?

Es war nicht so, dass sie geplant hatten, diesen Weg zu gehen. Aber das Geld war gut. Fade würde lügen, wenn er sagte, dass er den Rausch nicht mochte. Wenn nicht sowohl er als auch Maggie es liebten, durch die Dunkelheit zu laufen und Aufträge zu erledigen. Wenn das Adrenalin sie nicht auf eine Art und Weise zusammengebracht hätte, die das einfache häusliche Leben nicht ganz erreichen konnte.

Fade ging zum Kleiderschrank, öffnete ihn. Zog Pyjama an. Seine Augen verweilten auf Maggies Kleidern, so wie sie es immer taten, wenn er diese Türen öffnete.

Nimm sie mit zum Essen aus. Vater-Tochter-Date-Zeit.

Ja, das könnte funktionieren. Er würde müde sein, aber für Jaycee war es das wert.

Sein Blick fiel auf die untere Ecke des Schranks. Eine kleine Kassette. Darin befand sich, wie er wusste, Maggies Pistole. Die einzige im Haus. Fade hatte seine, alle davon, nach jener Nacht entsorgt. Bevorzugte es jetzt aus nächster Nähe und persönlich. Sicherer so.

Gute Idee. Halt mich auf dem Laufenden, falls etwas reinkommt.

Fade wollte damit nicht weitermachen, aber er wusste tief im Inneren, dass es nicht enden würde. Dass er nicht einen normalen Job finden konnte. Er konnte keine Stechuhr bedienen. So war Fade nicht verdrahtet. Also würde er weitermachen, was er tun musste. Er würde weiterhin spät in der Nacht ausgehen, Aufträge erfüllen und sich am nächsten Morgen bei Jaycee entschuldigen.

Bis er unweigerlich eines Tages nicht mehr nach Hause kommen würde.

Das war das dritte Mal gewesen. Das dritte Mal, dass sie eine Person mit ihrem Auto getötet hatte. Obwohl dies der erste Doppeltreffer war, was auf schreckliche Weise irgendwie cool war. Thalia lehnte sich in ihrem Stuhl zurück, an einem Schreibtisch in ihrer Wohnung. Eine Ein-Zimmer-Angelegenheit, die die meisten Kredite für die Küche und ihre weitläufige Arbeitsplatte ausgab. Eine Ausziehcouch und ein Fernseher dominierten das Wohnzimmer. Bilder hatten es nicht an die Wände geschafft, obwohl sie schon vor Jahren eingezogen war. Dekorieren brauchte Zeit, sie zu betrachten brauchte Zeit, und Thalia hatte davon nichts.

Vor dem Haus, eng eingequetscht auf der Straße, stand der generische Leihwagen, den der Mechaniker ihr gegeben hatte. Es würde höchstens ein oder zwei Tage dauern, um die Dellen zu beseitigen. Es hätte länger gedauert, wenn Blut dabei gewesen wäre.

Nicht dass Thalia erwähnt hätte, woher die Dellen stammten, aber dieser Kerl war nicht dumm.

Bei den anderen hatte es allerdings Blut gegeben. Bei denen, die sie ausgeschaltet hatte oder gesehen hatte, wie sie mit Fahrzeugen ausgeschaltet wurden. Warum also diesmal nicht? Vielleicht trugen sie dicke Kleidung. Oder sie hatte sie im richtigen Winkel getroffen. Jedenfalls waren sie die Klippe hinuntergegangen.

Warum also recherchierte sie über sie?

Sie tippte die Kombination ein; ein Cowboy und eine Frau in Sportkleidung, die ein paar Jahrzehnte aus der Mode war, und schaute, was das Internet so ausspuckte. Sie suchte nach Bildern, nach Artikeln. Vielleicht lag es daran, dass sie nicht aufhören konnte, an diesen Blitz zu denken. Wie sie aus dem Nichts aufgetaucht waren, Fade bewusstlos geschlagen hatten, ohne einen Schlag zu versetzen. Wie sie ihre Kugeln abbekommen hatten und sich weiter bewegten.

Denn wenn sie ihre Schüsse weggesteckt hatten und

einen Treffer von ihrem Auto verkraften konnten, dann konnten sie vielleicht auch damit umgehen, von einer Klippe zu stürzen.

Die erste Runde von Websites erwies sich als nichts Besonderes. Allgemeines Zeug. Bilder von als Cowboys verkleideten Menschen, Artikel über Wild-West-Revival-Shows und 80er-Jahre-Workout-Routinen. Nichts, was sie wollte.

Aber die zweite Runde. Da war etwas. Sie stieß auf die seltsameren Publikationen. Die Blogs und lokalen Zeitungen, die weniger zu echtem Journalismus und mehr zu Klatschblatt-Kost tendierten. Dort fand sie einige Berichte. Einige zitierten Verrückte, die über verschwundene Menschen sprachen, zur gleichen Zeit, als ein Cowboy gesichtet worden war. Wo immer das Paar erwähnt wurde, verschwanden andere Menschen. Mysteriöse Verschwinden. Leichen, die Monate, Wochen, Jahre später gefunden wurden, ohne jegliche Hinweise darauf, wie sie gestorben waren.

Wenn es nur ein oder zwei dieser übertriebenen Artikel gegeben hätte, hätte Thalia sie abgetan. Aber innerhalb einer Stunde Recherche hatte sie mehr als zehn gefunden. Verstreut über die ganze Welt, in so unterschiedlichen Sprachen wie alles, was sie je nachgeschlagen hatte. Afrika, Asien, Südamerika. Der einzige Kontinent, der nicht vertreten war, war die Antarktis, und Thalia fragte sich, ob das nur daran lag, dass es in dieser verschneiten Einöde nicht so viele Boulevardzeitungen gab.

Wer waren diese Leute?

Denn das andere, was sie beunruhigte, was Thalia wirklich aus der Fassung brachte, war nicht, dass diese beiden überall auf dem Globus aufzutauchen schienen.

Es war, dass die erste Sichtung des Paares vor 70 Jahren aufgezeichnet wurde. Während des Zweiten Weltkriegs. Wo das Duo in Deutschland gesehen worden war, am selben Tag, an dem ein paar der repressiveren Nazi-Offiziere Selbstmord begangen hatten.

Wenn Thalia dieselben zwei letzte Nacht gesehen hatte, müssten sie mehr als hundert Jahre alt sein.

Es schien, als wäre Fade von einer Unmöglichkeit gefangen genommen worden.

Veronica blieb in einem Raum mit zwei Etagenbetten. Die Matratzen waren eher wie Feldbetten; die Laken kratzig und dünn. Die ganze Nacht über surrten nicht identifizierbare Maschinen im Hintergrund. Klimaanlage vielleicht, oder Wasser, das durch Rohre rauschte. Veronica dachte, die Geräusche würden es ihr schwer machen zu schlafen, aber als sie auf das untere rechte Bett fiel und hörte, wie die Tür hinter ihr abgeschlossen wurde, schlief sie schnell ein.

Und wachte sechs Stunden später auf, als sich die Tür öffnete und Ellsworths Mann Aaron auf der anderen Seite stand. Wie er nach einer Nacht, die für ihn sicher noch später geendet hatte als ihre eigene, so frisch aussehen konnte, wusste Veronica nicht. Er begleitete sie zu einer Einzelkabine mit Toilette und Dusche und wartete draußen, bis sie fertig war. In der Kabine lag eine Tasche mit frischer Kleidung, noch mit Preisschildern dran. Sie passten nicht perfekt, und der T-Shirt-und-Jeans-Look war nicht wirklich ihr Ding, aber nach einer Nacht in einem Party-Outfit konnte Veronica damit leben.

»Mehr als ich für eine Geisel erwartet hätte«, sagte Veronica, als sie das Badezimmer verließ.

»Kommt darauf an, wer die Geisel ist«, antwortete

Aaron, freundlich und ruhig. »Wir haben nichts gegen Sie persönlich, also gibt es keinen Grund, Sie leiden zu lassen.«

»Das weiß ich zu schätzen, denke ich.«

»Wenn Sie Mr. Ellsworth das besorgen, wonach er sucht, dann hat sich alles gelohnt.« Aaron führte sie den Flur zurück zu dem Raum mit dem Konferenztisch und den Stühlen. Ellsworth war bereits dort, trank Kaffee und verschlang Donut-Löcher in großen Bissen.

»Nehmen Sie sich ruhig eins.« Ellsworth zeigte Veronica, wo sie sich hinsetzen sollte. Aaron schloss die Tür hinter ihr und nahm links von ihr Platz. »Sie sind frisch. Genau wie der Kaffee.«

Veronica blickte auf den Stapel glasierter Gebäckstücke. Auf die Thermoskanne in der Mitte des Tisches. »Vielleicht ein Glas Wasser?«

Ellsworth sah zu Aaron, der aufsprang und ging. Dann griff Ellsworth in seine Tasche und zog Veronicas Handy heraus. Er schob es zu ihr hinüber.

»Jetzt wirst du deinen Vater anrufen. Sag genau, was dir passiert ist. Es ist mir egal, ob du meinen Namen erwähnst, denn es ist nicht mein richtiger.« Ellsworth hob eine Hand, einen einzelnen Finger. »Wenn ich das so mache, will ich, dass du das Handy zu mir zurückschiebst, und ich werde das Gespräch beenden. Einfach genug?«

Veronica nickte. »Was soll ich sagen?«

Ellsworth gab ein beschwichtigendes Lächeln. »Sag ihm die Wahrheit. Du bist in meiner Gesellschaft, und um herauszukommen, muss dein Vater mir geben, was ich will.«

Aaron kam mit dem Wasser zurück. Stellte es vor Veronica ab. Sie nahm einen langen Schluck und, während Aaron und Ellsworth sie beobachteten, nahm sie das Handy und suchte nach ihrem Vater. Seltsam, dass der Empfang unter der Erde so gut sein konnte, aber es sah aus, als hätte sie volle Balken. Andererseits, wenn Ellsworth regelmäßig Leute hierher brachte, hatte er vielleicht für solche Dinge vorgesorgt.

Das Telefon klingelte. Aaron nahm es ihr ab, legte es auf den Tisch und drückte die Lautsprechertaste. Veronica holte tief Luft.

»Hey!«, ihr Vater, Christopher Pline, antwortete mit nervöser Aufregung. »Wo bist du? Grady hat angerufen. Er ist außer sich, versucht dich zu finden. Er erzählt mir, dass-

-«

»Dad, halt mal kurz an, ja?«

»Was?«

»Ich wurde entführt, Dad. Letzte Nacht.«

»Entführt? Von wem?«

»Von jemandem namens Ellsworth. Sie haben mich zu einem Gebäude gebracht. Ich bin jetzt unter der Erde.« Veronica behielt Ellsworth im Auge, er nickte ihr zu. Sie nahm das als Zeichen, dass sie es gut machte. »Es geht mir gut. Sie tun mir nichts.«

»Veronica, ich rufe jetzt die Polizei an. Ich hätte Grady das schon letzte Nacht tun lassen sollen, aber er wollte erst ein bisschen nachforschen.«

»Tu das nicht, Dad. Du musst die Polizei nicht einschalten.«

»Nicht?«

Ellsworths Finger schoss nach oben. Veronica zögerte. Aaron streckte die Hand aus und schob das Telefon über den Tisch. Veronica lehnte sich zurück. Ihren Vater so besorgt zu hören... das überraschte sie. Es war lange her, dass sie so etwas gehört hatte. Etwas anderes als Forderungen nach Fortschritt, nach Exzellenz. Schelte dafür, nicht brillant genug zu sein. Oder einfache Ignoranz. Ein

Herunterspielen ihrer Prioritäten angesichts seiner tausenden geschäftlichen Konflikte. Und doch, da hatte ihr Vater fast menschlich geklungen.

»Mr. Pline? Hier ist Ellsworth.« Der Mann stopfte sich ein weiteres Donutloch in den Mund. Kaute es zweimal und schluckte es hinunter. Veronica dachte, er würde ersticken, aber Ellsworth hatte offenbar unglaubliche Halsmuskeln.

»Sie haben meine Tochter?«

»Ich leihe sie mir nur aus. Habe kein Interesse daran, sie zu behalten. Ich hoffe, wir können einen Deal machen.«

»Einen Deal? Wollen Sie Geld?«

»Kein Geld. Brauche kein Geld.« Ellsworth trank etwas von dem Kaffee. Bewegte den Becher etwas zu schnell, und ein bisschen schwappte über den Rand auf den Tisch. Ellsworth fuhr mit dem Finger durch die kleine Pfütze, seine Augen verfolgten seine eigenen Bewegungen. »Christopher, ich komme gleich zur Sache. Wir sind beide beschäftigte Männer, und du verstehst das sicher. Ich will den Edelstein.«

»Den Edelstein?«

»Spiel nicht den Dummen, Christopher. Es gibt nur ein Abzeichen, für das jemand deine Tochter entführen würde. Du weißt genau, worum es geht. Ich will es haben. Du gibst es mir, und ich gebe dir Veronica zurück.«

Stille. Veronica wartete. Ihr Vater würde jeden Moment ja sagen. Er musste. Oder? War das nicht, was Eltern taten?

Christopher Pline sagte nichts.

Ellsworth schaute von dem Kaffeefleck auf, direkt zu Veronica. Schüttelte leicht den Kopf.

»Ellsworth. Ist meine Tochter noch da?«

Ellsworth blickte Veronica direkt an. Dann zurück zum Telefon. »Sie ist wieder in ihrem Zimmer.«

»Sie werden ihr nicht wehtun?«

»Ich habe dir die Bedingungen genannt, Christopher.«

»Können Sie noch einen Tag warten?«

»Wofür?«

»Es passiert heute Abend etwas. Etwas, das mir erlauben sollte, den Deal zu machen, den Sie suchen.«

»Ich bin genauso an einer erfolgreichen Lösung dieser Angelegenheit interessiert wie du«, sagte Ellsworth. »Du hast deinen Tag, Christopher.«

Veronica hörte, wie das Gespräch weiterging. Nummern für Anrufe wurden ausgetauscht, aber sie achtete nicht besonders darauf. Stattdessen konzentrierte sie sich auf eine Tatsache. Sie hatte natürlich gewusst, dass ihr Vater seine Arbeit sehr liebte. Seine Unternehmen und was er mit ihnen machte. Wenn sie wirklich ehrlich zu sich selbst wäre, hätte sie zugeben können, dass ihm diese Unternehmen wichtiger waren als sie.

Jetzt war es offensichtlich.

Wenn es jemals einen verwirrendereren Tag gegeben hatte, konnte Jaycee sich nicht daran erinnern. Angefangen damit, dass sie ihrem Vater eine Ohrfeige verpasst hatte, und dann sieben lange Schulstunden, in denen sie endlosen Spott erwartete. Witze, weil ihr Vater eine Party gesprengt hatte, aber es gab keine. Danny war beim Mittagessen vorbeigekommen, um zu fragen, wo sie letzte Nacht hingegangen war. Jaycee erfand eine Ausrede über Hausaufgaben, und Danny zuckte mit den Schultern und sagte, dass die Party sowieso nicht mehr lange gedauert hätte. Veronica war anscheinend verschwunden und die Leute fühlten sich seltsam, in ihrem Haus herumzuhängen, ohne dass sie da war.

Allie machte nicht einmal eine große Sache daraus. Brachte Jaycee nach der Schule nach Hause und sagte ihr, dass es wahrscheinlich sowieso gut sei. Dienstagsfeiern seien nicht gerade ein Plus für ihre Noten oder ihre Energie. Es würde noch viele weitere geben.

Also wusste Jaycee nicht, was sie fühlen sollte, als sie die Auffahrt hochging und den kurzen Weg zum Haus. Wütend auf ihren Vater, klar. Fade verdiente nichts Geringeres für letzte Nacht, aber die Folgen waren so nicht existent, dass es sich vielleicht nicht lohnte, deswegen auszuflippen. Ihr Leben war, wie sich herausstellte, nicht vorbei.

»Hey Dad!« rief Jaycee, als sie durch die Tür trat. Sie stellte ihren Rucksack neben der Treppe ab, während sie sich hinunterbeugte, um ihre Schuhe auszuziehen.

»Jaycee!« verkündete Fade aus der Küche. »Gut, dass du zurück bist. Ich habe einen Plan für uns heute Abend, also sag mir nicht, dass du viele Hausaufgaben hast.«

»Nur die übliche erdrückende Menge«, antwortete Jaycee. »Was hast du dir vorgestellt?«

»Lass uns ausgehen!« rief Fade zurück. »Such dir einen Ort aus und wir reservieren einen Tisch. Machen einen richtigen Abend daraus.«

Ah, die Wiedergutmachungsroutine. Jaycee erkannte diese. Fade griff immer darauf zurück, wenn er Mist gebaut hatte. Abendessen irgendwo Schönes, vielleicht ein Film oder ein Ausflug zu einem Laden, den sie mochte. Bestechung, genauer gesagt. Nicht dass es Jaycee etwas ausmachte – wenn ihr Vater sein Verhalten nicht ändern würde, könnte sie genauso gut davon profitieren. Trotzdem wollte sie nach gestern Abend vor allem schlafen.

Jaycee ging in die Küche zurück, teils um ein Glas Wasser zu holen, teils um zu sehen, was ihr Vater dort machte. Es stellte sich heraus, dass Fade über dem Ofen stand und einen Timer einstellte.

»Was machst du da?« Jaycee versuchte, um Fade herumzuschauen, um zu sehen, was im Ofen war, konnte aber durch das kleine Fenster nichts erkennen.

»Es ist eine Überraschung. Sollte fertig sein, wenn wir nach Hause kommen.«

»Du versuchst zu backen?«

»Es ist ein Rezept. Für den Nachtisch, wenn wir nach Hause kommen. Wie schwer kann das sein?« Fade klang gekränkt. Jaycee lachte.

»Dad, wenn du das hinbekommst, werde ich so beeindruckt sein.«

»Nun, dann bereite dich darauf vor, erstaunt zu sein.«

»Wenn du meinst«, Jaycee goss sich etwas Wasser ein. »Ich gehe kurz nach oben. Dann können wir überlegen, wohin wir gehen.«

Die Schulkleidung gegen etwas Erfrischenderes tauschen. Der Tag war warm geworden, und wenn Jaycee die Wahl hatte, wollte sie irgendwo ein bisschen schicker hingehen. Sich an einem Gericht erfreuen, das sie zu Hause nicht selbst zubereiten konnten. Soufflé vielleicht. Oder Sushi.

Die Türklingel riss sie aus der Feinschmeckerfantasie. Sie hörte, wie ihr Vater aus der Küche rief und sie fragte, ob sie aufmachen könne.

»Warum kannst du nicht?« rief Jaycee von oben an der Treppe.

»Ich mache die Glasur!« antwortete Fade.

Glasur. Fade musste sich wirklich schlecht fühlen, wenn er sich so viel Mühe gab. Jaycee schüttelte den Kopf und ließ ein kleines Lächeln zu. Ihr Vater war weit davon entfernt, perfekt zu sein, aber zumindest versuchte er es.

Sie hüpfte die Treppe hinunter, richtete noch ihr Kleid und öffnete die Tür. Auf der anderen Seite stand, was sie schwor, ein Cowboy war. Mit breitkrempigem Hut und allem. Aber ihre Aufmerksamkeit richtete sich auf das, was er hielt. Eine Pistole, direkt auf sie gerichtet.

»Nun, du musst die Tochter sein, von der wir so viel gehört haben.« Der Cowboy starrte sie an und grinste.

KAPITEL 6

DUELL AUF DER FUSSMATTE

SIE SIND ZURÜCK. *Hilfe.*

Fade schickte die Nachricht an Thalia, sobald er Lodes Stimme von der Haustür hörte. Er steckte das Handy in seine Tasche, griff über den Holzblock voller Besteck und zog das lächerlich scharfe Kochmesser heraus. Hielt es bereit und wartete hinter der Wand.

»Wer bist du?«, hörte Fade Jaycee fragen, hörte das Zittern in ihrer Stimme. »Du wirst mich doch nicht erschießen, oder?«

»Name ist Lode, und ich hab's nicht vor. Aber andererseits laufen die Dinge nicht immer nach Plan.«

Lode hatte seiner Tochter gedroht. Wenn Fade den Cowboy nicht schon für einen vorzeitigen Tod vorgemerkt hätte, dann jetzt auf jeden Fall. Es gab nicht viele Todsünden in seiner Welt, aber ein unschuldiges Kind ins Visier zu nehmen, war die schlimmste.

Das Problem war, dass Fade keinen Winkel hatte. Sein einziger Vorteil in diesem Moment war das Überraschungsmoment.

»Lässt du mich rein, oder muss ich hier draußen auf

deiner Veranda rumstehen und mich unwohl fühlen?«, fuhr Lode fort.

»Ich weiß nicht«, entgegnete Jaycee. »Scheint für mich besser zu sein, wenn wir das im Freien halten. Eine Person geht vorbei und sieht dich mit so einer Waffe in dieser Gegend, und wir haben innerhalb einer Minute die Polizei hier.«

»Hast du schon mal versucht, bis sechzig zu zählen?«, sagte Lode. »Das ist eine lange Zeit. Genug für mich, um das zu tun, wofür ich gekommen bin, und wieder durch diese Tür zu gehen.«

»Du würdest nicht entkommen, so wie du angezogen bist.«

»Das muss ich nicht.«

Fade zielte hoch. Trat um die Ecke und warf das Messer. Schickte es wirbelnd durch die Luft, über Jaycees Kopf hinweg und direkt in Lodes Brust. Einen Zentimeter unter dem Hals des Cowboys.

»Lauf, Jaycee!«, schrie Fade, während er dem Wurf folgte. Doch anstatt am Cowboy vorbeizuschlüpfen und in die Freiheit zu rennen, stolperte Jaycee zurück in Richtung Treppe und zerrte an der Tür, um sie dem Cowboy vor der Nase zuzuschlagen.

Lode lehnte sich mit seiner rechten Schulter gegen die Tür und drückte zurück, als Jaycee versuchte, sie zu schließen. Rammte sie wieder auf. Hob die Pistole und zielte auf Fades Kopf. Als der Cowboy Stellung bezog, ging Fade an der Couch vorbei. Griff ein kleines, gelbes Kissen mit einem Blumenmuster und schleuderte es auf den Cowboy. Traf Lode im Gesicht, verursachte keinen Schaden, ließ den Mann aber blinzeln. Was Fade genug Zeit gab, Lodes Hand mit der Pistole zu packen und die Waffe wegzureißen.

Bevor Lode reagieren konnte, warf Fade die Pistole den

Flur hinunter und zog dann mit seinem Griff an Lodes rechtem Arm den Cowboy ins Haus, wobei er ihn über Fades linkes Bein stolpern ließ. Lode schlug auf die Fliesen, der breitkrempige Hut flog weg, und Fade versetzte dem Cowboy einen harten Tritt in die Nieren. Kniete sich hin und drückte seinen linken Unterarm in Lodes Nacken. Mit seiner rechten Hand griff Fade in Lodes anderen Holster, entfernte die zweite Pistole und schleuderte sie der ersten hinterher.

Er hörte Jaycee schreien und Fade drehte sich um, um Eve zu sehen, die schnell den Weg hochkam. Fade trat die Haustür zu, als Eve herankam, hörte den dumpfen Aufprall, als sie dagegen stieß. Dann rollte sich Lode herum, zog Fade mit sich, bis der Cowboy oben saß. Lode ballte seine rechte Hand zur Faust, und Fade erwartete, dass sie auf seinen Kopf niedersausen würde, also streckte Fade die Finger seiner linken Hand aus und stieß sie in Lodes Hals. Der Cowboy hustete und würgte, während er von ihm herunterrollte.

Fade rutschte zurück auf seine Füße, als die Haustür wieder aufsprang. Eve stand da, bereit für eine Runde.

»Nicht bewegen!«, hörte Fade seine Tochter hinter sich rufen. Er folgte Eves Blick zurück zu ihr.

Jaycee stand im Flur zwischen Wohnzimmer und Küche. Ihr Gesicht voller hektischer, entschlossener Angst. Sie hielt eine von Lodes Pistolen und zielte auf Eve.

Nach Fades Wissen hatte Jaycee noch nie in ihrem Leben eine Waffe abgefeuert. Sie hatte keine Ahnung, wie man eine Pistole spannt, außer dem, was sie in Filmen gesehen hatte. Es bestand bestenfalls eine gleiche Chance, dass ein Schuss ihn treffen würde wie Eve. Oder das Haus.

»Ich würde auf das Mädchen hören«, sagte Fade zu Eve. »Ich nehme sie ständig mit zum Schießstand. Sie ist eine Meisterschützin. Trifft dich genau zwischen die Augen.«

»Genau.« Jaycees Stimme zitterte nicht einmal. Fade spürte einen Anflug von Stolz. Das ist seine Tochter.

»Dann schieß nicht«, sagte Eve, schaute zu Lode hinunter, der am Boden blieb und seinen Hals massierte. »Wir können stattdessen reden.«

Es dauerte eine Minute, bis sie sich neu orientiert hatten. Bis Lode und Eve auf der Couch Platz genommen hatten, mit Fade, der über ihnen stand. Jaycee, die immer noch die Waffe hielt, saß auf der Treppe und beobachtete. Fade überlegte, sie wegzuschicken, aber um ehrlich zu sein, hatte er nichts gegen die Rückendeckung. Lode hatte das Messer mit nur ein wenig Blut an der Spitze herausgezogen. Schien erstaunlich unbesorgt über die Tatsache, dass er gerade von einer großen Klinge durchbohrt worden war. Keiner von beiden schien im Geringsten verletzt, nachdem Thalias Auto sie von einer Klippe gestoßen hatte.

Wer auch immer diese beiden waren, Fade wollte ihnen nicht allein gegenüberstehen.

»Also redet.« Fade zeigte auf Eve. »Du zuerst, weil Billy the Kid hier drüben empfindlich zu sein scheint.«

»Ich bin nichts im Vergleich zu ihm«, murmelte Lode.

»Ich sagte sie«, entgegnete Fade. »Wer seid ihr zwei?«

»Wie ich schon vorher sagte«, Eve lehnte sich auf der Couch zurück. »Wir arbeiten daran, die Erde und die Menschheit davor zu bewahren, zu weit in den Verfall zu rutschen. Über einen Punkt hinaus, an dem wir uns nicht mehr erholen können.«

»Weißt du, das klingt furchtbar vage.«

»Versuch's nach ein paar Whiskys«, sagte Lode. »Dann macht es mehr Sinn.«

Eve warf dem Cowboy einen bösen Blick zu und Lode

verdrehte die Augen. »Sag mal, Fade. Du machst diese Arbeit für Geld, ja?«

Fade spürte die Augen seiner Tochter auf sich. Er hatte gewusst, dass dieser Moment irgendwann kommen würde. Der Zeitpunkt, an dem er nicht mehr verbergen konnte, was er vor Jaycee tat. Er hatte nur nicht erwartet, dass es passieren würde, während ein Cowboy und eine Fitnessvideo-Darstellerin in seinem Wohnzimmer saßen.

»Ich nehme Aufträge an«, sagte Fade. »Sehe nicht, was das mit dir oder deiner großen Aussage zu tun hat.«

»Die Handlungen jedes Einzelnen beeinflussen den Lauf der Welt im Großen und Ganzen«, fuhr Eve fort. »Manche Menschen haben einen größeren Einfluss als andere.«

»Klar. Macht Sinn. Nur bin ich nicht der Präsident. Ich habe keine Atomwaffen.«

»Ich sag dir was«, unterbrach Lode. »Wir waren genauso überrascht, dich auftauchen zu sehen, wie du uns zu sehen.«

Fade dachte darüber nach, dem Cowboy zu sagen, er solle die Klappe halten, ließ es aber bleiben. Was spielte es zu diesem Zeitpunkt noch für eine Rolle? Nichts ergab einen Sinn.

»Du sagst, ihr führt Aufträge aus?« sagte Eve. »Die könnten Auswirkungen über euren kleinen Wirkungskreis hinaus haben. Ein falscher Tod, eine Entführung könnte alles verändern.«

Fade warf seiner Tochter einen Blick zu. Sie starrte ihn an, den Mund offen. Ihre Augen hatten diesen weit aufgerissenen Blick, den sie immer hatte, wenn sie einen Horrorfilmabend machten. Es würde eine lange Zeit dauern, bis sie nach all dem wieder zur Normalität zurückkehren würden.

»Also sagst du, dass etwas, das ich tue, die Welt ins Chaos stürzen wird?«, sagte Fade und verschränkte die Arme. »Ihr zwei seht ein bisschen alt aus, um auf so starken Drogen zu sein.«

Fades Handy vibrierte in seiner Tasche. Hoffentlich Thalia. Ein bisschen spät, aber er wäre froh über die Verstärkung. Er nahm es heraus, behielt Eve und Lode im Auge und wischte nach oben, um das Gespräch anzunehmen.

»Runter, sofort!«, kam Thalias Schrei durchs Telefon.

Fade handelte instinktiv. Er warf sich auf den Boden und schrie allen anderen zu, dasselbe zu tun.

Hinter ihm explodierte ihr großes, wunderschönes Frontfenster, als Kugeln in ihr Wohnzimmer sprühten.

Thalia hörte die stakkato-artigen Schüsse über das Telefon – Knallgeräusche, die durch die kleinen Lautsprecher wie Spielzeug klangen. Sie konnte die Blitze durch ihre Windschutzscheibe sehen, von einer Mündung, die aus dem Seitenfenster eines großen weißen SUVs ragte, der vor Fades Haus parkte. Es gab zwei dieser großen Wagen, und Männer und Frauen begannen, aus ihnen herauszuströmen. Sie bewegten sich auf das Haus zu und trugen Waffen.

Anscheinend hatten die beiden Spinner dieses Mal Verstärkung mitgebracht.

Thalia schlüpfte aus ihrer Fahrertür. Ging zum Heck des Leihwagens und öffnete den Kofferraum. Nahm das Gewehr heraus. Schüsse hallten durch die Straße und ruinierten all die Vorabendpläne in der Nachbarschaft. Spaziergänge durchs Viertel? Nicht mehr möglich. Angenehme Tischgespräche? Komplett erledigt. Den Rasen mähen? Nur wenn dir kurzes Gras mehr bedeutet als von Querschlägern durchlöchert zu werden.

Sie stellte die Gewehrkiste auf den Kofferraum.

Schaute auf, um zu sehen, ob jemand sie bemerkt hatte. Noch nicht. Sie war immerhin fast einen Block entfernt. Thalia bemerkte jedoch, dass die Angreifer Deckung suchten. Sie pressten sich gegen die Hauswände oder zogen sich hinter die SUVs zurück. Gegenfeuer kam in ihre Richtung. Einzelne Schüsse, lautere Knalle als die Automatikwaffen, die gegen sie eingesetzt wurden. Vielleicht hatte Fade beschlossen, dass er tatsächlich wieder abdrücken musste.

Sie konnte sich jedoch nicht vorstellen, dass er sich mit einer Waffe abgeben würde, es sei denn...

Jaycee war drinnen. Sie könnten sie töten. Das würde Fade dazu bringen, seine Meinung zu ändern.

Thalia öffnete die Box und setzte die Gewehrteile zusammen. Verband den langen Lauf mit dem Körper und steckte das Nahbereichsvisier auf. Sie hob das Gewehr heraus, legte sich hinter dem Auto auf die Straße und legte das Gewehr an ihre Schulter.

Ein knarrendes Geräusch begann zu ihrer Rechten, und Thalia blickte hinüber, um zu sehen, wie sich ein Garagentor öffnete. Als es nach oben fuhr, sah Thalia die Füße eines Kindes über den Beton trippeln und dann in ein Fahrzeug springen. Das Tor hob sich weiter und gab den Blick auf einen Minivan frei, sowie eine Mutter mit weit aufgerissenen Augen, die die Einfahrt hinunter direkt auf Thalia schaute. Auf ihr Gewehr.

Thalia starrte zurück, und die Mutter riss die Tür des Minivans auf und sprang hinein. Der Motor startete, und einen Moment später schoss der Van aus der Einfahrt, schwenkte auf die Straße und fuhr davon. Weniger potenzielle Opfer.

Zurück zum Visier, Thalia richtete es auf zwei Angreifer, die nebeneinander an der Haustür standen. Einer von ihnen schwang nach vorne, feuerte zweimal auf die Tür und das Schloss, dann hob er sein Bein, um die Tür einzutreten. Thalia drückte ab.

Im Gegensatz zum Cowboy und seiner Freundin steckte dieser Kerl den Schuss nicht gut weg. Er traf ihn in die Seite und warf ihn zu Boden. Die Frau, die bei ihm stand, brauchte zu ihrer Ehre nicht mehr als einen Augenblick, um zu verstehen, was passiert war. Sie hob ihr automatisches Gewehr und sprühte Schüsse in Thalias Richtung.

Nicht sehr genau auf diese Entfernung, aber Thalia zog sich trotzdem zurück. Sie zuckte zusammen beim Geräusch von Kugeln, die in die Seite des Leihwagens einschlugen. In die Motorhaube. Jeder einzelne bedeutete mehr Geld aus ihrer Tasche. Geld, für das sie verdammt hart arbeitete. Nach ein paar Sekunden hörte das Feuer auf. Thalia lehnte sich wieder vor, aber die Frau war nicht mehr an der Tür. Sie zog ihren Freund, den Thalia angeschossen hatte, zurück zu den SUVs. Was sie zu einem leichten Ziel machte.

Thalia zielte, feuerte. Traf die Frau in die Brust. Noch eine ausgeschaltet, aber es gab noch viele mehr. Thalia bewegte das Gewehr zurück zum Haus. Die Haustür stand offen. Entweder hatte sie ein Paar verpasst, oder Fade lud sie ein.

Quietschende Reifen ließen Thalia vom Visier aufblicken. Floh noch jemand vor dem Kampf? Sie stand langsam auf, das Geräusch kam auf sie zu. Sie spähte durch die Heckscheibe über ihrem Leihwagen und sah die Rückseite eines der weißen SUVs. Er kam auf sie zu.

Schnell.

Thalia drehte sich um, ließ das Gewehr fallen und hörte das Geräusch von Metall, das auf Metall krachte.

Und dann war alles weg.

Finde das Ziel.

Der Satz schoss durch Fades Kopf, während über ihm Kugeln flogen. Die wichtigste Regel, wenn er in einen überraschenden Angriff geriet. Elimiere das Ziel und renne, oder finde das Ziel und halte es sicher. Im unmittelbaren Moment mach dir um nichts anderes Sorgen.

Natürlich leichter gesagt als getan.

Fade suchte vom Teppich aus nach seiner Tochter. Sie war bei der Treppe gewesen und hatte Lode und Eve mit einer Pistole gedeckt, von der sie nicht wusste, wie man sie benutzt. Fade traf Jaycees Blick, die zurückschaute, erstarrt in dem, was entweder Angst oder Schock oder beides war. Er hob eine Hand, Handfläche nach außen. Bleib dort.

Jaycee nickte. Gut. Immer noch ansprechbar.

Es gab keine direkte Sichtlinie vom Fenster zur Treppe, außer wenn derjenige, der schoss, direkt draußen stand. Fade bewegte sich, nutzte seine Füße und Knie, um sich umzudrehen, damit er durch das Fenster sehen konnte. Blauer Himmel, der sich bei Sonnenuntergang orange färbte. Minimale Wolken. Keine Ziele. Und dann hörte der Lärm auf.

Autotüren wurden zugeschlagen. Wenn Fade raten müsste, würde es jetzt eng werden. Was bedeutete, dass er vom Boden aufstehen musste.

»Meine Pistole«, sagte Lode, und Fade sah, wie der Cowboy neben ihn kroch. »Gib sie mir.«

»Das scheint mir eine schlechte Idee zu sein«, entgegnete Fade. Er hielt den Sechsschüsser immer noch in seiner rechten Hand, wo der Cowboy ihn nicht damit erschießen konnte.

»Das sind keine Freunde«, sagte Lode. »Wir werden dir helfen.«

Ein Knall kam von der Tür. Jemand testete den Griff.

Und dann segelte ein Mann durch das offene Fenster herein. Er sprang hinein und richtete eine Maschinenpistole mit kurzem Lauf auf sie. Fade begann zu rollen, als Eve, die seitlich kauerte, aufsprang und den Mann in der Luft tackelte. Sie landeten neben Fade auf dem Boden, und er sah, wie Eve den Kopf des Mannes gegen einen Beistelltisch schlug. Er erschlaffte.

»Siehst du?«, knurrte Lode. »Gib her.«

Fade konnte ein überzeugendes Argument respektieren.

Fade schob die Pistole über den Teppich. Eve wandte sich wieder dem Fenster zu, die Maschinenpistole jetzt in ihren Händen. Sie feuerte einige Schüsse nach draußen ab. Vermutlich, um jemanden dazu zu bringen, in Deckung zu gehen. Lode schnappte sich die Pistole und rollte zur anderen Seite des Fensters, gegenüber von Eve und Fade. Er erhob sich in eine kniende Position und begann, Schüsse abzufeuern.

»Zwei SUVs«, sagte Eve. »Weiße. Voller Leute.« Eve blickte zu Fade. »Bring deine Tochter hier raus. Wir kümmern uns um die.«

»Werde nicht widersprechen.« Fade erhob sich in eine geduckten Haltung, ging über den Körper des gefallenen Mannes zu den Stufen. Jaycee beobachtete ihn die ganze Zeit und hielt die Pistole mit einem beidhändigen Todesgriff fest.

Geräusche vor der Tür. Fade ging zur ersten Stufe, als ein Paar Schüsse ertönte und Teile der Tür wegflogen. Das Schloss, weg. Eve verlagerte ihre Position, um die Tür zu decken, als ein lauterer Knall ertönte. Ein schmerzerfüllter Schrei. Die Tür blieb geschlossen.

Fade kannte diesen Klang. Thalia, die Deckung gab. Er würde ihr dafür einiges schulden.

»Jaycee.« Fade streckte seine Hand nach seiner Tochter aus. »Komm schon. Wir müssen dich von hier wegbringen. Runter in den Keller.«

Seine Tochter schaute ihn ängstlich an. Die Pistole blieb auf die Tür gerichtet.

»Jaycee!« Fade griff nach dem Arm seiner Tochter, hielt sich außerhalb der Schusslinie der Pistole und drückte zu. »Komm zu dir!«

Ein weiterer lauter Knall. Thalia bei der Arbeit mit diesem Gewehr. Lode unterstrich die Pausen mit Pistolenschüssen. Kein Frieden.

Fade zog jetzt und schleifte Jaycee die Treppe hinunter. Die Bewegung schien sie zurückzubringen, zumindest ein wenig, und Jaycee stand auf, als sie unten ankamen. Die Haustür, bemerkte Fade, war aufgeschwungen. Ein Luftzug wehte durch das Haus, und ohne Knauf oder Schloss bewegte sich die Tür lose in ihren Angeln. Draußen konnte Fade sehen, wie die Reifen eines SUVs quietschten, als er vom Haus zurückschoss. Mehr Angreifer waren jedoch im Vorgarten. Alle trugen schwarze Sportkleidung – ohne Markenzeichen, hochwertige Sachen, die Fade selbst nicht abgeneigt wäre, eines Tages in die Finger zu bekommen.

Moment. Ein Luftzug?

Fade zog Jaycee hinter sich her, als sie zum hinteren Teil des Hauses gingen. Eve und Lode gaben weiterhin Deckungsfeuer nach vorne. Als Fade sich der Küche näherte, verlangsamte er, ließ dann Jaycees Hand los. Er trat um die Ecke und schwang seine Faust in einem Schlag. Sie traf jemanden; einen Mann, der auf der anderen Seite wartete. Er taumelte zurück, als Fade weiter vordrang, und blickte nur kurz auf, um Fades Fuß ins Gesicht zu bekommen. Das warf den Mann gegen die Arbeitsplatte und in einem Haufen zu Boden. Schüsse wurden abgefeuert und Fade stürzte sich zu Boden, als sie die Küchenrückwand durchsiebten. Graue und blaue Fliesen, die Fade über eine Reihe langer Abende angebracht hatte.

Das war verdammt harte Arbeit gewesen.

»Los, geh!«, schrie Fade Jaycee an, die endlich beschloss, zuzuhören. Und scheiterte. Anstatt in den Keller zu gehen, ging Jaycee zur Tür direkt vor ihrem Gesicht. Die, die direkt ins Badezimmer führte. Die Tür knallte zu und klickte eine Sekunde später.

Nicht perfekt, aber vorerst war Jaycee sicher genug. Ziel gesichert.

Der nächste Angreifer kam durch die Terrassentür und richtete ihre Schrotflinte auf Fade. Er trat einen ihrer Küchenstühle vom Boden weg und ließ ihn über die Fliesen schlittern, um die Knie der Frau zu treffen, als sie ins Haus kam. Sie stolperte, sodass sie auf den Boden fiel. Fade riss ihr die Waffe weg und schlug ihr mit dem Schaft auf die Schläfe. Dann rannte ein dritter Mann in ihn hinein und drängte Fade zurück gegen seinen eigenen Kühlschrank. Der Mann drückte seinen Ellbogen in Fades Hals, und Fade spürte die warme Mündung einer kürzlich abgefeuerten Handfeuerwaffe, die in seine Seite gedrückt wurde.

»Wer bist du?«, fragte der Mann. Fade konnte ein kleines Mikrofon sehen, das vom Ohr des Mannes zu seinem Mund führte. Also eine koordinierte Einheit. Keine Schrotttruppe.

»Ihr seid diejenigen in meinem Haus«, krächzte Fade.

»Aber du bist nicht das Ziel.«

»Fühlt sich im Moment nicht so an.« Fade tastete mit seiner linken Hand. Der Messerblock war direkt neben dem Gefrierschrank, und wenn er einen Griff auf ein Messer bekommen könnte...

»Bedauerlich«, sagte der Mann. »Wir haben gerade die Freigabe bekommen, dich zu beseitigen. Tut mir leid.«

Fade packte einen Griff und schwang. Hoffte auf ein Steakmesser. Ein gezacktes vielleicht. Oder, wie Fade sah, als die Seite des Dings in das Gesicht des Mannes klatschte, der Käsespachtel. Ein breites und flaches Werkzeug mit kaum einer Klinge. Aber der Mann zögerte, vielleicht in der Annahme, er wäre geschnitten worden, und Fade brachte seinen eigenen Ellbogen auf die Waffe herunter. Schlug sie aus der Hand des Mannes. Dann, während vor seinen Augen Flecken zu schweben begannen, als der Ellbogen des Mannes stärker drückte, rammte Fade seinem Angreifer das Knie in den Magen.

Der Mann taumelte zurück und Fade fiel zu Boden. Fing sich mit den Händen ab. Hustete wieder und wieder, während seine Lungen brannten.

Würgen war das Schlimmste. Einfach das Schlimmste überhaupt. Fade würde Schusswunden, Stiche nehmen. Jede Art von Schmerz statt Würgen. Es ließ ihn sich einfach so hilflos fühlen.

Der Angreifer war noch nicht fertig. Er machte einen Schritt in einen Tritt, den Fade nur verschwommen sah, und traf. Fade spürte, wie die Welt verschwamm, als er nach rechts taumelte. Er erhob sich in eine Hocke, als der Mann seine Waffe vom Boden aufhob. Ging auf Fade zu und hob die Waffe für den tödlichen Schuss.

Kenne stets deine Umgebung. Ein weiterer Grundsatz. Und dies war Fades Zuhause.

Fade griff zu und zog, riss die Kühlschranktür auf und brachte sie zwischen sich und den Mann. Dann rollte Fade zur Seite, als der Mann ein Paar Schüsse darauf abfeuerte. Die Kugeln durchschlugen sie und zertrümmerten Senf und Barbecuesoße über den ganzen Boden. Fade stand auf, seinen Rücken am Kühlschrankkörper. Er konnte immer noch Schüsse von der Vorderseite des Hauses hören. Lode schien zu lachen.

Nicht dass Fade weitere Beweise brauchte, um zu wissen, dass der Cowboy verrückt war.

»Du weißt, was du tust«, sagte der Mann und knallte die Kühlschranktür zu. Fade sah seinen Schatten auf dem Boden, wie er in einem weiten Bogen um den Kühlschrank herum ging. Näherte sich diesmal mit Abstand. »Das muss ich dir lassen.«

»Du bist selbst nicht schlecht.« Fade schaute sich nach irgendeinem Werkzeug um. Irgendetwas, das er werfen könnte. Aber bevor er entscheiden konnte, ob es machbar war, ein Bild von der Wand zu reißen, war der Mann ein paar Meter entfernt um den Kühlschrank herumgetreten. Außer Reichweite.

»Warte!«, sagte Fade und hob seine Hände. »Ich bin nicht das Ziel!«

Der Mann neigte seinen Kopf, zielte mit der Waffe. »Tut mir leid.«

Die Badezimmertür öffnete sich neben ihm.

»Bin ich das Ziel?« Jaycee stand da. Der Mann schaute hin, und Jaycee schlug ihm mit dem Griff der Pistole auf den Kopf. Der Mann fiel zurück und hielt sich die Nase. Hob die Waffe in Richtung Jaycee, bekam aber keine Chance, abzudrücken. Fade traf ihn hart mit seiner Schulter. Trieb den Mann durch die Glastür, die in den Hinterhof führte. Folgte dem Mann durch die zersplitterten Scherben und trat die Waffe weg. War dabei, den Mann auch bewusstlos zu schlagen, als Sirenen die Straße hinunter ertönten.

Zögerte.

Der Angreifer nutzte es aus. Krabbelte hoch und wich

vor Fade zurück. Drei Schritte entfernt drehte sich der Mann um und rannte davon, sprang über einen Zaun und verschwand zwischen einem Paar Häuser. Fade drehte sich um und sah, dass die anderen beiden, die er ausgeschaltet hatte, ebenfalls verschwunden waren. Anscheinend schlug er heutzutage nicht mehr so hart zu.

Fade ging durch die zerbrochene Tür zurück. Bestätigte, dass Jaycee sich wieder im Bad eingeschlossen hatte, und ging langsam nach vorne. Allein und zerschlagen saß Eve auf dem Sofa. Die Maschinenpistole und ihre leeren Magazine lagen verstreut auf dem Teppich. Die Wände und Möbel waren zerstört – überall waren Einschusslöcher.

»Wo ist Lode?«, fragte Fade. Er konnte den Cowboy nirgendwo sehen.

»Sie haben ihn mitgenommen.« Eves Stimme klang hohl, und ihre Augen starrten aus dem Fenster auf eine plötzlich leere Straße.

Jaycee saß am Ende der Badewanne, den Rücken an die Wand gelehnt und die Pistole mit beiden Händen auf die Tür gerichtet. Das Gewehrfeuer draußen war verstummt, und sie glaubte, Sirenen zu hören, aber sie würde sich auf keinen Fall bewegen.

Verdammt, sie war bereits einmal rausgegangen. Ihr Vater hatte um Hilfe gerufen. Also hatte sie die Tür geöffnet und den Typen mit der Waffe reflexartig geschlagen. Dann war ihr Vater *geflogen*, quer durch den Raum geflogen und hatte den Mann durch ihre Küchentür getackelt.

Kugeln. Dutzende von Kugeln waren durch ihr Wohnzimmerfenster gekommen. Ihre Tür war zerfetzt worden.

Jaycee hätte schwören können, dass sie auch Leichen auf dem Küchenboden liegen sah. Hatte ihr Vater sie getötet? Oder der Typ, den sie geschlagen hatte?

Ihr Herz raste unaufhörlich. Jaycee bemerkte, dass sie auch schwitzte. Ihre Haare waren ein Durcheinander.

Aufhören zu atmen. Nur für eine Sekunde. Okay. Jetzt. Ein Atemzug nach dem anderen.

Komm schon, Jaycee. Du hast schon einige zermürbende Tests überstanden. Diese Geschichtsprüfung in der achten Klasse? Du kannst dich zusammenreißen.

Sie schloss für eine Sekunde die Augen. Dann geriet sie in Panik. Riss sie wieder auf und fixierte die Badezimmertür. Das war ein Fehler. Konzentriert bleiben, aber nicht die Augen schließen. Das wäre gefährlich.

Ein leichtes Klopfen an der Tür.

»Ich habe eine Waffe!«, schrie Jaycee, ihre Stimme überschlug sich.

»Jaycee, ich bin's. Papa.« Fade klang unheimlich ruhig. Wie? Verstand er nicht, was passiert war?

»Bist du in Ordnung?«, antwortete Jaycee. Sie stieg aus der Wanne. Ging zur Tür. Dann hielt sie inne. Was, wenn ihr Vater eine Geisel wäre? Was, wenn sie, sobald sie die Tür öffnete, auf sie losgehen würden?

Was, wenn Fade versuchte, ihr etwas mitzuteilen?

»Mir geht's gut. Uns geht's gut. Ich will nur sichergehen, dass es dir gut geht.« Jaycee versuchte, Hinweise zu erkennen. Irgendeine Möglichkeit festzustellen, ob ihr Vater sie warnte.

»Papa, ich bin nicht verletzt.« Jaycee sah an sich herunter, um sicherzugehen. Jap. Keine körperlichen Wunden. Reichlich seelische, aber damit konnte sie sich später befassen. Sie legte ihre Hand auf das Schloss.

»Wirst du aufmachen?«

Jaycee holte tief Luft. Wenn sie planten, sie zu töten, gab es nicht viel, was sie dagegen tun konnte. Auf die Polizei warten, vielleicht. Aber dann würden sie vielleicht wütend werden und ihren Vater trotzdem töten. Jaycee passte ihren Griff um die Waffe an. Hielt sie zurück, bereit, jedem auf der anderen Seite das Hirn rauszuschlagen.

Sie drehte den Griff, öffnete die Tür, sah ihren Vater und schlug zu. Fade fing ihren Schwung ab, als er vorwärts kam, hielt ihr Handgelenk in seiner linken Hand und entwand ihr mit der rechten die Waffe aus den Fingern. Jaycee sah in sein Gesicht; ein paar blaue Flecken, aber ansonsten unversehrt, und brach zusammen. Tränen kamen aus dem Nichts, Teil des Ansturms erleichterter Angst, dass was auch immer passiert war, vorbei zu sein schien. Sie hatte überlebt. Fade hatte überlebt. Sie würden in Ordnung sein.

»Hey, hey«, flüsterte Fade in ihr Ohr. »Ich brauche dich für einen Moment. Reiß dich zusammen. Die Polizei wird bald hier sein, und sie werden viele Fragen haben.«

»Du kannst nicht von mir verlangen, das zu tun«, drückte Jaycee sich an seine Schulter. »Du kannst mir nicht sagen, dass ich mich nach so etwas zusammenreißen soll. Das ist nicht fair.«

»Ich weiß«, antwortete Fade. »Ich weiß, dass es das nicht ist. Aber wir haben diesmal keine Wahl, Kleines.«

Jaycee schniefte, lehnte sich zurück. Strich sich die Haare aus den Augen. Sie konnte die kühle Nässe auf ihren Wangen fühlen. Aber schon ließ das Adrenalin nach. Der Terror ebbte zu einem Zittern ab. Eine Frage brach hervor. »Wer waren diese Leute, Papa? Was zum Teufel wollten sie?«

Fade blickte zurück zur Vorderseite, zur aufgesprengten Tür. Ein paar Polizeiautos hielten vor dem Haus, die Lichter blinkten. »Ich weiß es nicht, aber ich glaube nicht, dass sie hinter dir und mir her waren.«

»Warum waren sie dann hier?« Als Jaycee die Worte

aussprach, kam die Frau, die mit dem Cowboy an der Tür gewesen war, die Fade Eve genannt hatte, um die Ecke. Sie sah schlimmer aus als Fade. Schnitte und Verbrennungen. Ein dunkler Fleck auf ihrer Kleidung, der wie Blut aussah.

»Sie suchten nach uns«, sagte Eve. »Lode und mir.«

Von draußen kamen Rufe. Polizisten forderten alle im Haus auf, mit erhobenen Händen herauszukommen. »Kommt schon«, sagte Fade zu den beiden. »Versuchen wir, das zu erklären.«

Jaycee folgte ihrem Vater nach draußen in den Hof. Jetzt standen vier Polizeiautos da und ein Transporter, aus dem wahrhaft erschreckende SWAT-Team-Mitglieder strömten. Sie zogen an Jaycee vorbei, umstellten das Haus und gingen hinein, obwohl Fade den Beamten sagte, dass niemand sonst dort drin sei. Dann bemerkte Jaycee ein anderes Set von Lichtern. Am Ende des Blocks. Ein Krankenwagen, und Sanitäter, die sich beeilten, jemanden hineinzulegen. Sah aus wie eine Frau.

»Papa?«, sagte Jaycee zu Fade, während ihr Vater weiter über den Angriff sprach, darüber, dass sie keinen von ihnen kannten oder keinen Grund wüssten, warum der Angriff stattgefunden haben könnte. »Papa? Sieh mal.«

Fade hielt inne, folgte Jaycees Zug an seinem Ärmel und blickte den Block hinunter. Jaycee hörte, wie er fluchte, ein Wort benutzte, das er im Haus verboten hatte. Und dann rannte er los. Jaycee sah zu, wie ihr Vater die Straße hinunterstürmte in Richtung des Krankenwagens und der Überreste einer Limousine daneben. Der Polizist, mit dem er gesprochen hatte, rief Fade zu, er solle anhalten, aber ihr Vater hörte nicht. Oder es war ihm egal.

»Weiß er, wer da drin ist?«, fragte der Beamte Jaycee einen Moment später, und Jaycee zuckte mit den Schultern.

Sie erkannte das Auto nicht und konnte den Körper,

der nach hinten gebracht wurde, nicht erkennen. Alles, was sie sah, war, dass ihr Vater den Sanitätern etwas zurief, als sie in den Krankenwagen sprangen, sah, wie er sich umdrehte und anfing, zu ihr zurückzurennen, während der Krankenwagen davonraste.

»Wir haben einen weiteren auf dem Weg«, fuhr der Beamte fort. »Sie können sich setzen, wenn Sie möchten.«

Jaycee bewegte sich nicht. Tat nichts außer ihren Vater zu beobachten, der zu ihr zurücklief, ein Name strömte von seinen Lippen.

Thalia.

KAPITEL 7
DIE RICHTIGE EINSTELLUNG

DAS SANDWICH LAG VOR IHR. Ausgepackt, das mit Pute und Mayonnaise gefüllte Brot unberührt. Die Wahlmöglichkeiten, die Aaron Veronica gegeben hatte, waren nicht gerade verlockend: entweder das oder nichts. Anscheinend befand sich das Bürogebäude nicht in der Nähe von vielen Essensangeboten.

Alles Teil der Strategie, vermutete Veronica. Unerwünschten Verkehr auf ein Minimum beschränken. Wenig Gründe geben, warum jemand, der nicht mit Ellsworth zu tun hatte, in die Nähe kommen sollte. Etwas sehen, was sie nicht sehen sollten.

Dennoch, verglichen mit Filmversionen von Geiselnahmen, lief es nicht allzu schlecht. Sie hatte den ganzen Tag in diesem Konferenzraum verbracht und einen Film oder eine Fernsehsendung nach der anderen geschaut. Gelegentlich schaute sie sich um und fragte sich, was, wenn überhaupt, passieren würde. Aaron kam und ging etwa jede Stunde und schloss jedes Mal die Tür ab, wenn er ging.

Es stellte sich heraus, dass ein Tag vor dem Fernseher

sich wirklich, wirklich lang anfühlte. Ihr Vater sollte sich besser beeilen, diesen Deal abzuschließen, denn nach einem weiteren Tag wie diesem könnte sie wahnsinnig werden.

Aaron, der ihr gegenüber saß, verschlang sein Sandwich. Eine Zerstörung einer Mahlzeit, die Veronica beeindruckt hätte, wenn sie nicht den größten Teil ihres Vormittags damit verbracht hätte, eine Reihe von B-Monster-Filmen zu sehen, in denen Dinge, die viel menschlicher waren als Sandwiches, durch knirschende Zähne zu Brei verarbeitet wurden.

»Wie oft passiert das?«, fragte Veronica Aaron. Ihren Aufpasser. Ihren Leibwächter. Sie wusste nicht wirklich, wie sie ihn nennen sollte.

»Ist was passiert?« Aarons Antwort war klebrig. Voller Essen.

»Dass wenn ihr eine Geisel hier reinsteckt, sie den ganzen Tag wartet.«

»Normalerweise sind sie in einem anderen Raum. Normalerweise ist es nicht ganz so angenehm. Ellsworth denkt, dass Sie wertvoll sind.«

»Wegen meines Vaters?«

Aaron lehnte sich in seinem Stuhl zurück und schaute Veronica eindringlich an. »Ellsworth kümmert sich kein bisschen darum, was Ihr Vater denkt. Wer er ist. Ihr Vater hat etwas, das Ellsworth will. Das Gleiche gilt für Sie. Ellsworth denkt, dass es sich lohnen könnte, Sie in der Nähe zu behalten.«

»Das ist überhaupt nicht gruselig.« Veronica nahm einen Bissen vom Sandwich. Schmeckte völlig nach Mayonnaise. Sie legte es zurück auf den Tisch.

»Nicht auf diese Art. Er denkt, Sie könnten ein Gewinn

sein«, sagte Aaron. »Dass Sie vielleicht für diese Art von Arbeit geeignet wären.«

»Welche Art von Arbeit? Leute entführen?«

»Haben wir Sie tatsächlich entführt?«, sagte Aaron.

Nein, hatten sie nicht. Es war ein anderes Paar gewesen. Dieser seltsame Mann; Jaycees Vater. Die Frau, die zum Auto gekommen war, nachdem er verschwunden war. Alles, was Ellsworth und Aaron getan hatten, war, einen Deal zu machen. Ihr Leben gegen etwas anderes zu verhandeln.

»Genau«, sagte Aaron, als Veronica diesen Gedanken aussprach. »Was wir tun, ist mehr Geschäft als alles andere. Hebelwirkung. Verhandlungen. Er denkt, dass Sie die Persönlichkeit dafür haben.«

»Ich nehme das mal als Kompliment«, antwortete Veronica. Keine Karriereoption, die ihr Vater gutheißen würde, ganz sicher. Aber ihr Vater schien von Anfang an nicht allzu begierig gewesen zu sein, sie zurückzubekommen, also warum kümmerte sie sich darum, was er wollte?

Die Tür zum Raum öffnete sich und Ellsworth trat ein, gefolgt von einem namenlosen Anzugträger, den Veronica nicht erkannte.

»Ihr Vater hat zurückgerufen«, sagte Ellsworth. »Er sagt, er hat, wonach wir suchen. Es ist Zeit, sich zu treffen.«

»Glauben Sie ihm?«, sagte Aaron, bevor Veronica einen Satz bilden konnte.

»Er klang aufrichtig«, Ellsworth blickte zu Veronica. »Und wenn ein Vater nicht die Wahrheit sagt, im Austausch für seine Tochter, dann weiß ich nicht, wann wir ihm jemals vertrauen könnten.«

»Trotzdem«, sagte Aaron. »Ich empfehle, dass wir die Sicherheit verdreifachen.«

»Ich habe den Anruf bereits getätigt.« Ellsworth schaute auf seine Uhr. »Kommt, es ist Zeit zu gehen.«

Veronica ließ den Rest ihres Sandwichs auf dem Tisch liegen. Sie würde zu ihrem Vater zurückkehren; er würde richtiges Essen haben.

Sie fuhren wieder in den Limousinen, diesmal vier davon, die aus der Stadt hinausfuhren. Zu einem Park, anscheinend, am Stadtrand.

»Ein bisschen zu öffentlich für meinen Geschmack«, sagte Ellsworth zu ihr, während sie auf dem Rücksitz fuhren. »Aber ich werde nicht streiten. Macht es weniger wahrscheinlich, dass etwas Seltsames passiert.«

»Seltsames?«

»Falls Sie es noch nicht bemerkt haben, die Leute, mit denen wir es zu tun haben, sind nicht gerade anständige Bürger. Seien Sie ehrlich – denken Sie, Ihr Vater ist eine Art Held?« Ellsworth lehnte sich in seinen Sitz zurück, holte eine weitere Zigarre hervor und zündete sie an. Würziger, süßer Rauch füllte den Innenraum, und Veronica öffnete ihr Fenster einen Spalt, um ihn hinauszulassen.

»Ich denke nicht, dass er der beste Vater ist, wenn Sie das meinen.«

Ellsworth zuckte leicht mit den Schultern. »Sie werden es besser machen, wenn Sie bei jeder Person mit den gleichen zwei Fragen beginnen. Was wollen sie, und was haben sie Angst zu verlieren. Wenn Sie die Antworten nicht kennen, dann kennen Sie die Person nicht.«

»Also was will mein Vater?«

»Das Gleiche wie ich.« Ellsworth schaute aus seinem getönten Fenster. Veronica hatte den Eindruck, der Mann wäre in diesem Moment nicht wirklich im Auto. Nicht in derselben Realität wie sie.

»Das Abzeichen, das Sie erwähnt haben?«

»Es ist eine Methode, Veronica«, sagte Ellsworth, ohne sich vom Fenster abzuwenden. »Das Abzeichen ist ein Weg, näher zu kommen.«

»Näher woran?«

»Ich weiß es nicht. Ich denke, Ihr Vater weiß es auch nicht. Könnte der Himmel sein, könnte die Hölle sein. Beides wäre es wert, es zu sehen.«

»Sie machen keinen Sinn.«

»Ich mache das schon eine Weile. Irgendwann sprichst du ständig in Rätseln, da die Wahrheit zu sagen dich verhaften lassen kann. Töten lassen. Leben Sie mit ein bisschen Mysterium, Veronica. Es wird Ihnen nicht schaden.«

»Jetzt klingen Sie wie mein Vater.«

Ellsworth sagte nichts. In diesem stillen Vakuum vermisste Veronica plötzlich ihr Handy. Sie versuchte zu erkennen, ob Ellsworth es noch in seiner Tasche hatte. Konnte es nicht mit Sicherheit ausmachen. Aaron, der fuhr, könnte es auch haben.

»Niemand entscheidet sich dafür, in diese Sache einzusteigen«, Ellsworths Ton hatte sich verändert, war leichter geworden. »Man macht ein Vorsprechen, auch wenn man es nicht beabsichtigt, und dann wird man davon mitgerissen. Von einem Deal zum nächsten hetzen, ohne je zu wissen, ob einem diesmal endlich das Glück ausgeht.«

»Sie klingen wie ein Film.«

»Wenn Ihr Vater die Polizei gerufen hat, werden wir Sie töten.« Ellsworth griff in seine Jacke und zog eine Pistole heraus. Veronica verspürte keine Angst, als sie auf das schwarze Ding starrte. Es war nicht so, dass sie nicht glaubte, dass Ellsworth sie töten würde, es war, wie sie erkannte, weil sie wusste, was er wollte. Und dass er noch nicht bereit war, diese Gelegenheit zu verlieren, indem er sie tötete. »Das weiß er. Also wird dies entweder ein ehrlicher Handel sein, oder wir werden am Ende tot sein.«

»Das sind die einzigen beiden Optionen?«

»So laufen diese Dinge in der Regel ab.«

»Sie lassen das wie eine so tolle Karriere klingen.«

»Es ist keine Karriere«, Ellsworth paffte näher am aschigen Ende der Zigarre. Veronica suchte nach einem Aschenbecher, dann wurde ihr klar, dass Ellsworth die Asche auf den Boden des Autos hatte fallen lassen. Die Matten waren aus hartem Kunststoff. Leicht zu reinigen, würden wahrscheinlich nicht brennen. »Es ist eine Lebensweise.«

Draußen wichen die Gewerbegebiete zurück und Häuser begannen, ihren Platz einzunehmen. Ruhige Wohngegenden, die sich an einem Mittwochabend zu füllen begannen. Familien, die nach Hause kamen, sich neu positionierten für abendliche Trainingseinheiten, Abendessen, Aufführungen. Der Verkehr verlangsamte ihre Fahrt. Als sie an einer Schule vorbeifuhren, wandte sich Veronica wieder Ellsworth zu.

»Sie sagten, es sei eine Lebensweise. Aaron erwähnte, Sie dächten, ich wäre gut darin. Warum?«

»Sie haben den Killerinstinkt«, sagte Ellsworth. »Ich kann es sehen. Es lauert dort in Ihren Augen. Sie denken es vielleicht jetzt nicht, aber wenn Sie müssten, könnten Sie abdrücken. Sie könnten eine Entscheidung treffen, die Leben kosten würde. Die Ihrem eigenen zugutekäme.«

»Woher wissen Sie das?«

»Weil ich eine Menge Killer kenne. Weil ich selbst einer bin.« Ellsworth warf die Zigarre auf den Boden.

Veronica hatte das Gefühl, dass Ellsworth mit dem Reden fertig war, also lehnte sie sich zurück und wartete darauf, dass die Show begann.

Zehn Minuten später fuhren die vier Limousinen auf einen großen Parkplatz. Dahinter lag ein breiter Park, voller Fußballfelder. Kinder hätten dort spielen sollen. Trainieren. Aber vielleicht hatten die drei SUVs, weiß und groß, sie verscheucht. Vielleicht hatte ihr Vater, der in der Mitte einer Gruppe von Leuten in schwarzen Outfits stand, sie alle dafür bezahlt, nach Hause zu gehen. Das wäre typisch für ihn.

Als das Auto anhielt, stieg Ellsworth zuerst aus. Dann öffnete Aaron die Tür für sie. Veronica stand auf, machte ein paar Schritte auf ihren Vater zu, dann packte Aaron ihren Arm. Fest.

»Sehen Sie?«, verkündete Ellsworth der Gruppe. »Ihr geht's gut.«

Ihr Vater nickte. »Schön zu sehen, dass Sie Ihr Wort gehalten haben.«

»Halten Sie Ihres?«, konterte Ellsworth. »Haben Sie das Abzeichen?«

Christopher griff in die Tasche seiner grauen Hose. Zog etwas heraus, das wie eine kleine grüne Brosche aussah. Es hatte keine Muster, die Veronica erkennen konnte. Es war etwa so groß wie die Hand ihres Vaters. Umrandet von etwas, das wie ein goldener Ring aussah.

»Ich nehme an, das ist es, was Sie wollen?«

»Sie nehmen richtig an.«

»Dann haben wir einen Deal. Veronica gegen das Abzeichen.«

Ellsworth streckte seine Hand aus. Christopher machte drei Schritte nach vorne und legte das Gerät vorsichtig in Ellsworths Handfläche. Veronica hatte ihren Vater noch nie etwas auf diese Weise handhaben sehen. Mit so viel Ehrfurcht. Es war fast so, als würde er Eier oder ein Kind handhaben.

Sie spürte, wie Aaron den Griff um ihren Arm lockerte. Spürte, wie er sie vorwärts schob, hörte ihn sagen, sie solle weitergehen.

»Komm schon, Veronica«, sagte ihr Vater und blickte auf seine Uhr. »Das dauert schon zu lange.«

»Tut mir leid, Vater«, sagte Veronica, als sie auf seine Seite des Parkplatzes ging. »Ich werde versuchen, mich beim nächsten Mal schneller freilassen zu lassen.«

»Es wird kein nächstes Mal geben«, sagte ihr Vater. Veronica warf ihm einen fragenden Blick zu, der sich verdrehte, als sie sah, wie ihr Vater in seine Brusttasche griff. Eine Pistole herauszog. Gleichzeitig zogen die anderen fünf Sicherheitskräfte ihre eigenen Waffen.

Veronica drehte sich um und sah, wie Ellsworth und Aaron auf ihre Limousine zustürzten. Sah, wie Ellsworths andere Wachen ihre eigenen Bewegungen zu ihren Waffen machten. Sie waren nicht schnell genug. Schüsse brachen aus. Laut und konstant. Zertrümmerten die ruhige Luft. Es war nicht in Minuten vorbei, es war in Sekunden vorbei. Körper lagen über dem Asphalt. Blut sammelte sich unter den Fahrzeugen.

Ihr Vater drängte sich an ihr vorbei. Zum Auto, wo Ellsworth, halb in der Tür, gegen seinen Sitz lehnte. Er war mindestens drei- oder viermal getroffen worden, nach Veronicas Zählung. Und der Mann schien schnell all das, was er in sich hatte, auf den Boden zu bluten.

»Das passiert, wenn Leute versuchen, meine Familie zu entführen«, sagte Christopher Pline, als er zu Ellsworth kam. Als er das Abzeichen aus der Hand des Mannes pflückte. »Ich dulde keine Drohungen. Besonders nicht diese Art.«

Mit dem zurückerhaltenen Abzeichen ging Veronicas Vater zu ihr und führte sie in einen der weißen SUVs. Veronica konnte nicht denken, was zu sagen. Was zu tun. Also rutschte sie auf den Sitz und starrte hinaus auf das Blutbad.

»Leg deinen Sicherheitsgurt an«, sagte ihr Vater, als sie wegfuhren. »Du weißt es doch besser.«

Operation. Das sagten sie ihm, als Fade im Krankenhaus ankam. Als er durch die Notaufnahme rannte, als eine Krankenschwester ihn packte, ein Wachmann hinter ihm auftauchte.

»Sie haben sie bereits hineingefahren. Narkose gegeben.« Die Krankenschwester warf Fade einen genaueren Blick zu, schien zu erkennen, dass er Thalia nicht sehr ähnlich sah. »Bist du ihr Ehemann oder so?«

»Ein Freund.« Fade blickte den Flur hinunter zu den geschlossenen Doppeltüren. Sah nur Menschen, eine Trage an der Wand. Keine Spur von Thalia.

»Dann tut es mir leid, aber ich kann dir nicht wirklich mehr sagen. Die Operation könnte eine Weile dauern.« Die Krankenschwester führte Fade zurück zum Wartezimmer.

»Wie riskant ist es?«, sagte Fade. »Was sind ihre Chancen?«

Die Krankenschwester schüttelte den Kopf. »Es tut mir leid, ich habe nicht mit ihr gearbeitet. Aber ich werde dem Arzt Bescheid sagen, dass du wartest.«

Warten. Die Krankenschwester übergab Fade an den Sicherheitsmann, der etwas darüber murrte, nicht durch die Abteilung zu rennen, und fand einen Stuhl. Familien drängten sich in dem Bereich, vermischten sich mit Paaren und Einzelpersonen, die alle aussahen, als wäre dies der schlimmste Abend ihres Lebens. Einige hatten Geister in ihren Augen; Blicke, die sagten, dass sie diesen bestimmten Ort viel zu oft gesehen hatten. Fade selbst hatte seinen gerechten Anteil an Besuchen hier. Meistens für kleinere Reparaturen. Eine gebrochene Nase. Stiche.

Außer in jener einen Nacht. Mit Maggie.

Es war ein bisschen wie dieser Abend, obwohl später. Weit nach Einbruch der Dunkelheit. Als alles bereits aufgehört hatte, real zu erscheinen.

Fade holte sein Handy heraus, warf einen Blick auf die Nachrichten.

Jaycee und Eve gingen in ein Hotel. Die Polizei wollte nicht, dass sie nachts im Haus blieben. Es war ein Tatort und einer, der untersucht werden musste. Immer die Chance, dass wer auch immer hinter ihnen her war, für einen weiteren Versuch zurückkommen würde. Also war seine Tochter woanders untergebracht.

Was für ein Erfolg für seinen Vater-Tochter-Abend. Ein paar Kugeln und ein zerstörtes Haus. Ein Freund im Krankenhaus. Wenn Fade dachte, Jaycee würde ihm die Party verzeihen, nun, jetzt hatte er einen ganzen Haufen anderer Probleme zu bewältigen. Nicht zuletzt die Erklärung, was all das für seine Tochter bedeutete. Fade spielte das Gespräch in seinem Kopf durch, überlegte, wie er seiner Tochter erklären sollte, dass er für Geld entführt, verprügelt und anderweitig schmutzige Arbeit erledigt. Es gab keinen Weg, dies zu formulieren, der nicht damit endete, dass Jaycee ging und verlangte, bei einem Freund gelassen zu werden.

Die Jahre bis Fade sich selbst in einer dunklen Straße erschossen fände, würden sie sich nur zu gelegentlichen Lattes treffen, Jaycee immer mit diesem Verrat in ihren Augen.

Er schüttelte den Kopf. Vielleicht war das ein bisschen zu dramatisch.

»Natürlich bist du es.« Eine vertraute Stimme. Ein ebenso drohender Ton wie beim letzten Mal, als Fade sie gehört hatte.

»Was willst du, Oscar?« Fade schaute zu Thalias Onkel auf, der über ihm stand.

»Ich will wissen, was passiert ist?« sagte Oscar. »Wenn ich den Anruf bekomme, dass meine Nichte hier ist, und ich dich auf diesem Stuhl sitzen sehe, dann weiß ich, dass etwas sehr schief gelaufen ist.«

»War nicht meine Schuld.«

»Das werde ich entscheiden«, antwortete Oscar. Er starrte eine Dame auf dem Sitz neben Fade an, bis sie, ihren Kopf zwischen den beiden hin und her schwenkend, einen Platz weiterrutschte. Oscar ließ sich nieder. Thalias Onkel trug eine dicke beigefarbene Jacke, einen Hut. Die Krempe reichte weit über sein Gesicht, hielt es im Schatten. Fade fand diesen Look immer lächerlich. Wie ein zusammengeschusterter Privatdetektiv aus den 1940ern.

»Wir wurden angegriffen«, sagte Fade. »Sie haben mein Haus zerschossen.«

»Wer hat dein Haus zerschossen?«

»Ich weiß es nicht«, sagte Fade. »Bei unserer Arbeit können solche Dinge passieren.«

»Ich dachte, du hältst dich von den riskanten Sachen fern«, sagte Oscar. »Ich dachte, das hätten wir vereinbart.«

»Vereinbart? Das ist ein zweiseitiger Deal, Oscar. Thalia sagte, du hättest sie wieder angesprochen.«

Jetzt verlagerte Oscar sein Gewicht, sein bösartiger Blick wich für einen Moment der Reue. Dann rutschte die Maske wieder zurück. »Wir hatten unsere eigenen Schwierigkeiten. Hatten Lücken. Lücken, die Thalia füllen könnte. Das entschuldigt nicht, dass du schlechte Aufträge annimmst.«

»Dies war kein Auftrag. Zumindest keiner, den ich angenommen habe.«

Oscar drängte auf mehr, und Fade hatte an diesem

Punkt keine Lust zu streiten. Gab ihm die Details. Erzählte Oscar vom Cowboy und Eve. Davon, wie sie zwanzig Minuten vor dem ganzen Spaß im Haus aufgetaucht waren. Von den Angreifern und ihren weißen SUVs. Wie sie darauf aus zu sein schienen, sie alle zu töten. Wie sie verschwanden, sobald sie den Cowboy mitgenommen hatten.

»Weiße SUVs?« sagte Oscar. »Keine Aufkleber? Neu?«

»Ich denke schon, ja?«

»Die meisten Stellen kümmern sich nicht um weiße Fahrzeuge«, sagte Oscar. »Sie werden schmutzig. Einschusslöcher sind leicht zu sehen.«

»Wenn du mir etwas zu sagen hast, sag es einfach«, meinte Fade. »Ich bin nicht hergekommen, um mit dir zu reden.«

»Zero Point Security«, sagte Oscar. »Dort würde ich nachsehen. Ein Betreiber, den ich normalerweise in weißen Fahrzeugen sehe.«

»Die würden am helllichten Tag ein Haus zerschießen?«

»Für den richtigen Preis.«

»Was ist aus dieser Stadt geworden?« sagte Fade.

»Sie war immer so«, antwortete Oscar. »Du hast deine Augen zu hoch gehalten. Bist nicht in den Dreck hinabgestiegen.«

»Viel gebracht hat mir das nicht.«

»Schau, Fade«, sagte Oscar. »Hier ist der Deal. Ich will meine Nichte zurück. Wenn sie hier rauskommt, kommt sie mit mir. Bleibt weg von dir und all deinen Problemen.«

»Als ich das letzte Mal nachgesehen habe, konnte Thalia ihre eigenen Entscheidungen treffen.«

»Als ich das letzte Mal nachgesehen habe, könntest du jederzeit getötet werden, wenn ich es wollte«, wandte sich

Oscar ihm zu. »Weißt du was? Ich halte dich für den Typ, der die Dinge nicht loslässt. Also wie wäre das? Du gehst, du findest Zero Point, und wenn sie diejenigen sind, die Thalia angeschossen haben, lässt du sie bezahlen. Wenn du das tust, werde ich mich zurückziehen.«

»Warum machst du es nicht? Du hast all die Leute.«

»Es ist nicht mein Chaos, das ich aufräumen muss.«

Fade schaute weg. Auf die Stühle. Die Uhr, die an der Wand hing. Ein Fernseher, der die Abendnachrichten zeigte. Ja, Fade ließ Dinge nicht los. Er blieb dran. Ein Hund, der an einem Seil zieht. Knurrend und fletschend, bis er es wegbekam.

»Ruf mich an, wenn sie etwas sagen«, sagte Fade, als er ging.

Jaycee checkte im Hotel ein, und lehnte es ab, sich für das Bonusprogramm anzumelden. Diese Bonuspunkte sammeln, jedes Mal wenn ihr Haus zerstört wurde?

Jede Menge Hausaufgaben lagen in ihrem Rucksack, und alles, woran Jaycee denken konnte, war, wie es klang, als sich Kugeln in die Wände um sie herum bohrten. Wie es sich anfühlte, einem Mann mit einer Waffe ins Gesicht zu schlagen.

Eine Waffe, die sich jetzt in Eves eigenem Rucksack befand. Die Frau schien nichts anderes zu haben, holte keine Ausrüstung aus ihrem Auto. Sagte Jaycee, sie solle nur ein Zimmer nehmen. Andererseits übernachtete Eve ja nicht bei ihnen zu Hause. Sie hatte wahrscheinlich ihre eigene Wohnung. Verbrachte aus Mitleid so viel Zeit mit Jaycee.

»Hungrig?« sagte Eve, während sie Jaycee beobachtete, wie diese ihre Sachen im Zimmer abwarf. Zwei große Betten, unverbindliche Kunst an den Wänden. Ihr Vater war sparsam, aber es schien keine Insekten zu geben. Keine seltsamen Gerüche oder dröhnende Bässe aus den Nachbarzimmern.

»Klar«, sagte Jaycee. »Aber du musst nicht bleiben, weißt du. Ich bin sechzehn. Ich kann auf mich selbst aufpassen.«

»Ohne Zweifel«, sagte Eve. »Nur habe ich einige Fragen, die ich dir gerne stellen würde.«

»Die Polizei hat mich schon genug gefragt«, antwortete Jaycee. Was wollte Eve überhaupt von ihr? Sie war in ihr Haus eingedrungen. Es war nicht so, als würden sie Freundinnen werden.

Aber Jaycee spürte den Knoten in ihrem Magen, die wachsende Angst, die nur durch eine angemessene Menge an Nahrung beruhigt werden konnte. Es schien, als ob Eve bereit wäre zu zahlen, und da ihr Vater ohne ihr Geld zu geben abgehauen war, nutzte Jaycee die Gelegenheit.

Gegenüber vom Hotel befand sich ein aufgemotztes mexikanisches Restaurant, die Sorte, die ihre hängenden Lichter und den riesigen Kaktus mit fünfzig Menüpunkten ergänzte, die alle irgendwie aus den gleichen fünf Zutaten bestanden. Die trotzdem immer so verdammt gut schmeckten.

Sie ließen sich in einer Nische nieder. Wasser, Chips und Salsa erschienen wie durch Zauberei eine Sekunde später.

»Was willst du?«, fragte Jaycee, als Eve in einen Chip biss. »Warum bist du zu uns nach Hause gekommen?«

»Wir wollten deinen Vater.« Eve sprach schnell, nachdem sie den Chip heruntergeschluckt hatte. Griff nach einem weiteren. »Er ist nicht leicht zu finden.«

»Wofür?«

»Das kann ich dir nicht sagen«, erwiderte Eve. »Kann ich jetzt die Fragen stellen?«

»Nach diesen Antworten, ja, ich denke, ich bin zufrieden.«

Eve schien den Witz nicht zu verstehen. Sie aß noch ein paar Chips. Bestellte eine Margarita. Begann, Fragen zu stellen.

Jaycee erwartete schwierige Fragen. Erwartete eine Art Verhör darüber, was ihr Vater tat. Stattdessen fragte Eve mehr danach, wer er war. Lachte er viel? Welche Art von Filmen mochte er? Unternahm Fade jemals normale Dinge? Gab es viele Waffen im Haus? Was waren seine Lieblingsbücher?

»Ich habe das Gefühl, du versuchst, mit ihm auszugehen«, sagte Jaycee schließlich. »Was, wenn das deine Absicht ist, versuch's lieber bei jemand anderem. Er ist irgendwie kaputt im Oberstübchen.«

»Inwiefern?«

»Meine Mutter. Sie ist vor ein paar Jahren gestorben. Wir haben es nicht gut verkraftet.«

»Er ist immer noch nicht darüber hinweg?«

»Ich bin immer noch nicht darüber hinweg«, Jaycee warf ihr einen bösen Blick über den Tisch zu.

»Tut mir leid. Ich wollte nicht beleidigen.« Eve nahm einen langen Schluck von der Margarita. Standard on the rocks. »Du musst verstehen. Zeit bedeutet für mich etwas anderes als für dich.«

»Ich muss verstehen«, sagte Jaycee. »Gott vergib mir, aber das hat überhaupt keinen Sinn ergeben.«

»Das höre ich oft«, sagte Eve.

Jaycees Handy vibrierte. Eine Nachricht von Fade. Sie warf einen Blick darauf.

Überprüfe etwas für Thalia. Alles okay bei dir?

Alles gut. Taco-Abend Teil zwei.

Jaycee sah zu Eve auf. »Sieht so aus, als würde Fade nicht so bald hier sein.«

»Ach nein?«

»Er sagt, er macht etwas für Thalia. Das ist typisch für ihn. Er verschwindet einfach.«

Auch typisch für ihn, sie wieder mal abzuweisen. Jaycee nach einem solchen Trauma allein zu lassen. Was für ein toller Vater. Sie beäugte Eves Margarita. Vielleicht würde Eve ihr auch eine kaufen. Jaycee könnte sie brauchen, um durch die Nacht zu kommen.

»Ich lasse dir das Geld da«, sagte Eve. »Ich muss gehen.«

»Wir haben noch nicht einmal Essen bestellt?«

»Die Chips waren genug.«

Eve hob die Margarita und kippte sie in einem Zug hinunter. Knallte ein paar 20-Dollar-Scheine auf den Tisch, stand auf und ging.

Jaycee sah ihr nach. Holte ihr Handy raus. Betete, dass das Internet sie aus dieser Welt entführen würde.

Zero Point Security. Untergebracht in einem großen Blockgebäude zusammen mit einer Handvoll anderer Unternehmen; eine Bank, eine Versicherungsagentur, IT-Gruppen mit Namen, die Fade keinen Hinweis auf ihren Zweck gaben, und im Erdgeschoss ein griechisches Sandwich-Lokal. Gyros für alle.

Als Fade vorfuhr, zeigte die limetten-türkisfarbene Digitaluhr auf seinem Armaturenbrett 22:00 Uhr. Ein verlassener Parkplatz, aber im Gebäude brannten genügend Lichter, um zu zeigen, dass der Betrieb nicht streng von neun bis fünf lief. Fade suchte nach einem unauffälligen Platz und fand keinen. Parkte eine Reihe von einer Laterne entfernt und schaute zum breiten Glaseingang hinüber. Versuchte zu erkennen, womit er es zu tun hatte.

Hinter einem Paar transparenter Türen mit großen verchromten Griffen, hinter einem runden, künstlichen Holzschreibtisch, saß ein Wachmann, der entgegen aller Erwartungen wachsam aussah. Der Mann starrte auch nicht auf einen Fernseher. Selbst von seinem Auto aus konnte Fade die Augen auf sich spüren.

Wachsamkeit. Sie mussten dem Wachmann eine ordentliche Stange Geld zahlen, um dieses Engagement zu bekommen.

Fade warf einen Blick auf sein Handy. Keine Updates. Keine Nachricht von Oscar, nichts von Jaycee. Gott sei Dank war sie noch nicht einundzwanzig, sonst würde Fade nach einem Tag wie diesem davon ausgehen, dass sie eine Bar gefunden hätte, um die Nacht durchzumachen.

Er ging zu den Gebäudetüren und testete die Griffe. Sie wackelten, öffneten sich aber nicht. Der Wachmann beobachtete ihn. Fade fing seinen Blick auf, hob seine rechte Hand. Gab eine Welle. Vielleicht würde die altmodische Art funktionieren. Der Wachmann lehnte sich vor und drückte einen Knopf in der Nähe des Schreibtisches. Musste nicht aufstehen, um mit Fade zu sprechen, was jede Chance auf einen Überraschungsangriff und Eintritt zunichte machte.

Technologie ruiniert alles.

»Sie können über die Gegensprechanlage sprechen.« Die Stimme des Wachmanns kam aus einem kleinen, gelben Kasten mit Lüftungsschlitzen links von der Tür. Fade drehte sich dorthin, schaute dann wieder zum Wachmann. Die Chancen gefielen ihm nicht.

»Ich... muss jemanden bei Zero Point sehen.«

»Ich habe nichts für ein Treffen zu dieser Uhrzeit«, antwortete der Wachmann. »Wie ist der Name?«

»Smith«, sagte Fade.

»Ich glaube nicht, Sir.« Der Wachmann machte nicht einmal eine flüchtige Überprüfung. »Sie sollten sich von hier entfernen. Leise. Bevor ich die Polizei rufe und einen versuchten Einbruch melde.«

»Das wird nicht nötig sein.« Eine neue Stimme. Eve. Sie kam hinter Fade her und trat zur Tür. Sie strich sich mit einer Hand ihr Haar zurück, die andere steckte in der Tasche ihrer hellblauen Windjacke.

»Wer sind Sie?«, fragte der Wachmann durch die Gegensprechanlage.

Eve zog ein kleines Gerät aus ihrer Jackentasche, eines, das Fade erkannte. Lode hatte es vorher, hatte es im Trockendock herausgeholt. Eve richtete es durch die Tür auf den Wachmann. Es gab einen Blitz, und dann brach der Wachmann zusammen. Mit dem Gesicht nach unten auf den Schreibtisch. Seine Mütze rollte von seinem Kopf auf den Boden.

»Netter Trick«, sagte Fade. »Aber, und glaub mir, ich habe noch andere Fragen, wir sind immer noch draußen.«

»Du hast noch nie solche Türen aufgebrochen?«, fragte Eve. Sie trat einen Schritt zurück, nahm Haltung an, drehte sich und versetzte einen scharfen Tritt direkt über dem Griff der Glastür. Das Schloss löste sich, und die Tür fiel nach innen, fing sich an ihren eigenen Angeln und wackelte in einem Winkel.

»Ich ziehe es vor, wenn nicht jeder mitbekommt, was vor sich geht«, sagte Fade. »Diesen hier wird man schwer verbergen können.«

»Ich glaube nicht, dass es eine Rolle spielen wird.«

Fade hätte gefragt warum, aber Eve ging hinein. Er zuckte mit den Schultern und folgte ihr. Nach dem heutigen Tag hatte Fade keine Lust mehr zu versuchen, die

Dinge zu kontrollieren. Mit den Ereignissen zu rollen schien das Beste zu sein, was er tun konnte.

»Solltest du nicht bei Jaycee sein?«, fragte Fade, als sie zum Wachmann gingen. Eve wartete, während Fade sich bückte und die Schlüsselkarte und den Ausweis vom bewusstlosen Körper abzog.

»Wir haben zu Abend gegessen. Sie hatte Schularbeiten. Ich nicht.«

»Du nicht? Hätte mich täuschen können.«

Jetzt sah Eve verwirrt aus. »Sehe ich für Sie wie ein Kind aus?«

»Das war ein schlechter Witz. Ich wollte sagen, dass du jung aussiehst. Wie...« Fade seufzte. Eve schaute weiterhin verwirrt drein. »Schon gut. Gehen wir.«

Sie schauten auf das Verzeichnis. Zero Point belegte den dritten Stock.

»Zu den Aufzügen?«

»Nach dir«, sagte Eve. Fade widersprach nicht. Er ging hinüber, versuchte die gestohlene Karte am Lesegerät durchzuziehen, und als sich die Aufzugtüren öffneten, stiegen sie ein und fuhren in den dritten Stock.

Zero Point begann mit einer schlichten Lobby. Vier Stühle, ein unbesetzter Empfangstresen und eine weitere Reihe verschlossener Türen, die nach hinten führten. Fade ging zum Eingang und tippte mit dem Wachmann-Ausweis. Nichts.

»Anscheinend vertraut Zero Point nicht der Sicherheit des Gebäudes.« Fade inspizierte die Türen. Nicht ganz so klapprig wie die unten. Größere Schlösser, dickeres Glas.

»Ich glaube nicht, dass ich diese auftreten kann«, sagte Eve und bestätigte Fades Einschätzung.

»Keine Sorge, ich habe einen Plan dafür«, Fade drückte den Rufknopf neben der Tür. Er konnte hören, wie der

Summer auf der anderen Seite losging. Fade überlegte, dass entweder jemand spät arbeitete oder vielleicht ein Hausmeister oder sonst jemand hier sein würde. Sicherheitsfirmen mussten doch nachts Leute im Dienst haben, oder?

Sekunden später ertönten Schritte, begleitet von einem verschlafen aussehenden Typen in einem fleckigen weißen Hemd und Jeans. Er blieb weit von der Tür entfernt stehen und starrte sie an. Fade deutete pantomimisch an, die Tür zu öffnen, aber der Typ rührte sich nicht. Eve begann wieder nach ihrem Blitzgerät zu greifen, aber Fade packte ihren Arm. »Wenn wir nicht durch diese Türen kommen, ist das alles sinnlos.«

Der Mann hinter dem Glas drehte sich um, ging zum Empfangstresen. Nahm das Telefon auf und wählte. Fade konnte an dem Gesicht des Mannes erkennen, welche Nummer er anrief. Die Sicherheit unten würde nicht abnehmen.

»Versuch, mir wehzutun«, sagte Eve.

»Was?«

»Versuch, mir wehzutun. Er wird denken, wir haben einen Streit, und er wird versuchen, mir zu helfen.« Eve wechselte zu einem panischen Gesichtsausdruck, während sie das sagte. Sie gab Fade einen Stoß. Fade drehte sich zu ihr um. Klar, warum nicht durchdrehen?

Als Eve wieder auf Fade losging, stieß er sie zurück. Schubste sie.

»Härter.« Eve sagte das, als sie von der Wand abprallte. Sie stürmte wieder auf Fade zu, der ihr ein Bein stellte. Eve fiel zu Boden. Aus dem Augenwinkel bemerkte Fade, dass der Mann den Hörer auflegte. Sie ansah.

Fade trat nach Eve. Eine scharfe, ruckartige Bewegung, die er zurückzog, kurz bevor sein Fuß traf. Er ging auf sie zu, wo Eve, auf der Seite liegend, ihren Bauch vor dem

Blick des Zero-Point-Mannes verbarg. Der Mann würde nicht sehen, wie Fade seine Tritte zurückzog, würde nicht erkennen können, dass Fade tatsächlich nicht auf eine hilflose Frau eindrosch.

Ein Tritt nach dem anderen. Eve sah aus, als hätte sie Schmerzen, verzog das Gesicht, versuchte sich zusammenzurollen.

Fade hörte, wie sich das Schloss drehte. Hörte, wie sich die Tür öffnete.

»Was zum Teufel, Mann?«, schrie der Typ, und Fade drehte sich um, packte ihn, drückte den Mann gegen die Tür und hielt sie offen. Eve rollte sich zusammen und schlüpfte hinter ihm hindurch, und Fade sah, wie die Augen des Mannes sich weiteten, als er bemerkte, dass es ihr gut ging, dann fielen sie, als er den Trick erkannte.

»Ist sonst noch jemand hier?«, fragte Fade, nachdem sie den Zero-Point-Mann zurück durch die Türen zu seinem Schreibtisch gezogen hatten. Fade baute sich über ihm auf, während Eve Ausschau nach weiteren überraschenden Gästen hielt.

»Niemand. Ich schwöre. Ich bin nur hier, um spätabends die Telefone zu betreuen. Niemand bezahlt uns dafür, unser eigenes Gebäude zu bewachen, also bin ich der Einzige hier.«

»Wir müssen einen Vertrag finden«, sagte Fade. »Von heute Nachmittag.«

Er ließ den Mann sich am Computer anmelden. Ließ ihn das Auftragsverzeichnis aufrufen. Felder, um nach Kunde, Zeit und Adresse zu suchen, zusammen mit verschiedenen Zahlen, die Fade nichts sagten.

»Wonach sucht ihr?«, fragte der Mann.

»Nicht deine Sache.«

»Ja, nun, ich kann euch helfen, es schneller zu finden, wenn ich weiß, wonach ich suche«, antwortete der Mann.

»Ich wollte wissen, wer dafür bezahlt hat. Wer es angeordnet hat.«

»Heute Nachmittag?« Der Mann rief eine Reihe von Verträgen auf, die in den letzten acht Stunden ausgefüllt wurden. In der Mitte entdeckte Fade die Adresse. Sah den Namen.

»Christopher Pline?«

»Tech-Milliardär. Kennst du ihn?«, fragte der Typ.

»Ich habe den Namen gehört.«

Der Typ pfiff. »Schau dir dieses Budget an. Verdammt teurer Einsatz.«

»Es war nicht angenehm.« Fade wusste, dass er die Worte nicht hätte sagen sollen – sie würden ihn verraten – aber es war ihm egal. Er zog den Mann von seinem Stuhl, mit der Absicht, ihn irgendwo auffällig festzubinden, als er Geräusche vom Flur hörte. Ein Aufzug klingelte. Viele Schritte dröhnten auf dem Teppich. Fade schaute aus dem Fenster; der Parkplatz sah voller aus. Weiße SUVs füllten die Reihen.

»Was hast du getan?«, fragte Fade.

»Gib auf, Mann«, sagte der Zero-Point-Typ. »Ihr kommt hier nicht raus. Wir sind zu viele.«

»Dann rennen wir.« Eve sagte das. Bevor Fade etwas anderes tun konnte, schlug Eve dem Wachmann auf die Stirn und schickte ihn taumelnd zurück gegen seinen Schreibtisch. Dann packte sie Fades Handgelenk und zog ihn weg. Durch die Reihen von Trennwänden und in etwas, das wie ein Vorratsraum aussah. Keine Fenster, nur Regal um Regal gefüllt mit Papier, Tintenpatronen und Briefumschlägen.

»Interessante Wahl«, sagte Fade, als Eve die Tür hinter ihnen schloss.

»Halt das fest.« Eve zog eine grüne Brosche mit einer goldenen Umrandung durch ihr Hemd nach oben, wo sie an einer passenden goldenen Kette hing. Fade überlegte, ob er fragen sollte, was passieren würde, aber die Geräusche der näherkommenden Zero-Point-Sicherheit waren laut und kamen schnell.

Er griff nach dem Ende des Edelsteins, und Eve hielt die andere Seite.

Und dann waren sie verschwunden.

KAPITEL 8

DIENSTMARKE UND WAFFE

CHRISTOPHER GAB IHR ZEHN MINUTEN, um ihr Handy und alles andere zu holen, was sie mitnehmen wollte. Einen Koffer packen. Er sagte nicht für wie lange, also stopfte Veronica ihn so voll wie möglich. Schnappte sich das Nötigste – Shampoo und Seife, Zahnpasta. So wie Christopher aussah, nahm Veronica nichts als selbstverständlich an. Als sie den Raum verließ, zögerte Veronica, den Finger am Lichtschalter. Sie blickte noch einmal durch das perfekte Prinzessinnenzimmer und tauchte es dann in Dunkelheit.

»Wo ist Grady?«, fragte Veronica ihren Vater, während sie ihr Haus hinter sich abschloss.

»Versetzt.« Christopher hielt seinen Blick auf sein Handy geheftet.

»Warum?«

»Weil er versagt hat.«

Veronica wollte widersprechen, hielt dann aber inne. Christopher hatte nicht Unrecht. Grady hatte nicht verhindert, dass sie entführt wurde. Warum sollte sie ihn in ihrer Nähe haben wollen?

Weil ich ihn mochte war nicht gut genug.

Zurück im SUV fuhren sie nordwärts, während die Sonne hinter den Küstengebirgen unterging. Sie schlängelten sich durch ein Tal, vorbei an Bauernhöfen und Weingütern, deren geisterhafte Felder im Mondlicht schimmerten. Veronica versuchte Gespräche zu beginnen, aber Christopher schien jedes Mal Anrufe zu bekommen, wenn sie es versuchte. Wenn er auflegte, beobachtete Veronica, wie er für einen langen Moment aus dem Fenster schaute, bevor unweigerlich das Telefon wieder klingelte.

Und sie dachte, ihr eigenes Leben wäre hektisch.

Eine Linkskurve auf eine schmale Straße und durch ein Tor. Nicht die Art von fantasievollem Eisen, die Veronica erwartet hatte, sondern eine gerade, harte Kraft der Industrie. Dekoration stand nicht an oberster Stelle. Der Fahrer beschleunigte und Veronica lehnte sich vor, um durch die Windschutzscheibe zu schauen. Vor ihnen, einen langen Hügel hinauf, mit einer dichten Baumreihe, die jeden daran hinderte, etwas von der Straße aus zu sehen, erhob sich das, was Christopher das Compound nannte.

Die Kombination aus Labor und Wohnheim ragte mindestens vier Stockwerke in die Höhe und endete in einem breiten, flachen Dach. Selbst in der Nacht funkelten die Solaranlagen. Ein leerer Abschnitt versprach einen Hubschrauberlandeplatz. Unter dem Dach hatten die Etagen Fenster in willkürlichen Anordnungen – als ob dem Bauherrn sporadisch die Materialien ausgegangen wären und er trotzdem weitergemacht hätte. Eine abgerundete Wölbung kam ihnen entgegen, ein dreistöckiger Zylinder, der an ein ansonsten kastenförmiges Gebäude angebracht war. Am unteren Ende öffnete sich entlang der Auffahrt eine Garage. Ein Halbkreis aus künstlichem Licht in der sternenklaren Nacht.

»Ich war noch nie hier.« Veronica betrachtete weiter das Compound.

»Das ist geschäftlich.« Christopher legte sein Handy weg. Teilte den Moment mit seiner Tochter. »Wir lassen die Öffentlichkeit nicht in dieses Gebäude.«

»Ich bin die Öffentlichkeit?«

»Du weißt, was ich meine.«

Veronica wusste es. Das musste sie ihm lassen. Immer lauerten Geheimnisse am Rande von Familiengesprächen. Bei Berufsinformationstagen als Kind. Selbst ihre Großeltern, beide inzwischen verstorben, folgten der Tradition ihres Vaters, nur das zu sagen, was gesagt werden musste, und nicht mehr. Vielleicht hatte sie deshalb angefangen, so viele Partys zu veranstalten. Um die kalten Zusammenkünfte ihrer Kindheit mit wodkagetränkter Wärme auszugleichen.

»Warum bringst du mich also jetzt hierher?«

»Weil du Zeuge warst, wie ein Mann, sogar mehrere, vor deinen Augen erschossen wurden.« Christopher sagte die Worte in dem Ton, mit dem ihre Lehrer ein Mathematikproblem erklären würden. Einfache Fakten. »Ich muss sicherstellen, dass es dir gut geht.«

»Das ist eine seltsame Form von Therapie.«

»Wir könnten etwas Familienzeit gebrauchen.«

In der Garage erwartete Veronica eine hohe Decke. Vielleicht etwas, das bis zur Spitze des Zylinders reichte. Stattdessen hingen die Lichter niedrig und nah. Der sterile weiße Putz verfehlte kaum das Dach des SUVs. Es war fast klaustrophobisch, besonders mit all den anderen Autos, die den Raum füllten. Im Gegensatz zu den weißen SUV-Modellen kamen die anderen Fahrzeuge in Varianten, an die Veronica gewöhnt war. Limousinen und Minivans,

Farben und Qualität bunt gemischt. Ihr Anblick beruhigte sie. Hier gab es manchmal Normalität.

Ihr Vater führte sie vom SUV weg. Ein Mann folgte ihnen und trug ihren Koffer und Rucksack. All ihre Schulsachen, obwohl Veronica das Gefühl hatte, dass sie morgen nicht hingehen würde.

»Inspiration kommt in vielen Formen.« Christopher führte sie einen verschlungenen Pfad durch saubere Flure entlang. Mehr Fliesen als Teppich. Bilder waren in gleichmäßigen Abständen an den Wänden verteilt, nur waren es keine Gemälde. Keine Fotografien. Stattdessen sahen sie wie Dokumente aus. »Diese, wie die Legionen Roms, sind unsere Armee. Jedes einzelne ist ein Patent, Veronica. Die Stärke unseres Unternehmens, unserer Familie.«

»Wie viele haben Sie?« Veronica stellte die Frage eher, um Christopher zum Reden zu bringen, als aus einem anderen Grund. Sie wollte nicht, dass er sich wieder verschloss. Zum Handy zurückkehrte. Nicht hier. An einem so seltsamen Ort.

Sie begegneten Menschen in den Gängen – einige in Laborkitteln, andere in Anzügen, wieder andere in T-Shirts und staubigen Jeans. Alle nickten ihrem Vater zu, Zunicken, das er erwiderte. Gegenseitiger Respekt. Was würde sie tun müssen, um das zu verdienen?

»Nie genug«, erwiderte Christopher. Sie bewegten sich zum zentralen Treppenhaus des Gebäudes. Die Wände hier, hoch und cremefarben, zeigten eine wirbelnde Zeitleiste, die durch die Geschichte des Unternehmens führte. Das oberste Stockwerk, bemerkte Veronica, war noch leer.

Sie gingen ein Stockwerk nach oben, zur zweiten Etage, und bogen rechts ab. Liefen zur anderen Seite des Gebäudes. Die Räume hier wurden zahlreicher. Veronica glaubte, eine Dusche zu hören. Und dann öffnete ihr Vater eine Tür, und sie blickte in ein normales, wenn auch kleines Schlafzimmer.

»Hier wirst du heute Nacht übernachten.« Ihr Vater blickte durch den Raum. Atmete tief ein. »Veronica, ich will dich nicht anlügen. Du wirst morgen nicht zur Schule gehen. Du wirst diesen Ort nicht verlassen, bis wir sicher sein können, dass die Angelegenheit gelöst ist.«

»Welche Angelegenheit?«

Der Mund ihres Vaters öffnete sich, schloss sich dann wieder und formte sich zu einer besorgten Grimasse um. Christopher legte eine Hand auf ihre Schulter. »Sie, Veronica. Sie scheinen gut damit umzugehen, aber ich möchte sicher sein, bevor ich Sie zurückschicke. Morgen früh wird jemand vorbeikommen. Bis dahin sollten Sie schlafen. Verstehen Sie, dass Sie hier sicher sind.«

»Kann ich wenigstens mein Handy zurückbekommen?«

»Es tut mir leid. Ich brauche, dass Sie sich entspannen und nicht die ganze Nacht mit Ihren Freunden chatten. Wenn Sie möchten, gibt es einen Fernseher im Gemeinschaftsraum. Jede Menge Bücher und Zeitschriften.« Der Mann hinter ihrem Vater, der Veronicas Rucksack und Koffer trug, tippte ihrem Vater auf die Schulter. »Ja, ich weiß. Veronica, ich muss gehen. Ich sehe dich morgen.«

Sie umarmten sich. Es war nichts Besonderes. Nachdem Christopher gegangen war, packte Veronica ihre Sachen zusammen. Dann bemerkte sie, wie dringend sie duschen wollte. Erledigte das in den industriellen Sanitäranlagen hier. Der ganze Charme eines Krankenhauses, aber sie fühlte sich besser. Gut genug, um sich ins Bett zu legen und für ein paar Minuten die Augen auszuruhen.

Veronica wachte auf, als sie einen dumpfen Schlag vor

der Tür hörte. Im Flur. Die kleine Uhr auf dem Nachttisch zeigte kurz nach Mitternacht an.

Ein weiterer lauter Knall ließ Veronica zusammenzucken. Nein. Kein Schuss. Zumindest keiner, den sie zuvor gehört hatte. Ein paar weitere Schüsse fielen – dumpfe Geräusche, gedämpft durch die Wände. Gerangel draußen, und die Tür zu ihrem Zimmer flog auf; ein Körper flog hindurch und landete auf ihrem Boden. Die automatischen Lichter des Raumes gingen an und verliehen dem Körper blutige Klarheit. Veronica riss ihren Blick von dem Desaster los und richtete ihn auf den Mann, der darüber stand.

»Wer zum Teufel bist du?« Der Mann sprach mit einem Akzent. Als käme er aus dem tiefen Süden, aber vor einem Jahrhundert. Klang feurig und alt. Nur sah er nicht älter aus als ein ungepflegter Dreißigjähriger.

»Veronica«, sagte sie. Und dann beschloss sie, ihren Wert zu steigern. »Ich bin die Tochter des Mannes, der diesen Ort leitet.«

»Du sagst also, ich sollte dich nicht töten?«

Veronica zuckte mit den Schultern. »Ich sage, ich könnte für Sie lebend mehr wert sein als tot.«

»Da könntest du recht haben. Wie wär's, wenn du aufstehst und hier rüberkommst. Zeig mir den Ausweg. Ach, und da wir Freunde werden, werde ich mich ordentlich vorstellen. Du kannst mich Lode nennen.«

Von einer Geiselkrise zur nächsten. Veronica stand auf, ging zu dem Mann hinüber. Ließ sich von ihm aus dem Zimmer und zurück in den Flur führen. Keine Alarme. Keine Rufe. Veronica konnte ein weiteres Paar Wachen auf dem Boden liegen sehen, bewusstlos oder tot.

»Gute Arbeit«, sagte Veronica. Das waren die Angestellten ihres Vaters, aber sie fühlte nicht viel. Zu geschockt? Vielleicht. Oder zu müde. Oder einfach, an diesem Punkt, erkannte Veronica, dass sie keine Kapazität mehr hatte, sich zu sorgen. Alle Referenzen aus ihrem Leben waren in dieser Situation nutzlos, also war es entweder Panik oder sich auf ihre eigene Stärke verlassen.

»Das sind ein Haufen wertloser Kinder«, sagte Lode. »Dein Vater muss seinen Männern beibringen, wie man mit etwas anderem als einer Waffe kämpft.«

»Ich werde es ihm ausrichten.« Veronica ging den Flur entlang in Richtung Treppe.

»Warte«, sagte Lode. »Ich brauche zuerst zwei Dinge. Sie haben meine Marke und meine Pistole.«

»Keine Ahnung, wo die sind.«

»Dann lass uns weitergehen, bis wir jemanden finden, der es weiß.«

Lode schob Veronica vorwärts, wenn auch sanft. Sie fügte sich. Ging aus dem Wohntrakt hinaus in eine Reihe von Lagerräumen. Sie kamen an einem vorbei, in dem eine unglückliche Seele in einer großen Kiste wühlte, die mit »ZERBRECHLICH« gekennzeichnet war. Ihr Entführer sah den Mann auch, flüsterte Veronica zu, an der Seite zu bleiben, während er hineinging. Lode legte eine schwere Hand auf die Schulter des Mannes, zog ihn von der Kiste weg und drehte ihn um. Veronica sah, wie die Augen des Mannes sich weiteten, sein Mund sich öffnete und Schweiß, fast augenblicklich, in einem glänzenden Film auf seiner Stirn erschien.

»Du wirst mich zu meinen Sachen bringen«, sagte Lode.

»Ich weiß nicht, wo sie sind«, antwortete der Mann.

»Weißt du, was ich früher mit Lügnern gemacht habe, war, sie in der Wüste zu lassen, mit nichts als den Geiern als Gesellschaft«, sagte Lode. »Das Problem ist, hier habe ich keine Wüste. Auch keine Geier. Also muss ich mir wohl etwas Neues einfallen lassen.«

»Nun, ich weiß nicht genau, wo sie sind. Aber ich könnte Sie in die Nähe bringen?«, bot der Mann an, seine Stimme erhob sich zu einem Quieken.

»Nun, das könnte den Trick tun.« Lode drehte den Mann herum und schob ihn zuerst aus dem Raum. Veronica fiel neben ihnen in Schritt, und sie marschierten, ein seltsames Trio, an der zentralen Treppe vorbei und nach links.

Ein Paar dicke, versiegelte Türen versperrte den Gang vor ihnen. Die neue Geisel zog ihren Ausweis heraus und drückte ihn gegen ein Schiefertablett an der linken Wand. Es summte, und die Türen schossen auf. Auf der anderen Seite fielen alle Vorwände eines normalen Büroraums weg. Die Wände waren hart, ebenso wie der Boden. Mit einer Art Kunststoff beschichtet. Wenn das Licht vorher steril gewesen war, war es jetzt noch weißer. Aber der Ort schien leer zu sein.

»Du hast Glück«, sagte ihre Geisel. Veronica blinzelte für einen Moment. Seine Geisel. Lode. Sie waren beide seine Gefangenen. Sie konnte nicht wechseln, wie sie es bei Ellsworth getan hatte, auf die andere Seite. »Wir haben hier unter der Woche nachts nicht viel Personal, es sei denn, es passiert etwas Großes. Ich bin nur hier für den Fall, dass etwas schief geht.«

»Gut so, weil etwas schief gegangen ist«, sagte Lode. »Jetzt weitergehen.«

Noch ein paar Wege hinunter, bis sie zu einer weiteren versiegelten Tür kamen. Die Schlüsselkarte des Mannes ließ sie ein, und auf der anderen Seite, hängend in Taschen, die in fetten Buchstaben mit *DEKONTAMINATION* gekennzeichnet waren, schienen ein tiefbrauner Mantel eines Cowboys, ein breitkrempiger Hut, eine Pistole und eine Brieftasche zu sein, neben anderen kleinen Dingen.

»Das ist alles«, sagte die Geisel. »Nur zu. Nehmen Sie es.«

Lode grinste den Wissenschaftler höhnisch an. Riss seine Taschen herunter und schlüpfte in den Mantel. Legte den Gürtel an und steckte die Pistole ins Holster. Es war Platz für eine zweite Pistole, aber der Cowboy fragte nicht danach. An einem Punkt schwor Veronica, dass sie einen grünen Edelstein sah, bevor er in Lodes Tasche verschwand. Ordentlich ausgestattet ging Lode auf den Wissenschaftler zu.

»Danke.« Lode, schneller als Veronica sehen konnte, schlug den Wissenschaftler nieder. Ließ ihn zu Boden sinken. Der Cowboy beugte sich hinunter, zog die ID-Karte des Mannes ab und nickte dann Veronica zu, nach draußen zu gehen.

»Das war nicht nötig«, sagte Veronica, als sie zur zentralen Treppe zurückgingen. »Er hat kooperiert.«

»Das Ding ist, die meisten Leute kooperieren ... bis sie es nicht mehr tun. Ich gebe ihnen nicht gerne diese Gelegenheit.«

Sie gingen die Treppe hinunter und zurück in die Garage. Drei Autos standen dort. Die weißen SUVs waren längst verschwunden.

»Darf ich Sie etwas fragen?«, sagte Veronica, als sie sich dem Ausgang näherten.

»Sie können reden, oder?«

»Wer sind Sie?«

»Hab's Ihnen schon gesagt. Lode ist der Name.« Er bot nichts weiter an.

Der entfernte Ausgang aus der Garage war eine einfache Drücktür. Lode stieß sie auf, und sie gingen zurück in die Nacht. Veronica schaute sich um. Keine Wachen. Trotz all der Reden ihres Vaters darüber, dass dies eine Festung sei, verhielt es sich sicherlich nicht wie eine.

»Hier trennen sich unsere Wege«, sagte Lode.

»Warten Sie. Tun Sie mir nicht weh.«

»Hatte ich nicht vor«, Lode musterte sie lange. »Passen Sie auf sich auf.«

Und dann ließ der Cowboy sie dort stehen. Allein in der Dunkelheit.

Allein.

Es gab keinen Bezugspunkt, der Fade hätte helfen können zu verstehen, wo er jetzt stand. Ein Eiszapfen, vermutete er, käme dem nahe, obwohl er noch nie in einem solchen gewesen war. Die vier Wände des Raumes schimmerten, während das Licht, das scheinbar vom Boden und der Decke in sanften gelben Schimmern ausging, sich um sie herumwölbte. Bei der Berührung seiner Füße brach der Boden in Farben aus, die wie Funken eines Feuers vor seinem Gewicht flohen. Kleine orangefarbene, grüne und blaue Partikel brachen hervor. Sie vermischten sich mit den wechselnden Farben der Oberfläche und erzeugten den Eindruck, dass Fade in ein Gemälde gefallen war, während der Pinsel des Malers noch strich.

Eve beobachtete ihn, wie ein Elternteil, das ein Kind beim ersten Gehversuch studiert. Hoffnungsvoll. Bereit einzugreifen.

»Wo sind wir?«, fragte Fade, weil alles andere zu sagen lächerlich erschien.

»Wir nennen es den Hain«, antwortete Eve. »Es ist, mehr als jeder andere Ort, mein Zuhause.«

»Ich habe noch nie etwas Derartiges gesehen.«

»Du wirst es leid werden, das zu sagen.« Eve schritt zur gegenüberliegenden Wand, Prismen breiteten sich unter ihren Füßen aus, und berührte mit ihrer Hand eine Stelle, die heller als der Rest erschien. Als wäre sie von einer Kerze hinterleuchtet. Als ihre Hand die Oberfläche berührte, schossen erneut Farben heraus. Nur diesmal rasten die Lichtpartikel mehrere Fuß um ihre Hand herum. Einige zum Fuß der Wand, andere näher zur Decke. Dort bildeten sie eine solide chromatische Linie und innerhalb dieser verblasste die Wand.

»Du könntest Recht haben«, murmelte Fade, als Eve durch die Tür ging. Er folgte ihr und sah zunächst, was wie ein Steinpfad mit einem Geländer aussah, der sich aber in einen Balkon verwandelte, als Fade den Raum verließ. Nein, ein Ring. Ein riesiger Ring um eine Öffnung, die so breit wie ein Stadion gewesen sein muss. Vielleicht sogar breiter.

Fade ging zum silbernen Geländer, gesellte sich zu Eve und betrachtete die vielen Stockwerke über und unter ihm. Alle sahen identisch aus. Silberne Geländer und steinerne Balkone, die das offene Zentrum umkreisten. Hinter den Geländern konnte Fade die Umrisse weiterer Türen erkennen, die in den schneeweißen Stein gemeißelt waren. Tief unten, am Fuße des Turms, lag etwas, das wie ein indigofarbener Pool aussah, von dessen Mitte ständige Wellen ausgingen.

Er hob seinen Blick und sah dann etwas vor ihm vorbeihuschen. Etwas Fallendes. Ein Körper. Fade lehnte sich über das Geländer und sah nach unten, wo etwas, das wie eine schwarz-braune Kreatur aussah, größtenteils nur ein Schemen aus dieser Entfernung, auf den Pool aufzutreffen schien.

»Hat dieses Ding gerade--?«, begann Fade.

»Schau zu.«

Fade tat es, und die Kreatur, was auch immer es war,

erhob sich aus dem Wasser und ging fort. Bewegte sich aus Fades Blickfeld. Sie war mindestens zwanzig Stockwerke gefallen, soweit Fade zählen konnte, und war dennoch ohne Probleme davongelaufen.

»Ich verstehe nicht?«

»Noch etwas, was du leid sein wirst.« Eve lächelte ihn an. »Ich dachte dasselbe, als ich zum ersten Mal hierher kam. Der Hain ist ein Wunder, Fade. Ein Ort, der so weit von dem entfernt ist, was du kennst und glaubst, dass du dich fühlen wirst, als wärst du in ein Märchen eingetreten. Tatsächlich wäre es vielleicht einfacher, wenn du dir das wie Alice und ihr Kaninchenloch vorstellst.«

Fade wollte gerade etwas sagen, als Eve ihn an der Schulter packte und über den Rand warf.

Er war schon früher gefallen. Nur nicht aus solchen Höhen. Fade wusste, dass er schrie. Sah, wie die Welt an den Rändern seines Sichtfeldes verschwamm. Er fixierte sich auf den hellblauen Wasserpool und entschied, dass es als letzter Anblick gar nicht so schlecht war. Schloss seine Augen, als dieser auf ihn zuraste, um ihn zu begrüßen.

Spürte einen hauchzarten Wasserspritzer im Gesicht.

»Komm schon. Lass uns gehen.« Eves Stimme ließ Fade die Augen öffnen. Er schwebte auf der Brust liegend ein oder zwei Zoll über den Wellen. Seine Beine und Arme fühlten sich locker an. Treibend. »Stell dir vor, du liegst auf einem Bett. Dreh dich um und steh auf.«

Alles, was Fade über die Gesetze der Kraft wusste – nämlich, dass man, um sich zu bewegen, etwas braucht, gegen das man drücken kann – protestierte gegen die Idee, sich in der Luft zu drehen. Sich aufzusetzen. Doch als Fade seine linke Schulter dorthin drückte, wo laut Eves Analogie die Matratze sein sollte, spürte er festen Widerstand.

Drückte dagegen und stand einen Moment später auf und blickte direkt in Eves prüfendes Gesicht.

»Du begreifst schnell. Das ist eine gute Sache.« Eve wartete nicht auf Fades Antwort. Sie führte ihn weg vom Pool. Das Erdgeschoss des Turms schien nur einen Ausgang zu haben, obwohl der Ring um den Pool die üblichen dunklen Umrisse aufwies, die auf Türen hindeuteten. Hohe Bögen, bedeckt mit sich windenden Symbolen, die Fade nicht verstehen konnte, leiteten sie hinaus.

Wohin hinaus, darauf hatte Fade keine Antwort. Wenn vielleicht jemand das steinerne Fundament eines riesigen Quadrats genommen und alle darauf stehenden Gebäude weggewischt hätte, käme das dem nahe, was Fade sah. Die weißen Steine erstreckten sich in jede Richtung mehrere hundert Meter, bevor sie zu enden schienen, als wären sie von einer Messerschneide abgeschnitten worden. Jenseits der Steine schimmerte ein Himmel, nicht blau wie auf der Erde, sondern fluoreszierend, dünn, mit Farben, die sich wie blühende Blumen über ihn ausbreiteten. Während Fade zusah, dehnten sich die Farben in Mustern aus, bis sie sich plötzlich, nach einem unbekannten Gesetz oder einer Kraft, zu unsichtbaren Punkten zusammenzogen, bevor sie erneut anderswo erschienen.

Der Innenhof – Fade fiel kein besserer Name ein, obwohl ›Innenhof‹ eine ebenso schlechte Wahl war wie jede andere – hatte seine eigenen Wunder. Tische, einige höher als Fade groß war, standen willkürlich im Raum verteilt. Viele von ihnen waren besetzt mit Kreaturen, die standen, saßen oder sogar lagen. Fade hatte seinen fair share an Filmen gesehen, hatte Bücher fantastischer Geschichten gelesen, hoch und niedrig, und konnte Eves Aussage über das Kaninchenloch nur zustimmen. Während er die

Gruppen betrachtete, bemerkte er allerdings, dass die meisten Kreaturen paarweise oder allein kamen.

»Nennen Sie diesen Ort den Hain?«, fragte Fade. Eve hatte geduldig dort gestanden. »Ist er dafür gedacht, Dinge wachsen zu lassen?«

»Es ist ein Ort der Bewahrung«, sagte Eve. »Wohin wir, die Rakers, kommen. Wo wir bleiben, wenn wir nicht an unseren Welten arbeiten.«

»Die Rakers?«

Eve streckte die Hand aus, packte Fades Arm und zog ihn aus dem Weg der Bögen. Sekunden später kam etwas hindurchgestapft, das wie ein großes Bündel Ranken aussah, allerdings in verschiedenen Rottönen statt dem irdischen Grün. Anstatt tatsächlich Gliedmaßen zu bewegen, schienen die Ranken sich durch Wachsen und Verwelken fortzubewegen, wobei sie zerfallenden Staub hinterließen, während sie vorankamen.

»Arlow!«, rief Eve der Pflanze zu, denn Fade wusste nicht, wie er es sonst nennen sollte. »Einen Moment!«

Die Ranken stoppten ihre Vorwärtsbewegung. Dann, während ihre verworrene Masse zitterte, schossen neue Triebe hervor. Dicke Stränge roter Pflanzenteile wirbelten durch die Luft auf Fade zu und kurz bevor sie ihn trafen, brachen sie auseinander und verankerten sich im Boden. Schließlich stand die ganze Masse vor ihm; zwei dicke Stämme hafteten an den Steinen und bildeten einen Bogen. Der obere Teil senkte sich auf Fades Augenhöhe und eine Knospe erschien. Sie kam nahe an Fades Gesicht heran und erblühte dann zu einer prächtigen, kaskadierenden goldenen Blume. Die Mitte, in zartem Rot, starrte ihn direkt an.

Pollenstaub schoss heraus. Sprühte in Fades Gesicht. Er

erwartete zu husten, und seine Augen schlossen sich. Aber stattdessen kamen Worte in seinen Kopf.

Willkommen, Kleiner. Wie ist dein Name?

Fade drehte sich um und sah Eve an. »Was geht hier vor? Spricht es mit mir?«

Ein weiterer Pollenstoß. Fade spürte, wie er seinen Nacken, seine Wange traf. *Es? Mein Name, in deiner Sprache, ist Arlow. Sei nicht so beleidigend, Neuling, nicht alle von uns sind so geduldig wie ich.*

»Arlow, du weißt, dass ich genauso war, als ich das erste Mal hierherkam«, sagte Eve zu der Pflanze. Zu Arlow.

Das entschuldigt keine Unhöflichkeit. Manieren, Eve, sind der Schlüssel zur Zivilisation.

»Manieren?«, konnte Fade sich nicht zurückhalten. »Das ist der Schlüssel?«

Was du mit einem höflichen Austausch von Worten erreichen kannst, kann weit größer sein als die tödlichste Waffe. Wenn du vorhast, deiner Welt zu helfen, dann rate ich dir, diese Lektion zu beherzigen. Eve, ich muss gehen. Es gibt Dinge, um die ich den Gärtner bitten möchte.

Arlow wartete nicht auf Eves Antwort. Die Blume verwelkte und starb vor Fades Augen ab, während die Pflanze in Richtung der Tische wuchs. In Richtung der langen, hohen Linie, die hinter ihnen lag. Es sah aus wie eine Wand, allerdings mit Markierungen und Dingen darauf, die Fade von hier aus nicht erkennen konnte.

»Arlow ist ein bisschen ein Griesgram, aber es ist seit dreitausend Jahren ein Raker, also hat es sich das Recht verdient«, sagte Eve.

»Wie konnte ich es verstehen? Die Worte kamen einfach zu mir. Wie ein Traum oder so etwas.«

»Du hast gehört, wie Arlow den Gärtner erwähnt hat?« Eve deutete über den Hof hinweg zum wechselnden

Himmel dahinter. »Das ist derjenige, der diesen Ort gebaut hat. Der die Rakers erschaffen hat. Der Gärtner ist nicht sein richtiger Name, und ich denke nicht, dass es ein Geschlecht hat, aber so nennen wir es.«

»Das erklärt nicht, wie ich verstehen konnte, was eine Pflanze gesagt hat.«

Eve legte eine Hand auf Fades Schulter. »Von dem Moment an, als du hierher kamst, hast du eingeatmet, was es möglich macht, im Hain zu leben. Was die Rakers funktionieren lässt. Jeder von uns, egal welcher Spezies, bekommt sie irgendwie in sich hinein. Die Samen des Gärtners, so werden sie genannt. Und sie machen alles möglich.«

Eve sprach weiter, während Fade zuhörte. Die Samen waren in ihm, arbeiteten daran, sich anzupassen und Sauerstoff zu liefern, seine Wunden zu heilen und Dinge wie Arlows Pollen in eine Sprache zu übersetzen, die Fade verstehen konnte. Sie würden für immer bei ihm sein, selbst wenn er zur Erde zurückkehren würde. Sie waren der Grund, warum Eve und Lode den Schuss von Thalia überlebt hatten und wie Eve selbst schon fast drei Jahrhunderte gelebt hatte.

»Aber wir sind nicht unsterblich. Das darfst du nie vergessen«, sagte Eve. »Eine Kugel in den Kopf wird dich immer noch töten. Genauso wie überfahren zu werden oder im Ozean zu ertrinken. Anatole hat mir früher von den Rakers erzählt, die gestorben sind, weil sie glaubten, sie könnten alles.«

»Willst du damit sagen, dass ich ein Raker bin?«

»Noch nicht«, und hier sah Eve weg. »Das hängt vom Gärtner ab.«

»Hängt es nicht von mir ab?«, sagte Fade. »Habe ich keine Wahl?«

Nicht dass der Aufenthalt in dieser verrückten Welt mit sprechenden Pflanzen und Technicolor-Himmel nicht verlockend erschien, aber Fade hatte ein Leben. Eine Tochter, die er ohnehin schon zu wenig sah. Auf Befehl einer seltsamen Kreatur davonzujagen, schien kein Schritt in die richtige Richtung zu sein.

»Natürlich hast du die. Nur wenn du Nein sagst, stirbst du.«

Eve führte Fade zu den Tischen, zu dem geschwungenen, wirbelnden Gebäude dahinter. Es sah aus, als hätte jemand einen Faden genommen und ihn ein Dutzend Mal durch sich selbst geschlungen, zu Glas erstarren lassen und auf die Steine gesetzt. Am Fuß kamen die Linien zusammen und bildeten einen Knoten. Eine gerundete Kugel, die in den Boden eingelassen war und dennoch mehrere Stockwerke hoch aufragte.

»Wie bestehe ich also den Test, da ich jetzt investiert bin?«, fragte Fade, als sie an einem hohen Tisch vorbeigingen. Um ihn herum waren zwei Dinge, die fast wie Metallstangen aussahen. Fade konnte sehen, wie sie sich über den Tisch beugten, Dutzende winziger Gliedmaßen, die sich ausstreckten und das griffen, was wohl Nahrung sein musste. Jeder Arm reichte jeden Bissen zum nächsten weiter, bis die Bissen die Spitze der Stange erreichten, wo sie hineingeschüttet wurden.

»Du wirst entweder bestehen oder durchfallen, je nachdem, was der Gärtner entscheidet«, sagte Eve.

»Halt. Hör sofort auf zu gehen.«

Eve blieb, zu Fades Überraschung, tatsächlich stehen. Sah ihn an.

»Das können Sie nicht machen. Sie können nicht den einzigen Elternteil meiner Tochter aufs Spiel setzen, auf die

Laune von etwas, das ich nicht kenne oder verstehe. Bringen Sie mich zurück. Sofort.«

»Und was wäre passiert, wenn wir in diesem Büro geblieben wären?«, entgegnete Eve. »Was wäre passiert, wenn sie uns dort gefunden hätten? Glaubst du, sie hätten die Polizei gerufen, oder hätten sie uns einfach erschossen, sobald sie erkannt hätten, wer wir waren?«

»Ich-«

Eve war noch nicht fertig. »Was ich getan habe, war, dich herauszuholen. Ich hätte auch gehen können. Ganz allein zum Hain zurückkehren können. Der Grund, warum ich dich mitnehme, Fade, ist, weil ich glaube, dass du einer von uns sein kannst. Ich glaube, du wirst den Test bestehen. Ich glaube, du kannst ein Raker werden. Ich glaube, du kannst mit Lode und mir zusammenarbeiten.«

Darauf wusste Fade nichts zu erwidern. Eve hatte Recht – er war nicht tot. Was auch immer dieser verrückte Ort war, er war besser als eine Gefängniszelle. Besser als das heiße Ende eines Nullpunkt-Gewehrs.

Als Eve wieder losging, reihte sich Fade ein.

»Irgendwelche Hinweise? Tipps, die mir mit diesem Gärtner helfen könnten?« Fade sah nicht allzu viele Pflanzen, angesichts des Namens dieses Wesens. Er entdeckte Arlow an einem eigenen Tisch. Die Kreatur hatte sich über die gesamte Oberfläche ausgebreitet und sie mit Ranken bedeckt. Blätter waren hervorgesprossen, groß und breit. Vermutlich, um das Licht aufzusaugen.

»Sei, wer du wirklich bist«, sagte Eve. »Du bist nicht die Arbeit, die du tust. Du bist nicht der Entführer. Der Mörder. Du bist ein Vater, jemand, der seinen Freunden hilft.«

»Wie hast du es bestanden?«

»Weil Anatole wusste, was er tat. Er konnte erkennen,

was aus mir werden würde. Konnte auch erkennen, was aus Lode werden würde.«

»Ihr beide seid nicht gerade gleich.« Fade nahm sich vor, später zu fragen, wer Anatole war. Wenn sein Leben nicht auf dem Spiel stand.

Sie näherten sich dem geschwungenen Gebäude. Allerdings erkannte Fade, als er näherkam, dass es sich überhaupt nicht wirklich um ein Gebäude handelte. Stattdessen schien das einzige Merkmal der Kugel ein einzelnes Fenster zu sein. Ein Loch, das mit einer Art Glas bedeckt war, hinter dem nur Schwärze lag.

»Uns dienen unterschiedliche Persönlichkeiten besser«, sagte Eve. »Lode ist zu bestimmten Handlungen fähiger als ich. Welche das sind... das kannst du dir sicher denken.«

»Er drückt ab.«

»Manchmal zu schnell, aber ja. Ich hingegen bevorzuge ruhigere Methoden.« Eve hielt wieder inne, blickte zu Fade herüber. »Verwechsle das nicht mit weniger tödlich. Viele haben das getan und dafür bezahlt.«

»Klingt, als wäre euer Weg in eine bessere Zukunft mit Blut gepflastert«, sagte Fade. »Das scheint nicht besonders wunderbar.«

»In letzter Zeit hat Gewalt tatsächlich einen höheren Stellenwert in unseren Methoden eingenommen.« Eve blickte einen Moment auf die Steine. »Ich würde es vorziehen, wenn die Kugel und das Messer nicht unsere erste Wahl wären. Deshalb bist du hier.«

»Ich weiß nicht, ob dir das aufgefallen ist, aber ich bin nicht gerade ein friedfertiger Typ.«

»Aber du verstehst, wann Reden die bessere Option ist«, sagte Eve. »Das hast du bewiesen, als du uns in deinem Haus hattest. Zwei Leute, die versucht hatten, dich zu töten. Die deine Tochter bedroht hatten, und trotzdem warst du bereit, uns anzuhören. Da habe ich entschieden, dass du hierher gehörst.«

Als sie näher kamen, begann das Loch in der Mitte der Kugel zu leuchten. Das Schwarz füllte sich mit einem langsam wachsenden Weiß, bis die beiden Farben gleich waren. Eve hob eine Hand, und Fade blieb stehen. Sie beobachteten, wie die beiden Farben sich vermischten, und dann flossen die Farben durch das Loch. Durch die Barriere und auf die beiden zu. Wie bei Arlow und seinen Ranken dachte Fade, dass der schwarze und weiße Schleim, der durch die Luft schwamm wie Wasser in einem Schlauch, direkt in ihn hineinspritzen würde. Stattdessen ergoss sich das Zeug auf den Boden. Es sammelte sich und formte sich zu einem großen, älteren Mann. Allerdings einem, dessen Gesicht nach links zu rutschen schien. Die Haut des Mannes, die Kleidung, alles war dunkelgrau. Fast metallisch.

»Eve«, der Mann sprach mit einer flötenden Stimme, wie eine verzerrte Tastatur. »Ich hoffe, das ist besser als beim letzten Mal?«

»Dein Gesicht rutscht immer noch, Gärtner, aber die Kleidung ist raffinierter.« Eve deutete eine leichte Verbeugung an, und Fade tat es ihr gleich. Wenn dies das Wesen war, das er beeindrucken musste, konnte der Stolz hinten anstehen. Hier rauszukommen und zurück zu Jaycee zu gelangen, das war das Wichtige.

»Spezifische Merkmale sind so schwierig«, sagte der Gärtner. »Wusstest du, als Anatole zuerst die Idee vorschlug, war ich hunderte von Jahren lang als Würfel zu ihm gekommen?«

»Das ist viel besser, Gärtner«, antwortete Eve. »Zum einen kann ich tatsächlich sehen, wie sich dein Mund bewegt. Ich kann mir nicht vorstellen, wie seltsam es wäre, eine Stimme aus dem Nichts zu hören.«

»Es gibt weitaus seltsamere Dinge in diesem Universum, Eve. Weit seltsamere«, der Gärtner richtete seinen Blick auf Fade. »Und das ist dein Neuankömmling. Derjenige, den du von mir testen lassen möchtest.«

»Faden Vance.« Fade streckte seine Hand aus. »Aber Sie können mich Fade nennen.«

Der Gärtner sah auf Fades Hand. Bewegte keinen Arm. »Ich nehme an, Sie haben einiges darüber erfahren, was dieser Ort ist und warum Sie hier sind?«

»Eve hat das eine oder andere erwähnt. Ich möchte jedoch sagen, dass ich eine Tochter habe. Dass Sie das berücksichtigen, wenn Sie Ihren Test durchführen, was auch immer das sein mag.«

Der Gärtner nickte. Fade spürte ein Ziehen an seinem Bein und schaute nach unten. Dieselbe dunkle Flüssigkeit, aus der der Gärtner bestand, schien durch die Steine nach oben zu sickern. Umschlang seine Beine. Kletterte zu seinem Bauch hoch. Fade versuchte sich zu bewegen, aber es war, als wären seine Beine verschwunden. Als würden sie nicht gehorchen.

»Eve?« Fade sah zu ihr hinüber. Sie beobachtete ihn schweigend. Er bemerkte, dass die Tische in seiner Nähe ebenfalls starrten. Eine Ansammlung von Schrecken und unvorstellbaren Dingen, die zusahen, wie sein Körper im Schleim verschwand. »Was passiert hier, Eve?«

Sie antwortete nicht.

Das Grau verschlang ihn.

Jaycee schoss im Bett hoch. Da war ein Geräusch gewesen. Laut. Nah. Außerdem, wo war sie? Das Licht, das durch das Fenster hereinschimmerte, kam ihr nicht bekannt vor. Eine Klimaanlage brummte, dann schaltete sie sich ab.

Das Klopfen ertönte erneut. Die Tür.

Jaycee blinzelte. Schaute nach rechts. Sah eine grellrote Digitaluhr, die anzeigte, dass es fast 3 Uhr morgens war. Richtig. Sie war in einem Hotel. Ihr Haus war ein Tatort. Und sie trug immer noch ihre Straßenkleidung. Neben ihr auf dem Bett lag ihr Rucksack, zusammen mit ein paar Schulbüchern. Sie war tatsächlich beim Hausaufgabenmachen eingeschlafen. Während sie auf ihren Vater wartete.

Nicht zum ersten Mal.

Ein drittes Klopfen. Lauter. Das könnte jetzt Fade sein. Der reingelassen werden wollte.

Jaycee schaltete die Lampe ein und stieg aus dem Bett. Tappte über den Teppich zur Tür. Versuchte, die Benommenheit aus ihrem Kopf zu verscheuchen. Drückte den Griff und öffnete die Tür. Sie ruckte einen Zentimeter später zum Stillstand, die Kette oben. Sie hatte vergessen, sie zu entfernen. Ihre Augen waren verschwommen. Sie war noch am Aufwachen.

Aber sie erkannte den breitkrempigen Hut. Den struppigen Hals, das finstere Gesicht.

»Wo ist mein Vater?« Jaycee nahm die Kette nicht ab. Dieser Typ war kein Freund gewesen.

»Er ist bei Eve«, antwortete Lode. »Sie schauen nach Thalia.«

»Warum bist du dann hier?«

Lode schaute den Flur rauf und runter. »Um dich zu beschützen. Nachdem sie Thalia gefunden haben, werden sie sich mit der Firma befassen, die heute Nachmittag euer Haus angegriffen hat. Ich bin hier, um sicherzustellen, dass sie dich nicht zuerst erwischen.«

Jaycee zögerte. Warum würde Eve weggehen, nur um dann Lode zurückzuschicken? Wurde Lode nicht von denjenigen mitgenommen, die ihr Haus überfallen hatten?

»Ich verstehe das nicht?« sagte Jaycee. »Wie bist du entkommen?«

»Sie wussten nicht, womit sie es zu tun hatten.« Bevor Jaycee einen weiteren Zug machen konnte, trat Lode in die Tür. Er drückte seine Schulter dagegen und riss die Metallkette aus der Wand. Sie sprang mit einem Knacken ab. Lode trat ins Zimmer und knallte die Tür hinter sich zu.

Jaycee wich zurück. »Das hätten Sie nicht tun müssen.«

»Sie haben sich nicht schnell genug bewegt. Zu verwundbar da draußen.« Lode musterte den Raum. »Anständiger Ort, den Sie hier haben.«

Jaycee zog sich weiter zurück. Ging am Fernseher zu ihrer Rechten vorbei, erinnerte sich, was unter dem Bildschirm lag. Lodes Waffe, die Pistole. Auffallend silbern neben dem tiefschwarzen Fernseher. Sie spürte seine Augen auf sich, spürte, wie sein Blick zur Waffe glitt.

»Danke, dass Sie darauf aufgepasst haben.«

Er ging darauf zu. Jaycee schnellte zuerst vor. Griff nach der Pistole und hob sie. Richtete sie auf Lode. Finger am Abzug.

»Wie sind Sie freigekommen?« fragte Jaycee.

Lode hielt inne. Starrte sie an. »Ich habe einen fiesen rechten Haken.«

»Das hat gereicht, ja? Typen mit Gewehren, und Sie haben sich da rausgeprügelt?«

»Ich bin ziemlich gut darin.« Lode hob die Hand, nahm seinen Hut ab und warf ihn auf das Bett neben Jamies Schulsachen. Streckte seine Hände vor die Brust. Warf ein schiefes Lächeln. »Wie wäre es, wenn Sie mir meine Waffe zurückgeben?«

»Beantworten Sie zuerst meine Frage. Wer sind Sie? Was wollen Sie von meinem Vater?«

»Jaycee, es ist viel zu früh für dieses Gespräch. Sie

müssen sich nur darum sorgen, wie Sie hier lebend rauskommen.«

Das klang anders. Jaycee spürte dieselbe Welle von Angst, die über sie hereingebrochen war, als die Kugeln durchs Fenster kamen. Als sie die Tür öffnete und Lodes Waffe in ihr Gesicht starrte. Dieser Typ, dieser Cowboy, war nicht ihr Freund. Er war nicht hier, um sie zu beschützen.

»Ja, sehen Sie, ich brauche Sie jetzt draußen«, sagte Jaycee.

Die Tür hatte einen Riegel. Noch ein Schloss. Sie könnte einen Stuhl dagegenstellen und die Polizei rufen. Lode würde diese Aufmerksamkeit nicht wollen.

»Oder was?« sagte Lode. »Ein Mädchen wie Sie? Sie sind nicht an diese Welt gewöhnt. Sie sind weich. Wissen Sie, was wir früher gemacht haben, wenn ein Mann mit einer Waffe hereinkam, die er nicht zu benutzen wusste?«

Jaycee schüttelte den Kopf. Trat noch einen Schritt zurück. Sie stieß gegen die Klimaanlage, die in der Wand hinter ihr eingebaut war. Lode kam näher, seine Hände fielen zu seinen Seiten. Nur noch die Breite des zweiten Bettes zwischen ihnen.

»Wir haben ihm einen Drink ausgegeben. Welchen Whiskey auch immer noch übrig war. Dann haben wir ihn nach draußen gebracht. Ihn drei Schritte entfernt aufgestellt. Ihm gesagt, er soll auf uns schießen. Wissen Sie, was passiert ist?«

Jaycee schüttelte wieder den Kopf. Sie wollte sprechen. Wollte sich einen Plan überlegen. Aber es gab nichts außer der Geschichte des Cowboys, die in ihren Kopf eindrang.

»Einige von ihnen waren solche Feiglinge, dass sie nicht einmal ihre Waffe hoben. Manche drückten wenigstens ab. Aber, sehen Sie, sie wussten nicht, was sie taten. Sie trafen nicht. Schossen in den Dreck oder in die Luft. Zu ängstlich, um auf einen Mann zu zielen. Dann waren wir an der Reihe. Wir haben nicht verfehlt.«

»Ich habe keinen Whiskey.«

Das Einzige, was ihr einfiel zu sagen.

»Das ist verdammt schade. Da Sie aber müde aussehen, denke ich, es läuft aufs Gleiche hinaus. Also, wie sieht's aus, Jaycee? Wissen Sie, wie man dieses Ding benutzt?«

Jaycee blickte auf ihre Hände hinab. Die Waffe schien so groß. Lang, silbern. Mit allerlei Siegeln und Symbolen verziert. Mehr ein Kunstwerk als eine Waffe. Aber sie war geladen. Sie war gespannt und bereit. Also hob sie die Waffe und drückte ab.

Der Schuss war ohrenbetäubend im Raum. Jaycee schloss die Augen, als er losging. Öffnete sie danach – ihre Ohren klingelten. Die Waffe kaum noch in ihrem Griff nach dem Rückstoß. Lode schaute nach rechts. Auf ein Loch in der Wand über seiner Schulter.

»Sehen Sie, was ich meine? Die Ängstlichen treffen nie. Jetzt bin ich dran.« Lode zog seine Waffe, drückte ab, schoss Jaycee in die Brust.

Es fühlte sich an wie ein Schlag. Ein Schlag, gefolgt vom schlimmsten Schmerz, den Jaycee je gefühlt hatte. Eine seltsame kalte Qual, die durch sie hindurchbrach. Alles, woran sie denken konnte, war, nach vorne zu stolpern. Zu fallen, auf genau den Mann zu, der ihr Leben genommen hatte. Er fing sie auf, hielt sie fest, während er ihr seine Waffe aus der rechten Hand nahm. Jaycees linke Hand fiel in seine Jacke, in seine Tasche, während ihr Mund blubberte, ihre Augen tränten und die Welt in Schwärze versank. Ihre Finger umschlossen etwas Glattes, Rundes. Einen Stein.

»Verderben Sie mir bloß nicht mein Hemd«, sagte Lode. »Ich würde ungern ein neues suchen müssen.«

Lode stieß Jaycee weg. Aber sie hielt ihre Hand an diesem Stein. Er schien das Einzige zu sein, was real war, das Einzige, was übrig blieb.

»Hey«, hörte sie Lode sagen, seine Stimme erhob sich. »Geben Sie das her.«

Jaycee schlug auf dem Boden auf, der Teppich dünn und kratzig. Sie schaute auf den Stein. Er war rot. Nein, das war ihr Blut. Klebrig und nass. Sie wischte mit dem Daumen darüber. Grün. So grün. Sie hielt ihn fest.

Und alles verschwand.

KAPITEL 9
PROBLEMATISCHER FORTSCHRITT

VOR IHM BEFAND sich ein Hebel. Zwei Optionen: rechts und links.

Zu Fades linker Seite verlief eine Schiene. Ein Pfad, der sich hellgrau vom schwarzen Hintergrund abhob. Eine Dunkelheit, die überall dort zu sein schien, wo der Pfad nicht war. Hinter dem Hebel, in kurzer Entfernung, gabelte sich der Pfad, wobei einer weit nach rechts führte.

Fade streckte die Hand aus und berührte den Hebel. Kalt und steif, aber er glaubte, ihn bewegen zu können.

»Hallo«, eine Kinderstimme. Ein kleiner Junge stand auf dem nahen Teil des Pfades. Fünf Jahre alt, vielleicht auch jünger. Er hatte ein fröhliches Lächeln im Gesicht und trug eine Uniform, als würde er zur Schule gehen. »Wie heißt du?«

Fade sagte es ihm, und das Kind klatschte, als wäre Fades Name das Brillanteste auf der Welt. Fade stellte dem Kind die gleiche Frage, und der Junge antwortete, dass er seinen Namen nicht wisse. Dass er ihn vergessen habe.

Das erschien seltsam. Wer vergaß seinen eigenen Namen?

Bevor Fade das herausfinden konnte, lenkten Geräusche seine Aufmerksamkeit vom Jungen weg. Auf dem anderen Pfad, zu seiner rechten Seite und viele Meter entfernt, stand eine Ansammlung von Menschen. Alle Größen und Formen, aber sie waren undeutlich. Ihre Gesichter waren von Hüten, dicken Mänteln verdeckt oder in der Dunkelheit einfach schwer zu erkennen. Sie riefen zu ihm herüber. Hektisch. Aber Fade konnte die Worte nicht verstehen. Zu weit weg.

»Weißt du, was ich werden will, wenn ich groß bin?«, fragte ihn der Junge.

»Sag es mir«, antwortete Fade, behielt aber die ferne Menge im Auge.

Was sagten sie?

»Ein Erfinder!«, rief der Junge das Wort. »Ich will alle Probleme verschwinden lassen!«

»Nun, das ist ein guter Traum«, erwiderte Fade. Dann sah er einen Funken. Ein Licht hinter dem Hebel. Es wurde größer. Genau in der Mitte des Pfades und kam auf ihn zu.

»Weißt du, was das ist?«, fragte der Junge, und Fade sah, wie er auf das Licht zeigte. »Ich weiß es nämlich.«

»Was ist es?«

»Eine Entscheidung, Herr Fade. Sie müssen wählen. Die Entscheidung liegt direkt vor Ihnen.«

Fade blickte auf den einfachen Hebel. Links und rechts. Hinter dem Licht baute sich ein stetiges Dröhnen auf. Ein allmähliches Knirschen und Knarren von Zahnrädern. Die Menschen auf dem weit entfernten Pfad schrien jetzt mehr. Ihre Arme winkten wild.

»Kannst du vom Pfad runter?«, fragte Fade den Jungen.

»Und wohin?«, sagte der Junge. »Dieser Pfad ist mein einziges Zuhause.«

Das Dröhnen wurde lauter und lauter. Ein kleiner Junge, eine Menge gesichtsloser Menschen.

»Sie müssen wählen, mein Herr.«

Fade drehte sich um und streckte die Hand nach dem Jungen aus. Er würde den Kleinen vom Pfad zerren, ihn aus dem Weg schaffen und den Zug in diese Richtung schicken. Doch als er nach dem Kind griff, trat der Junge zurück. Schüttelte den Kopf.

»So funktioniert das nicht.« Der Junge klang diesmal traurig. »Sie können nicht beides haben.«

Fade starrte das Kind an. Dies war ein Test. Natürlich. Mit einer richtigen Antwort. Er drückte den Hebel nach links.

»Ich verstehe, mein Herr.« Der Junge schenkte ihm ein Lächeln, auch wenn Tränen aus seinen Augen quollen und über sein Gesicht liefen.

»Tut mir leid, Kleiner«, sagte Fade, und es tat ihm leid, selbst wenn dies ein Test war.

Einen Moment später fiel das helle weiße Leuchten über Fade und, als das Dröhnen alles andere übertönte, löste sich die Szene auf.

Er war zurück auf den weißen Steinen. Zurück vor dem metallischen Mann, dem Gärtner. Eve und die anderen Außerirdischen starrten ihn immer noch an.

»Habe ich bestanden?«, sagte Fade, während das Grau von ihm wich und zurück in den Boden sickerte.

»Was glauben Sie, worum es bei dem Test ging?«, entgegnete der Gärtner.

»Die Vielen auf Kosten der Wenigen retten«, sagte Fade. »Ich verstehe das.«

»Falsch.« Der Gärtner blickte zu Eve. »Sie haben ihn zu mir gebracht, bevor er bereit war. Bevor er verstanden hat.«

Eve funkelte den Gärtner an. »Ich hatte keine Wahl. Er wäre sonst gestorben. Ich musste ihm eine Chance geben.«

»Ich habe versagt? Was?« Fade fühlte, wie der doppelte Schock des Versagens und der Überraschung seine Nerven durchflutete.

Eve hatte gesagt, die Konsequenz für ein Versagen sei der Tod. Aber wie hatte er versagt? Es schien so offensichtlich gewesen zu sein.

»Die Mission der Rakers«, sagte der Gärtner zu Fade, »ist es, den Fortschritt einer Zivilisation zu bewahren. Das kann bedeuten, die hellsten Leuchttürme auf Kosten Unschuldiger zu erhalten.«

»Nun, das klingt böse.« Fade verschränkte die Arme.

»Je nach Ihrem Standpunkt mag das durchaus so sein«, sagte der Gärtner. »Sie werden jedoch feststellen, dass der allgemeine Verlauf Ihrer Arbeit als Raker darin bestehen wird, das meiste Gute zu tun.«

Fade schnappte ein paar der Worte auf. »Moment, meine Arbeit als Raker? Ich dachte, ich hätte versagt.«

»Sie haben die Bedeutung des Tests vielleicht nicht verstanden, aber Sie haben dennoch bestanden«, sagte der Gärtner. »Das Ziel, Fade, ist zu sehen, ob Sie richtig einschätzen können, welche Maßnahme zu ergreifen ist, und ob Sie die richtigen Gründe für diese Maßnahme haben. In diesem Fall hatten Sie, obwohl Sie das Kind geopfert haben, angesichts Ihres Wissensstandes vertretbare Gründe dafür. Ich akzeptiere das.«

Fade wusste nicht, was er sagen sollte. Sein Verstand war durcheinander geraten, und das gefiel ihm nicht. Aber bevor er sprechen konnte, schien sich der Gärtner aufzulösen. Zerfiel in den schwarz-weißen Wirbel und wurde zurück in das dunkle Loch im geschwungenen Gebäude gesaugt. Verschwunden.

»Komm schon«, sagte Eve, obwohl Fade das Lächeln auf ihrem Gesicht bemerkte. »Wir müssen jetzt zur Audienz.«

»Und dann nach Hause?« Fade wusste nicht, was die Audienz war, aber an diesem Punkt wollte er nur zurück zum Vertrauten. Seine Tochter finden und einen starken Drink.

»Und nach Hause gehen.«

Veronica hatte ihren Vater noch nie so wütend gesehen. Christopher stampfte in seinem Büro auf und ab. Sie war die Einzige im Raum und fühlte sich verängstigt. Nicht, dass er sie jemals geschlagen hätte. Bedroht hätte. Jemals mit mehr als der üblichen rauen Art eines enttäuschten Elternteils diszipliniert hätte.

Aber sie hatte ihn enttäuscht. Sie hatte Lode entkommen lassen.

»Du musst verstehen, Veronica. Wir spielen hier keine Spiele. Das ist kein Actionfilm-Abenteuer. Was dieser Mann hatte, war unbezahlbar. Er hatte einen Schlüssel. Einen Schlüssel zu etwas Größerem als wir alle.« Christopher lehnte sich über seinen Schreibtisch. Es war fast 4 Uhr morgens. Weit nach ihrer beider Schlafenszeit, aber Veronica wusste, dass er nicht schlafen würde, und sie auch nicht.

Denn zum ersten Mal, so beängstigend und seltsam das alles auch geworden war, war sie mittendrin. Nachdem sie ihre gesamte Teenagerzeit am Rande verbracht hatte, kaum im Bilde darüber, was ihr Vater tagtäglich tat, war Veronica jetzt involviert. Verwickelt. Sie hatte Beweise und die Macht, sie nicht zu nutzen. Jetzt war sie Teil der Familie ihres Vaters.

»Ein Schlüssel wofür?«, fragte Veronica. Sie saß aufrecht in einem skelettartigen Stuhl, ein Paar dünner Kissen auf der Sitzfläche und am Rücken. Selbst der Stuhl ihres Vaters wirkte hart. Teil seiner Philosophie: Mangel an Komfort hielt einen in Bewegung. Bewahrte einen davor, faul zu werden.

Der Rest des Büros war karg. Nur drei symbolische Gesten; ein Gemälde, das wie ein Fenster zum Meeresufer von ihrem Haus aussah. Ein Foto von Veronica. Von ihrer Mutter. Und das war's.

»Der Schlüssel wofür? Ich weiß es nicht. Ich habe die Antwort nicht«, das Eingeständnis schien Christopher zu frustrieren. »Versteh, Veronica. Wir haben nicht die Antworten, aber wir haben den Schlüssel. Den Weg hinein. Jetzt muss ich wissen, wie ich ihn benutze. Ich hatte gehofft, ein zweiter, zusammen mit dem Mann selbst, würde die Antwort liefern.«

»Woher weißt du, dass es ein Schlüssel ist?«

Ihr Vater drehte sich zu ihr um. Schloss für eine Minute die Augen. Dann drückte er einen Knopf auf seinem Schreibtisch. »Kaffee, bitte. Wir brauchen welchen hier drinnen.«

Christopher ging zur Seitenwand; eine leere weiße Fläche. Gegenüber von einem anderen leeren Bereich. Er drückte gegen die Wand, und sie schien zurückzuweichen. Schob sich nach oben und enthüllte einen Projektor. Einer, der hochfuhr und quer durch den Raum projizierte, wobei er die gegenüberliegende Wand mit dem Bild des Desktops seines Computers überzog.

»Zeig die Verlorener-Mann-Folien«, verkündete ihr Vater, seine Stimme weniger gesprächig, als ob er mit einem Roboter spräche.

Der Desktop schimmerte und startete dann ein anderes Programm. Eine Diashow. Das erste Bild zeigte einen Körper, der im Dschungelgestrüpp lag. Veronica konnte überall Lianen sehen. Sonnenlicht strömte hindurch. Wo auch immer das war, es musste heiß gewesen sein. Tropisch.

»Wir nannten ihn den Verlorenen Mann«, sagte ihr Vater. »Wir hatten ihn lange Zeit verfolgt. Er tauchte in Städten auf der ganzen Welt auf. Normalerweise rund um bedeutende Ereignisse. Manchmal bei Attentaten. Entführungen. Oder großen Schwankungen an den Märkten.«

»Und?«, sagte Veronica. »Wer war er?«

»Er hatte hundert Namen. Pässe und Identitäten. Kenntnisse von Sprachen, die nicht mehr gesprochen werden«, sagte ihr Vater. »Wir haben ihn schließlich eingeholt. Haben ihn in Vietnam gefasst. Oder besser gesagt, die Vietnamesen taten es. Stellte sich heraus, dass er nicht ganz so gut durch den Dschungel kam wie sie. Sie überließen nichts dem Zufall.«

»Du sagst also, dieser Typ ist in Vietnam gestorben und jetzt ist er deine große Antwort?«

»Veronica.« Ihr Vater klickte weiter. Das nächste Bild zeigte eine Streuung seiner Besitztümer. Alle waren auf einer weißen Fläche ausgebreitet. »Wir haben dafür bezahlt. Du solltest das wissen. Die Mäntel und Hosen waren normal. Die Uhr, Standard. Aber so etwas hatten wir noch nie gesehen.« Die Folie wechselte erneut. Eine kleine grüne Brosche. So wie die, die sie Lode zusammen mit seinen Kleidern hatte nehmen sehen. »Wir nennen es das Abzeichen. Es ist der Schlüssel. Wir fanden es mit einer Menge anderer Dinge, die Jahrhunderte zurückreichten. Artefakte, die er bei sich trug, die keinen Grund hatten, dort zu sein. Alte Münzen. Sogar eine unterschriebene Dankesnotiz von Lincoln.«

»Eine unterschriebene Notiz von Lincoln? Als in Abraham?«

»Unser Verlorener Mann war überall.« Ihr Vater rieb

sich die Augen. »Wir nahmen, was wir fanden, und nutzten es, um in seine anderen Identitäten einzudringen. Fanden Finanzunterlagen und Geschichten, die Jahrzehnt um Jahrzehnt zurückreichten. Er war jeder und niemand. Aber er lebte lange Zeit. Das war sicher. Lebte, ohne einen Tag älter zu werden. Und von all den Dingen, die er besaß, ist das einzige, das keinen Sinn ergibt, dieser grüne Juwel da.«

»Was willst du damit sagen?«, sagte Veronica. »Dass dieser Typ ewig leben konnte?«

Christopher nickte. »Wir denken schon. Aber wir können es nicht herausfinden.«

»Aber Vater, du sagtest, du hast ihn in Vietnam gefunden. So alt bist du nicht.«

»Oh, ich habe ihn nicht gefunden. Mein Vater tat es. Er verbrachte sein Leben damit, dieses Unternehmen aufzubauen, dieses Unternehmen zu ruinieren. Und dabei versuchte er, das Abzeichen zu knacken. Ich ging anders vor. Nutzte die Stiftung, die dein Großvater gegründet hatte, um unser Geld zu machen, und jetzt haben wir die Ressourcen, um das Geheimnis zu finden, das mein Vater nicht entschlüsseln konnte.«

Die Tür öffnete sich; ein Mann stand dort mit dem Kaffee. Und einem Telefon.

»Wer ist es?«

»Es ist derjenige, der gerade hier war. Der Cowboy? Er will das Abzeichen.«

Ihr Vater blickte zurück zu Veronica. Lächelte. »Sieht so aus, als wäre es dein Glückstag, Veronica. Das Kaninchen ist zum Fuchs zurückgekommen.«

Als sie auf den Turm zugingen, ging Eve zur Seite und fand einen leeren Tisch ungefähr in ihrer Höhe.

»Setz dich«, sagte Eve und zeigte darauf. Fade hatte bemerkt, dass sich die Stühle von einem Tisch zum nächsten veränderten. Offenbar für verschiedene Spezies gestaltet. »Falls du dich wunderst, das ist unser Tisch. Jede Spezies hat ihren eigenen.«

»Manche von ihnen mischen sich?«

Fade nickte zu einem größeren Tisch, der von drei Paaren umgeben war: zwei Kreaturen, die eher wie schwebende Staubansammlungen aussahen als alles andere, zwei schlaksige, moosbewachsene insektenartige Wesen und das, was Fade nur als Schnecken bezeichnen konnte. Gelb, durchscheinend und schwitzten Pfützen auf die Steine zu ihren Füßen.

»Wir reden schon miteinander, weißt du. Haben Freunde. Du hast Arlow kennengelernt.«

»Der schien ja richtig freundlich zu sein.«

»Hier, iss etwas.« Eve glitt auf ihren Platz und drückte ihre Hand auf den Tisch. Die Oberfläche leuchtete hellgrün unter ihren Fingern, Farben explodierten wie die Böden im Turm. »Leg deine Hand auf den Tisch.«

Fade kopierte Eves Bewegung. Beobachtete, wie die Farben aus seinen eigenen Fingern sickerten. Sie verschmolzen einige Zentimeter vor seiner Hand, und einen Moment später senkte sich ein quadratischer Abschnitt des Tisches vor ihm und glitt zur Seite. Aus dem Loch erhob sich eine hellbraune, holzartige Platte mit verschiedenen Dingen, die Fade noch nie zuvor gesehen hatte. Ein tiefgrüner Pudding. Was wie weiße Nudeln aussah, durchsetzt mit verschiedenen frittierten Stückchen. Ein kleines Glas, wie eine Sake-Tasse, auf der linken Seite, gefüllt mit etwas, das wie Tee aussah. Eine Gabel, ein Messer und ein Löffel lagen unten auf der Platte, nebeneinander auf der Seite gestapelt.

»Es ist auf deine Mängel abgestimmt«, sagte Eve, während sie sich über ihre eigene Mahlzeit beugte.

»Meine Mängel?«

»Dieselben Samen, die dir helfen, am Leben zu bleiben, teilen dem Tisch mit, was dein Körper braucht. Die Ressourcen des Gärtners liefern es dann. Du wirst vollkommen zufrieden sein.«

Wie schmeckt es? Fade dachte darüber nach, das zu fragen, hielt sich aber zurück. Nahm das Besteck und schnitt sich etwas von den Nudeln ab. Nahm einen vorsichtigen Bissen. Sie waren stärkehaltig, trocken, aber jeder der Chips hatte einen Ausbruch von saftigem Geschmack, der Fade an die früchtegefüllten Gebäckstücke erinnerte, die er als Kind gegessen hatte. Der Pudding schmeckte wie ein Gemüse-Smoothie, allerdings mit einem ausreichend kühlen Nachgeschmack, um jede Bitterkeit zu reinigen. Der Tee war, nun ja, Tee. Schwarz und kräftig. Erfrischend.

»Dein Oberherr serviert eine gute Mahlzeit.« Fade zeigte mit dem Messer auf seinen leeren Teller. »Woher kommt das alles?«

»Wir könnten stundenlang darüber reden, wie der Gärtner diesen Ort erschaffen hat«, antwortete Eve. »Und das werden wir auch, nachdem wir dich zu Jaycee zurückgebracht haben.«

»Wie machen wir das?«

»Wir fragen das Publikum«, sagte Eve.

Sie legte ihre Hand wieder auf den Tisch, aber anstatt ihre ganze Handfläche gegen die Oberfläche zu drücken, setzte sie nur ihren Daumen auf. Die Platten mit ihren Tellern begannen zu verschwinden. Fade fügte schnell seine Gabel und sein Messer dem verschwindenden Tablett hinzu und starrte dann auf den Tisch. Denn es war kein Tisch mehr; der graublauer Stein war verschwunden, verwandelt in eine Karte, ein Bild von dem, was Fade als die Milchstraßengalaxie erkannte.

»Das ist ein netter Effekt«, sagte Fade.

»Erst der Anfang«, erwiderte Eve. »Publikum, wie geht es dir heute?«

»Sehr gut, Eve«, verkündete der Tisch. Während er sprach, obwohl Fade keine Lautsprecher sehen konnte, sendeten die Ränder des Tisches, die nun die Dunkelheit des Weltraums zeigten, bei jeder Silbe türkisfarbene Wellen aus. »Obwohl ich fürchte, dass dir nicht gefallen wird, was ich zu sagen habe.«

Eve lehnte sich vom Tisch zurück. Fade bemerkte ihr Stirnrunzeln. Nicht das, was sie erwartet hatte, also.

»Es scheint, Lode ist nicht bei euch?« fragte das Publikum Eve.

»Er ist auf der Erde.«

»Vielleicht ist das das Beste.« Der Tisch veränderte seine Anzeige von der Galaxie, mit einem schnellen Hineinzoomen, zu einer Reihe von Planeten. Fade erkannte das Sonnensystem, und hing mit der Verschiebung einen Moment später, als das Publikum den Fokus auf die Erde verengte. Dann ging es näher heran. Zu der Stadt, die Fade sein Zuhause nannte, und den Küstenhügeln und Bergen, die sie umgaben. »Derzeit ist Lode selbst das Ziel.«

Das neue Ziel. Fade war einmal zuvor das Ziel gewesen. Deshalb waren Eve und Lode beim ersten Mal am Dock aufgetaucht. Aber Lode war doch auf ihrer Seite, oder? Warum sollten sie sich die Mühe machen, einen ihrer eigenen Leute anzuvisieren?

Eve ihrerseits rieb sich mit der Hand die Schläfen. »Wir beide wussten, dass das passieren könnte.«

»Ein Risiko, das wir angesichts seiner Wirksamkeit akzeptiert haben«, antwortete das Publikum. »Allerdings hat er nun seine Nützlichkeit überlebt. Wenn man ihn gewähren lässt, könnte Lode allein die Flugbahn der

Menschheit verändern. Mit ihm muss umgegangen werden.«

»Umgegangen werden?« fragte Fade.

»Es ist aus einem Grund grau«, sagte Eve. »Lode ging immer auf den Kill. Behauptete, es sei sauberer so, aber jemanden einfach zu töten, schafft oft mehr Probleme, als es löst. Man muss ein Ziel nicht töten. Wir haben dich nicht getötet.«

»Was kann man sonst noch tun?«

»Die Ziele werden basierend auf dem Risiko ausgewählt, das sie darstellen«, sagte das Publikum. »Stell dir vor, jeder Mensch auf deiner Welt ist eine Saite, die in Harmonie schwingt. Einige beginnen jedoch, heftiger zu zittern als andere. Drohen zu reißen. Die Gründe für solche Unterschiede sind vielfältig, ebenso wie die Lösungen. Du kannst die Saite durchschneiden, auf die Gefahr hin, dass ihr Fehlen die Musik stört. Oder du kannst versuchen, sie zu beruhigen. Ihre Bewegung zu besänftigen und sie zur Symphonie zurückzuführen.«

»Etwas an dir hat sich verändert, Fade«, sagte Eve. »Deine Prioritäten, vielleicht. Deine Einstellung. Was auch immer es war, laut dem Publikum bist du nicht mehr das Problem.«

»Nun, das ist eine Erleichterung.«

»Ja, in gewisser Weise.« Eve stand auf. »Publikum, ist Lode noch in der Stadt?«

Auf dem Tisch erschien ein roter Punkt, nördlich der Stadt in den Bergen. Mehrere grüne Punkte gesellten sich dazu, verstreut über die Region. Eve streckte die Hand aus und berührte einen nahe dem Ufer des großen Sees direkt an der Küste. Einen, der von der Stadt umgeben war.

»Was machst du da?«

»Lodes aktueller Standort ist dieser rote Punkt. Ich

werde ihn verfolgen können, sobald wir zurückkehren, jetzt, da das Publikum darauf eingestellt ist«, sagte Eve, obwohl ihre Stimme abgelenkt klang. Vorher war sie darauf konzentriert gewesen, Fade zu unterrichten. Ihm zu helfen, zu verstehen, wo sie waren. Jetzt sah Fade, dass sie zu anderen Dingen übergegangen war. »Das Grüne zeigt, wohin wir zurückkehren können. Orte. Publikum, stelle die Tür ein.«

Eve stieß sich vom Tisch weg und begann erneut, auf die sich windende Struktur mit dem schwarzen Loch in der Mitte zuzugehen. Als Fade zusah, verblasste die Landschaft von dem Tisch und in einer Sekunde kehrte die gesamte Anzeige zu dem blaugrauen Stein von zuvor zurück.

»Warte, wie?« fragte Fade, als er Eve einholte. »Wie kommen wir zurück?«

Als sie sich der großen Kugel näherten, aus der vor nicht allzu langer Zeit der Gärtner herausgekommen war, veränderte sich das Schwarze wieder. Anstatt weiß zu werden, anstatt sich auszustrecken, sank die glasartig aussehende Barriere vor der Kugel in einen Schlitz im Stein. Die Kugel selbst neigte sich und senkte den Rand der Öffnung bis zum Boden. Eine Rampe, die sie hinaufgehen konnten.

»Wenn der Gärtner eine neue Zivilisation findet, die er überwachen will«, sagte Eve ohne anzuhalten, »streut er Samen über ihre Oberfläche. Sie sind Leuchtfeuer, wie Abzeichen, mit denen sich das Publikum verbinden kann. Dieses Gerät, die Tür, schickt uns zu ihnen. Die Abzeichen, kleinere Versionen, bringen uns zurück.«

Fade betrat die schräge Oberfläche. Blickte in das schwarze Loch. Nur war es nicht mehr schwarz. Stattdessen filterten schlammige Wirbel aus Blau- und Grüntönen durch den Raum. Wie ein Bild, das durch einen dicken Nebel betrachtet wird. Eve, einen Schritt vor Fade, drehte sich zu ihm um.

»Wenn du durchgehst, halt den Atem an.« Eve machte einen weiteren Schritt und verschwand.

Fade warf einen letzten Blick zurück über die Tische, die seltsamen Alienwesen und den Turm dahinter. Er wusste nicht, was auf der anderen Seite dieser Tür lag, aber hier zu bleiben würde ihn nicht zu seiner Tochter bringen.

Also machte Fade einen langen Schritt, holte tief Luft und verschwand.

Falls es Träume gab, erinnerte sie sich nicht daran. Falls es Alpträume gab, erlebte sie diese nicht. Von einem Moment zum nächsten waren Jaycees Augen geschlossen, und dann waren sie wieder offen.

Nur ihr Körper hatte sich verändert.

Sie hatte Schmerzen gehabt. Blutete auf den Hotelboden. Jetzt wusste sie nicht, wo sie war. Die Wände um sie herum schimmerten. Die Decke über ihr ein Farbenkaskade. Fast überwältigend. Und sie spürte keine Schmerzen. Eigentlich nichts, außer einem vagen Verlangen nach Nahrung und dem geistigen Nebel, der beim Aufwachen entsteht.

War dies der Himmel? Das Jenseits irgendeiner anderen Religion?

Jaycee bewegte ihre Hände, um sich aufzusetzen, und hörte etwas zu Boden fallen. Der Edelstein. Grün und glänzend auf dem Boden. Als sie aufstand, fühlte Jaycee, wie ihr Shirt an ihr klebte. Schaute darauf hinunter und sah den großen roten Fleck.

Kein Traum. Sie legte ihre Hand über den Mund, schloss die Augen und atmete. Einfach nur atmen.

Kein Traum.

Denk nach, Jaycee. Sie zog ihre Hand weg. Schluckte. Bückte sich und hob den Edelstein auf. Ihre Kleidung, schwarze Leggings und das weiße Shirt, hatten keine Taschen, also musste sie ihn halten.

Wo war sie?

Jaycee trat in die Mitte des Raumes. Ihre Augen weiteten sich bei den funkelnden blauen Punkten, die von ihren weißen Socken ausgingen. Die farbigen Punkte rasten über den Boden. Hüpften an den Wänden entlang. Sammelten sich schließlich auf einer Seite, wo Jaycee bemerkte, dass die Wand selbst dunkler zu sein schien.

»Das kann ich mich in keiner Religion erinnern«, sagte Jaycee.

Der Klang ihrer eigenen Stimme war schon eine Erleichterung. Sie konnte noch sprechen. Konnte noch hören. Die Grundlagen der Physik besagten, dass wenn sie sprechen und hören konnte, musste es Luft geben, durch die der Schall sich fortbewegen konnte. Das bedeutete entweder, dass sie sich an einem Ort befand, der die physikalischen Gesetze völlig außer Kraft setzte, oder dass sie irgendwie aus diesem Hotel an einen anderen Ort gebracht worden war.

Lode könnte sie hierher getragen haben.

Bei diesem Gedanken erstarrte Jaycee. Lauschte. Aber der Raum war still.

Sie machte einen weiteren Schritt. In Richtung des dunklen Wandbereichs. Diesmal grüne Funken, die umherflogen und sich mit ihren blauen Brüdern vereinten. Sie bildeten einen Umriss. Einen Torbogen. Nein, eine Tür. Drei weitere Schritte und Jaycee stand vor einer regenbogenfarbenen Silhouette, die tausenden von Türen ähnelte, die sie zuvor gesehen hatte.

Nur schien diese keinen Griff zu haben.

»Hoffen wir, dass du keine Zugtür bist.« Jaycee streckte die rechte Hand aus - den Edelstein hielt sie in der linken -

und legte sie auf die chromatische Tür. Genau dort, wo der Knauf sein sollte. Drückte.

Die Tür schwang auf Scharnieren auf, die Jaycee nicht sehen konnte. Auf der anderen Seite befand sich eine dicke silberne Schiene über einem durchscheinenden Zaun. Symbole und Bilder, die Jaycee nicht identifizieren konnte, waren darin eingraviert. Wandbilder, die für sie keine Bedeutung hatten. Sie trat aus dem Raum und sah, wie sich der weißsteinerne Balkon um die Ebene wand. Weit, weit unten lag ein blauer, kräuselnder Wasserpool.

»Was?«

Jaycee formte das Wort mit ihren Lippen und schaute sich um. Nichts davon ergab einen Sinn. Hinter ihr schloss sich die Tür mit einem leisen Aufprall. Auch auf dieser Seite gab es keinen Griff. Sie würde nicht in diesen Raum zurückkehren können.

Ein neues Geräusch lenkte ihre Aufmerksamkeit zum Geländer. Auf der anderen Seite öffnete sich eine weitere Tür. Jaycee ging in die Hocke, spähte durch den Spalt zwischen den Schnitzereien und dem Geländer selbst. Wenn Lode kam, um nach ihr zu sehen, könnte sie ihm vielleicht ausweichen. Sich verstecken.

Was aus dieser Tür kam, war jedoch nicht der Cowboy. War tatsächlich nicht etwas, das sie hätte benennen können. Es ähnelte irgendwie einer Spinne, aber einer aus Glas. Es hatte so viele Gliedmaßen, und alle leuchteten im Licht, das durch die offene Spitze des Turms fiel. Jaycee wollte aufstehen, wollte einen besseren Blick darauf werfen, nur dann würde es auch sie sehen. Also blieb sie unten, beobachtete, wie das Wesen sich dem Geländer näherte. Und dann blitzte es hell auf. Verschwand.

Jaycee stand auf. Wohin war es verschwunden?

»Ich habe Sie hier noch nie gesehen?« Die Stimme kam

von neben ihr, ein glitzernder Klang, wie feiner Sand, der auf den Boden fällt. Jaycee sprang auf, drehte sich weg und blickte direkt auf das Wesen, das sie eine Sekunde zuvor an der Tür gesehen hatte. »Sind Sie ein neuer Raker? Von der Erde?«

Jaycee drehte sich zum Weglaufen. Machte einen Schritt, und dann war das Wesen wieder vor ihr. Aus der Nähe konnte sie den Körper des Wesens sehen. Es war klein, ein schwarzer, nein, dunkelblauer zentraler Pod mit Gliedmaßen, die in alle Richtungen abstanden. Dünn, fast wie Fäden. Sie schienen durch etwas gewoben zu sein, das wie Glas aussah oder eine Art glänzender Stein.

»Sie müssen keine Angst haben, Neuling. Wir sind alle Freunde hier. Wir alle dienen dem Gärtner.« Als das Wesen sprach, rieb es seine Gliedmaßen aneinander. Der Klang, erkannte Jaycee, kam nicht aus einem Mund oder einer anderen Sache, sondern vom Kratzen der Steine aneinander. Wie sie es verstehen konnte, wusste Jaycee nicht. Aber da war es, in ihren Ohren, in perfektem Englisch.

»Ich, äh, weiß nicht, wo ich bin?«

Das Wesen stellte sich aufrechter auf seine glasdurchzogenen Gliedmaßen. Als der Terror nachließ – Jaycee ging davon aus, dass das Ding sie längst in Stücke geschnitten hätte, wenn es das vorhatte – sah Jaycee genauer hin. Bemerkte, dass um eines der Beine des Wesens eine Brosche gewickelt war, ähnlich der, die sie jetzt in ihrer Hand hielt.

»Sie sind im Hain, Miss. Ich bin Sassix, und es ist mir eine Freude, Sie an diesem wundersamen Ort einzuführen.«

KAPITEL 10
DURCH ZEIT UND RAUM

VERONICA HATTE NOCH NIE ERLEBT, wie zwei Männer so aufeinander losgingen wie Lode und ihr Vater. Sie stritten seit einer Stunde in Christophers Büro hin und her, während draußen vor den Fenstern die Sonne aufging. Immer wieder darüber, wer was verdiente, welches Eigentum wem gehörte, und ehrlich gesagt, hatte Veronica sie ausgeblendet. Das Dilemma, so argumentierte Christopher, war, dass sie jetzt nur noch ein Abzeichen hatten. Christopher wollte den Cowboy nicht ohne sich gehen lassen. Lode könnte einfach davonlaufen. Aber sie konnten das Abzeichen nicht ohne Lodes Hilfe zum Funktionieren bringen, also steckten sie fest.

Bis Lode mit dem Finger auf Veronica zeigte und sagte: »Ich nehme sie mit.«

»Was?« Veronica und ihr Vater sagten es gleichzeitig.

»Ich traue Ihnen nicht.« Lode zeigte auf Veronicas Vater. »Sie ist keine Bedrohung. Ihre Tochter hat keine eigene Agenda. Also lassen Sie mich sie mitnehmen. Sie wird Ihnen erzählen, was auf der anderen Seite ist. Wofür Sie glauben, dass das Abzeichen ein Schlüssel ist.«

»Veronica?« Christopher sah seine Tochter an, zugleich hoffnungsvoll und verärgert. Veronica erwiderte seinen Blick. »Hast du gehört, was er gesagt hat?«

»Ich habe es gehört.«

»Was ich nicht verstehe«, sagte Christopher und wandte sich wieder an Lode. »Wie kann ich darauf vertrauen, dass Sie sie nicht töten oder irgendwo zurücklassen werden?«

»Das können Sie nicht. Das Einzige, worauf Sie bauen können, ist Vertrauen. Die Tatsache, dass ich keinen Ihrer Männer auf dem Weg aus diesem Gebäude getötet habe. Die Tatsache, dass ich niemanden auf dem Weg hinein getötet habe.« Lode neigte den Kopf in Richtung Veronica. »Sie können sie fragen. Ich habe niemandem geschadet, wenn es nicht nötig war. Weil das nicht mein Job ist.«

»Was ist dann Ihr Job?«

»Mein Job ist es, euch Leute am Leben zu halten. Die Menschheit auf dem richtigen Weg zu halten. Sie helfen dabei sicherlich nicht.«

»Ich verstehe nicht«, sagte Christopher. »Aber ich mache Ihnen einen Vorschlag. Sie kommen mit meiner Tochter lebend zurück, und ich helfe Ihnen, Fade zu finden.«

Sie starrten sich einen Atemzug lang an. Lode streckte die Hand aus. Veronicas Vater schüttelte sie. Er rief jemanden, um das Abzeichen zu holen.

Wenige Minuten später lag das grüne Abzeichen vor ihnen auf dem Tisch, das Juwel in Gold gefasst.

Lode schaute zu Veronica. »Halte dich an meiner Hand fest. Du blinzelst, und schon bist du woanders. Keine Panik. Bleib ruhig und höre auf mich.«

»Veronica«, sagte Christopher. »Merke dir alles. Ich will

einen vollständigen Bericht. Alles, was du siehst, hörst, fühlst und erlebst. Absolut alles.«

»Ich werde tun, was ich kann«, sagte Veronica. »Sie müssen mit den Ergebnissen leben.«

Lode lachte. Hielt ihr seine Hand hin.

Würde sie wirklich mit diesem Kerl mitgehen? Der sie vor kurzem noch als Geisel gehalten hatte?

Aber welche Möglichkeiten hatte sie? Nein sagen und weglaufen? Dies war ihre erste Chance, Teil des Geheimnisses ihres Vaters zu sein. Sie würde jetzt nicht kneifen. Also streckte sie die Hand aus, ergriff Lodes Hand und beobachtete, wie er nach dem Abzeichen griff. Für einen kurzen Moment gab es ein Aufblitzen, ein Gefühl der Verschiebung mit hoher Geschwindigkeit, und dann war da nichts mehr.

Nach den ersten fünf Minuten und dem Sturz vom Balkon ins Wasser hatte Veronica das Gefühl, die Lage im Griff zu haben. Lode spuckte ein Detail nach dem anderen aus. Sie gingen hinaus in den steinernen Innenhof, unter dem sich verändernden Himmel, und Veronica versuchte, auf das zu achten, was Lode über etwas namens »Rakers« sagte. Eine Art Gruppe, die der Menschheit helfen sollte, nicht auseinanderzufallen. Vielleicht auch andere Welten, wenn man nach der seltsamen Vielfalt der Dinge ging, die ihre Augen und ihre Vorstellungskraft attackierten.

Der Hain fühlte sich wie eine schlechte Version von Halloween an; wo die Kostüme zu seltsam waren, um gruselig zu sein, und zu real, um lustig zu sein. Das Fehlen von Süßigkeiten half auch nicht.

All diese Dinge hier, das waren die Sachen, die Christopher gerne sehen würde. Kreaturen und Geschöpfe, die überall durch die Luft schwebten, um sie herum stampften, Beine wie riesige Baumstämme. Es war geisteszerreißend.

Zu viel. Die Art von Sache, vor der Veronica Angst gehabt hätte, haben sollte, außer dass sie die meiste Zeit der letzten zwei Tage in irgendeinem Maß mit vorgehaltener Waffe verbracht hatte. Und nachdem sie sich mit dem Tod abgefunden hatte, gab es nicht mehr viel, wovor man Angst haben konnte.

Sie gingen auf eine große Kugel zu, in die eine Reihe von etwas, das wie Metallbänder aussah, hineinlief. Als sie an die Kugel herankamen, verschwand ein Paar von Kreaturen, die Veronica nicht hätte beschreiben können, selbst wenn sie gewollt hätte, darin. Die Struktur neigte sich weg, eine Glasplatte erhob sich davor, und die Farben verblassten zu reinem Schwarz.

Ihr Vater würde von all dem begeistert sein. So futuristisch, so seltsam, wie er es sich nur wünschen könnte.

»Wenn es eine Person gäbe, die ich hier nicht erwartet hätte, dann wären Sie es«, kam die kratzende Stimme von hinten. Veronica drehte sich um und sah, was wie eine große Spinne aussah, graue Blöcke in ihre vielen, vielen Beine geätzt. Wie eine Spinne, die aus nassem Beton ausgebrochen war. »Sie sind ein gesuchter Mann, Lode Ralston.«

Veronicas Kinnlade klappte erst herunter, als sie sah, wie Lode dem Wesen eine Verbeugung machte.

»Sie sehen heute interessant aus, Gardener«, sagte Lode, als er sich aufrichtete. »Wer sucht mich?«

»Die Audience hat Sie markiert. Es scheint, als hätten Ihre Methoden endlich ihr unvermeidliches Ende erreicht.« Der Gardener ragte größer auf. Veronica war nicht sicher wie, aber das Wesen wurde größer. Seine Klauen wurden bedrohlicher.

»Meine Methoden sind es, die die Erde am Drehen halten«, erwiderte Lode. »Ich suche ein Mädchen. Menschlich. Sie müsste vor ein paar Stunden hereingekommen sein. Sie hat mein Abzeichen.«

»Ich habe Ihr menschliches Mädchen gefunden«, sagte der Gardener und zeigte dann auf Veronica. »Da.«

»Er spricht nicht von mir«, entgegnete Veronica.

»Bleib ruhig«, schnauzte Lode sie an. Dann wandte er sich an das Wesen, das die beiden mit gelangweilter Verärgerung zu betrachten schien, und fuhr fort: »Sie würde anders aussehen. Ein bisschen jünger. Wahrscheinlich verängstigter.«

»Wie hat dieses Mädchen Ihr Abzeichen erlangt? Sie sind doch ein Raker, nicht wahr?«

»Unfälle passieren, selbst uns. Ich kann nicht immer nur Asse ziehen.«

Der Gärtner krümmte eines seiner Beine hinter sich. Zog ein Abzeichen hervor. Der grüne Edelstein glitzerte im hellen Licht. Veronica hätte nichts dagegen gehabt, den Stein zu tragen. Er hätte recht gut zu einer Reihe von Outfits gepasst. Abgesehen natürlich von seiner Neigung, seinen Träger komplett von der Party wegzuzerren. Wie Bilbo und sein Ring, nur ein bisschen drastischer.

»Ist das, wonach Sie suchen?« Der Gärtner hielt das Abzeichen Lode hin, der es nahm. Er betrachtete es genau und steckte es dann in seine Jackentasche.

»Genau das ist es.«

»Dann wissen Sie, dass Ihr Mädchen erledigt wurde.« Der Gärtner begann zu schrumpfen, als würde er in die Steine schmelzen. »Ich schlage vor, Sie suchen die Audienz auf. Erfahren Sie, wie Sie für Ihre Fehler büßen können. Wie Sie sich aus Ihrer unglücklichen Lage befreien können.«

Dann war er verschwunden. In die Steine gesickert.

»Was zur Hölle war das?« sagte Veronica. »Nicht dass

der Rest dieses Ortes irgendeinen Sinn ergeben würde, aber trotzdem.«

»Der Gärtner hat den Hain erschaffen.« Lode sprach, während er wegging, in Richtung dessen, was wie eine Tischplatte aussah. »Die Rakers gehören ihm. Wenn du diesen Ort verlässt, dann nur, weil er es zulässt.«

»Er sagte, Sie wären ein gezeichneter Mann?«

»Darum werden wir uns jetzt kümmern. Wenn wir Glück haben, muss ich nur eine Kugel in den Schädel des richtigen Mannes jagen, um meinen Namen reinzuwaschen.«

Es stellte sich heraus, dass Sassix nicht der einzige Raker im Hain aus seiner Welt war. Die anderen beiden waren früher gekommen, und Sassix hatte Jaycee, nachdem er sie dem Gärtner vorgestellt hatte, der ihr Abzeichen genommen hatte, zu ihrem Tisch geschleppt. Die Platte befand sich auf Höhe von Jaycees Augen. Zu hoch für sie, um etwas damit anzufangen.

»Kannst du mich hochheben?« fragte Jaycee das Wesen. Sassix hatte sich bisher als schnell redender Fremdenführer erwiesen.

Jedes kleine Detail war erklärt worden. Sassix kannte alle Gründe für die Tische, kannte alle Alien-Spezies und wusste, dass der Gärtner zu Jaycee höflich sein würde, genau weil er, so Sassix, fast tausend Erdjahre alt war.

Woher wusste er, was Erdjahre waren, und wie man sie im Verhältnis zu seiner eigenen Zeit berechnen konnte?

Indem er Fragen stellte. Sassix hatte davon eine Menge. In jedem Moment, in dem er nicht etwas beschrieb, hatte Sassix Jaycee über ihr Leben ausgefragt. Ihre Kleidung. Interessen. Fernsehen und das Internet. Wäre Sassix ein normaler Mensch gewesen, hätte Jaycee sich erschöpft gefühlt, aber die schiere Begeisterung, mit der Sassix jeden

Kommentar aufnahm, gab ihr den Auftrieb, gehört zu werden. Umsorgt zu werden.

»Natürlich«, antwortete Sassix und streckte ein Paar Beine aus. Sie schlossen sich um Jaycee wie besonders dünne, harte Arme, die eine Umarmung versuchten, und zogen sie hoch. Der Rest von Sassix stand um sie herum, sodass Jaycee sich fühlte, als wäre sie in einem seltsamen Kokon.

Von ihrem neuen Aussichtspunkt aus ließ Jaycee ihren Blick über den Innenhof schweifen. Schaute zu den anderen Tischen, die mit Kreaturen übersät waren. Zu den Farbausbrüchen am Himmel über ihnen. Zu der seltsamen Kugel, aus der der Gärtner herausgekommen war, um sie zu begrüßen.

Und sie sah Lode. Mit Veronica. Sie schritten den Gang zwischen den Tischen entlang.

»Bring mich runter«, sagte Jaycee schnell. »Schnell.«

Sassix gehorchte. »Was ist denn das Problem?«

»Der Mann, der auf mich geschossen hat. Er geht gerade zum Gärtner.«

Jaycee spürte, wie Sassix sich drehte.

»Ah, Lode? Er ist ein Raker für deinen Planeten. Ein mürrischer, wenn ich mich recht erinnere.« Die Beine von Sassix' Raker-Kollegen klapperten zustimmend. »Du sagst, er hat auf dich geschossen? Womit?«

»Mit einer Pistole.«

»Was ist das?«

»Nicht jetzt.« Jaycee duckte sich unter den Tisch und starrte durch den Wald von Beinen. Lode und Veronica standen vor der Kugel. Sprachen mit dem Gärtner. Lode war ein Raker. Würde das bedeuten, dass der Gärtner sie verraten würde?

»Hab keine Angst, Kleine«, sagte Sassix zu ihr. »Hier

gibt es keine Gefahr. Nicht, es sei denn, der Gärtner wünscht es.«

»Warum sollte er nicht?« flüsterte Jaycee zurück, obwohl Lode und Veronica zu weit entfernt waren, um sie zu hören.

»Weil du keine Bedrohung darstellst. Der Gärtner glaubt wie wir alle nicht an Gewalt um der Gewalt willen.«

»Deshalb hat er Lode, der für ihn arbeitet?«

Darauf hatte Sassix keine Antwort. Jaycee war das egal – der Gärtner war in den Boden zurückgewichen und jetzt standen Veronica und Lode über einem Tisch. Einem viel menschengerechteren Tisch.

»Sie sprechen jetzt mit der Audienz«, sagte Sassix.

Er hatte Jaycee die Audienz bereits erklärt. Das Programm, das Ziele verfolgte. Das den Rakern ihr nächstes Ziel gab. Jaycee hatte Sassix gefragt, was sein eigenes Ziel sei, und die Erklärung war kurz und bündig gewesen:

»Selbst wenn du Jahre hättest, könnte ich dir vielleicht unsere Welt und ihre vielen Prozesse erklären«, hatte Sassix gesagt. »Da du die nicht hast, befreie dich von deiner Neugier.«

»Das musst du gerade sagen.«

»Ah, aber ich lerne schon seit Jahrhunderten über die Erde. Es ist, als würde man einen Teil eines fast fertigen Gemäldes ausmalen. Für dich wäre dies der erste Pinselstrich, und jetzt ist nicht die Zeit zum Zeichnen.«

Lode und Veronica gingen weg. Liefen zurück zur Kugel des Gärtners. Nur kam der Gärtner diesmal nicht heraus, um sie zu begrüßen, sondern die Kugel senkte ihre Vorderseite. Das schwarze Unendliche in diesem Ding wirbelte zu einer Mischung aus Grün und Blau. Lode schob Veronica vor sich hinein und folgte ihr. Die Kugel richtete sich einen Moment später wieder auf und die Farben verblassten.

»Wohin sind sie gegangen?« fragte Jaycee.

»Zurück zur Erde«, antwortete Sassix. »Lass uns jetzt nachsehen, was sie sich angeschaut haben.«

Bevor Jaycee fragen konnte, was das Wesen meinte, hob Sassix sie hoch und huschte über den Innenhof zum menschlichen Tisch. Er schien leer zu sein, blaugrau wie die anderen.

»Lege deine Hand darauf.« Sassix wartete nicht, bis Jaycee gehorchte, sondern bewegte ihren Arm mit seinem eigenen dünnen Bein. Legte ihre Hand auf die Tischplatte. Funken, gelb und rot, schossen aus ihrer flachen Handfläche und sammelten sich um die Mitte des Tisches. »Jetzt frag die Audienz, was du sehen willst.«

»Sie fragen?«

»Sprich mit ihr, als würdest du mit mir sprechen.«

Mit dem Tisch sprechen, als ob sie mit einer außerirdischen Spinnenkreatur sprechen würde, die sie gerade getroffen hatte, nachdem sie in einem Hotel von einem Cowboy angeschossen worden war, der in unsterbliche Knechtschaft von einem seltsamen grau-metallischen Wesen gezwungen wurde, das grüne Edelsteine als Weg nach Hause verteilte.

Genau.

»Was hat sich Lode angesehen?«, fragte Jaycee den Tisch. Fragte das Publikum.

Die blau-graue Oberfläche schimmerte und veränderte sich. Linien brachen über die Oberfläche, hell und orange. Zuerst dachte Jaycee, sie würden ein Raster bilden, aber nein. Sie ordneten sich zu einer spinnennetzartigen Struktur. Punkte an Schnittstellen, einige größer als andere.

Einer, fast so groß wie Jaycees Hand, war mit einem anderen, etwas kleineren Kreis verbunden.

»Dies ist das Netz der Erde«, sagte das Publikum. Jaycee zuckte zusammen. Die Worte kamen aus dem Nichts. Kein Mund, kein sichtbarer Sprecher, aber sie waren trotzdem da. »Diese Verbindungen zeigen die größten Bedrohungen für die Menschheit und ihre Verbindungen zueinander. Je größer der Kreis, desto größer die Chance, dass sie die Menschheit über einen Punkt hinaustreiben werden, von dem aus sie sich nicht erholen kann.«

»Wer ist das?«, Jaycee zeigte auf den größten Kreis. Die Linien, die von ihm ausgingen, verschwanden und der Kreis rutschte auf eine Seite des Tisches. Löste sich in Lodes Gesicht auf. Informationen über den Mann strömten über den Tisch. Geboren 1870 in Wyoming. Familienmitglieder. Interessen. Aktueller Standort.

Beruf: Raker.

»Lode ist derzeit das größte lebende Risiko für die Menschheit«, sagte das Publikum ohne Gefühlsregung.

»Sie haben ihn aber nicht angeschaut, oder?«, sagte Jaycee. »Er würde sich nicht für sich selbst interessieren.«

Lodes Gesicht verschob sich zurück zum orangefarbenen Kreis. Das Netz erschien für einen Moment wieder, und ein kleinerer Funken, mit dem Lode verbunden war, nahm den Platz des Cowboys auf der rechten Seite des Tisches ein.

»Sie wollten wissen, welches Ziel Lodes Status als gefährlichste Größe mindern würde«, sagte das Publikum.

Auf dem Tisch, mit grinsendem Gesicht, das zu ihr aufblickte, war ihr Vater.

Fade saß auf einer langen Ansammlung glatter Steine am Rand des Sees. Von Kopf bis Fuß durchnässt. Er hatte nach einer Ausrede gesucht, sich ein neues Handy zu besorgen, und jetzt, da Wasser seines in einen trägen Klumpen Plastik verwandelt hatte, wäre es der perfekte Zeitpunkt.

Eve, immer noch in ihrer Sportkleidung, stand neben ihm. Ihre Kleidung trocknete schneller in der späten Morgensonne, da sie aus luftigem Stoff bestand und nicht aus Fades Jeans und Baumwolle. Er hatte sich seit dem Kampf am Tag zuvor nicht einmal umgezogen. Hatte auch nicht geschlafen. Der Ausflug zum Hain und zurück hatte seinen Verstand durcheinandergebracht, das Adrenalin so weit hochgejagt, dass die Erschöpfung nur an den Rändern brannte, aber sie würde bald kommen.

Fade schloss für einen Moment die Augen. Spürte die Brise und das Licht. Er könnte genau hier einschlafen.

Nein. Er musste Jaycee finden.

»Deshalb stecken wir unsere Gadgets nicht in die Taschen«, sagte Eve gerade. »Sonst baden wir, wenn wir es gar nicht wollen.«

Ihre Worte vertrieben Fades geistige Benommenheit. »Was ist mit dem Ding, das du benutzt hast? Das mich bewusstlos gemacht hat?«

Eve griff in ihren Rucksack. Den hatte sie immer über die Schultern geschnallt. Eve holte die Waffe heraus, die wie ein kurzes Rohr mit einem stämmigen Griff am unteren Ende aussah. »Mein Rucksack ist wasserdicht, also sind meine Sachen, wie dieser Blitzblitz, nicht von unseren nassen Landungen betroffen.«

»Also hättest du mein Handy dort hineinstecken können?«

»Das ist mir entfallen.« Eve sah tatsächlich reuevoll aus, also ließ Fade es durchgehen.

»Was macht das Ding?« Fade zeigte auf den... Blitzblitz.

»Anatole hat mir nicht erzählt, woher der Name kam oder die Idee dafür. Der Gärtner hat ihn uns vor langer Zeit zur Verfügung gestellt, und so haben sich seine Worte übersetzt.« Eve drehte das Ding in ihren Händen. »Ich stelle es mir vor wie eine Kamera, aber umgekehrt. Es nimmt alles Licht auf, das es kann, bündelt es in einen einzigen langen Photonenstrom und richtet ihn auf ein Ziel.«

»Dann sollte ich eigentlich blind sein.«

»Der Effekt ist vielmehr, dass man so viele visuelle Reize empfängt, dass das Gehirn abschaltet. Nicht unbedingt hell. Oder brennend. Einfach zu viel.«

»Das ist beruhigend.« Fade stand auf, schwankte ein wenig auf den Steinen. Schwierig, das Gleichgewicht zu halten. »Ich werde meine Tochter suchen. Und ein neues Handy.«

»Wenn du fertig bist«, sagte Eve, »ruf mich an. Ich werde nach Lode suchen.«

»Klar.« Fade plante mental seine Route. Hinter ihm, mit Blick auf den See, befand sich ein weitläufiges Einkaufszentrum im Freien. Dort würde er ein Handy finden und, da Kreditkarten im Wasser nicht kaputt gingen, mehrere Tassen Kaffee. Dann ein Taxi zu seinem Auto nehmen und von dort aus Jaycee ausfindig machen. Einen Weg finden, sich dafür zu entschuldigen, dass er wieder verschwunden war.

Und Thalia. Er musste auch nach ihr sehen. Als Freund und als Vater... es waren keine guten paar Tage für ihn gewesen.

Eve trennte sich von ihm, als sie das Einkaufszentrum betraten, und verschwand in der Menge von Menschen, die vor Restaurants Platz nahmen und Bürgersteigverkäufe durchstöberten. Fade wanderte umher, bis er einen Stand fand, der billigere Handys verkaufte. Er betrachtete die einschüchternde Auswahl an Geräten und beschloss, dass er mindestens einen doppelten Espresso brauchte, um sich dieser Ansammlung von Schrecken zu stellen. Kam richtig aufgeputscht zurück und verlor die nächsten zwei Stunden seines Lebens mit dem Kauf eines Handys, dem Einschalten und der Wiederherstellung seiner alten Nummer und Kontakte.

Er hätte lieber gegen jedes Mitglied des Sicherheitsteams von Zero Point gekämpft. Mit verbundenen Augen.

Als er Jaycees Nummer eintippte, klingelte das Telefon. Klingelte noch einmal. Und dann wurde abgenommen.

»Hallo?« Die Stimme gehörte nicht seiner Tochter. Eine Frau, mit harter Kante. »Wer ist da?«

»Könnte ich dasselbe über Sie fragen?«, sagte Fade. »Wo ist Jaycee?«

Die Antwort ergoss sich über Fade, wie es Eiswasser getan hätte. Durchnässend und alle Gedanken an alles andere zerschmetternd. Die Frau war eine Detektivin, und die Polizei hatte das Telefon auf dem Nachttisch in einem leeren Hotelzimmer gefunden. Die Kette war gebrochen, und Blut befleckte den Boden neben einem der Betten. Sicherheitskameras zeigten einen kräftigen Mann, der wie ein Cowboy gekleidet war und früher am Morgen ins Hotel kam und ging, und Nachbarzimmer berichteten, dass sie Schüsse gehört hatten.

»Haben Sie eine Idee, wer der Mann sein könnte?«

»Nein«, log Fade. »Aber ich werde es Sie wissen lassen, wenn ich etwas herausfinde.«

Lode war wegen Jaycee gekommen und hatte sie getötet. Ihre Leiche irgendwo versteckt. Alles, weil Fade wie ein Idiot auf seinem eigenen Kreuzzug losgezogen war. Alles, weil er Eve erlaubt hatte, ihn an diesem Ort, dem Hain, festzuhalten, um mit dem Gärtner und dem Publikum zu sprechen. Jaycee war in Schwierigkeiten gewesen. Hatte ihn gebraucht.

Er hatte sie im Stich gelassen. Ein letztes Mal.

»Herr Vance«, sagte die Detektivin. »Wir müssen Sie bitten, auf der Wache vorbeizukommen. Ihnen einige Fragen stellen.«

»Ich schaue vorbei.« Fade klappte das Telefon zu, bevor der Detektiv antworten konnte. Lode. Das war der einzige Name, der ihm einfiel. Als sein Telefon eine Sekunde später vibrierte, hoffte Fade, dass es Eve wäre, die anrief, um zu sagen, dass sie den Cowboy-Bastard gefunden hatte. Aber die Nummer am anderen Ende gehörte Thalia.

»Hallo«, nahm Fade ab. Seine Ohren schienen zu klingeln. Seine Stimme klang taub und weit entfernt.

»Du klingst seltsam.« Thalia klang auch schwach, wie unter Drogen.

»Der Cowboy hat Jaycee getötet. Hat sie letzte Nacht im Hotel erschossen.«

»Was? Fade, ich... wo warst du?«

»Weg. Habe versucht, die Leute zu finden, die unser Haus angegriffen haben.« Fade begann zu gehen. Zum Taxistand hinüber. Dorthin, wo er ein Auto bekommen und losfahren konnte. Er hatte gesehen, wo die Audience, angenommen all das war real, Lodes Standort angezeigt hatte. Er würde nicht auf Eve warten. Er brauchte sie dafür nicht. »Er hat sie gefunden. Die Polizei sagt, da ist viel Blut.«

»Keine Leiche?«

Fade schloss für einen Moment die Augen. »Nein, keine Leiche. Noch nicht.«

»Fade, warte. Wenn es keine Leiche gibt, könnte sie noch am Leben sein.«

»Ich weiß das nicht. Aber ich weiß, dass er immer noch da draußen ist, Thalia. Noch immer frei herumläuft. Ich werde ihn finden. Zum ersten Mal werde ich ein Vater sein.«

»Fade-«

Er legte auf. Setzte sich auf die Bank. Bald würde ein Taxi vorbeikommen. In der Zwischenzeit konnte er durch Erinnerungen gehen. Jede Sekunde mit seiner Tochter.

Er würde sie nicht vergessen. Nicht eine einzige.

Es gab Pillen dafür, und Veronica wusste, wo sie sie bekommen konnte. Weiße, abgerundete Kapseln, die selbst die seltsamsten Gedanken ausschalten konnten. Die die Wucht der Realität dämpfen konnten. Eine Realität, die nicht mehr mit den vorherigen achtzehn Jahren ihres Lebens übereinstimmte.

Sie hatte Christophers Tiraden immer mit Vorsicht genossen. Die Erklärungen über dieses oder jenes Wunder, Wunder, die nur auf ein paar Jahre mehr Forschung oder ein wildes Experiment warteten, um freigesetzt zu werden. Das Streben nach diesen Wundern hatte ihrer Familie ihren Status, ihr Geld gegeben, aber es gab einen Unterschied zwischen einem Telefon, das mit einem sprechen konnte, und einem Wesen, das durch Schwärme winziger Samen kommen und gehen konnte. Der Gardener schien alles zu sein, wonach ihr Vater gestrebt hatte.

Und es war real.

»Immer noch geschockt, oder?« sagte Lode.

»Ich habe sie jetzt in mir, richtig?« Veronica konnte die Samen nicht spüren. Fühlte sich eigentlich überhaupt nicht anders an.

»Sie kriechen um dich herum. Halten sich ruhig, bis du sie brauchst. Dann wirst du froh sein, dass sie da sind.« Lode schüttelte seinen Hut aus und spritzte dabei Wasser auf die Felsen. »Ich hasse diesen Rückkehrpunkt. Macht immer eine Schweinerei.«

Veronica hatte ihre durchnässte Kleidung kaum

bemerkt. Sie trocknete ohnehin schnell genug in der Nachmittagssonne. »Als dieser Tisch-«

»Die Audience«, korrigierte Lode, ohne sie anzusehen.

»Die Audience«, verbesserte Veronica. »Sind Sie sicher, dass Fade zu töten der einzige Weg ist?«

»Nee. Es ist nie der einzige Weg.« Lode setzte sich den Hut auf den Kopf und ließ Tropfen an seiner Gesichtsseite und in seinen dünnen schwarzen Bart rinnen. »Es ist nur der einfachste. Für mich.«

Lode hatte jetzt beide Abzeichen, und trotz all der Reisen hatte Veronica keine Ahnung, wie man sie benutzte. Sie musste zwei Dinge tun: Lode zurück zum Compound bringen und einen Weg finden, den Cowboy dazu zu bringen, das zu tun, was ihr Vater, was sie wollte.

Denn Christopher und sie waren auf derselben Seite, oder?

Lode ging vom See weg. In Richtung des Outdoor-Einkaufszentrums. Die Audience hatte Fade dort gezeigt. Veronica griff nach ihrem Telefon, aber dank des Wassers funktionierte nichts mehr. Sie müsste ein anderes finden. Ihren Vater anrufen, Hilfe holen.

Der Cowboy hatte seine beiden Pistolen und sah aus, als plante er, sie zu benutzen. Wenn er Fade erschoss und verschwand...

Nun, das würde einfach nicht passieren.

Veronica ließ Lode etwas Vorsprung gewinnen, und dann bog sie zu einem Mobiltelefon-Stand ab. Fragte nach einem billigen Prepaid-Handy und bekam es. Wählte Christophers Nummer. Eine von zweien, die andere war die ihrer Mutter, die sie je auswendig gelernt hatte.

Hilfe war unterwegs.

Sie musste Fade und Lode am Leben halten, bis sie hier war.

KAPITEL 11

GESCHÄFTSBEDINGUNGEN

FADE HÖRTE das Klicken des Hammers, das verräterische Geräusch einer schussbereiten Pistole. Er warf sich zu Boden, obwohl es am Bordstein neben dem Taxistand nicht viele Stellen gab, wohin man sich werfen konnte. Eigentlich gab es nur eine Stelle. Eine Bank mit zwei großen Blumenkübeln aus Beton an beiden Seiten. Er rollte sich über den Boden und erwartete, Schüsse zu hören. Stattdessen hörte er Gelächter.

»Hab dich richtig erschreckt«, sagte Lode. Fade konnte hören, wie der Cowboy näher kam, seine Stiefel scharrten über den Beton. Lode stieß ein triumphierendes Lachen aus. »Hast richtig Angst vor dieser Bank. Hast dir da eine tolle Deckung gesucht.«

Fade sah sich um. Nichts, was er als Waffe benutzen könnte. Wenn er Lode auf seine Seite kommen ließe, gäbe es keinen Ausweg mehr. Also drehte er sich, verlagerte sein Gewicht auf die Fußballen und richtete sich in die Hocke auf.

»Was hast du mit meiner Tochter gemacht?«, fragte Fade. Er konnte Lodes Hut über der Bank sehen. Er kam näher. Noch zwei oder drei Schritte. »Was hast du mit Jaycee gemacht?«

»Sie wollte mir meine Waffe nicht zurückgeben.«

»Also hast du sie getötet?«

»Keine Ahnung. Da musst du mit dem Gärtner reden«, sagte Lode, als würde er über Milch sprechen, die noch nicht schlecht geworden war. »Wenn ich das, was dieses Ding gesagt hat, richtig verstehe, vermute ich, dass dein Mädchen noch am Leben ist. Es ist nicht die Art des Gärtners, jemanden zu töten, es sei denn, man macht ihn wütend.«

»Gut zu wissen. Ändert nichts daran, dass du sie angeschossen hast, Cowboy. Ich werde keine Rücksicht nehmen.«

»Würde ich auch nicht erwarten.«

Als Lode mit vorgehaltener Pistole um die Bank herumtrat, sprang Fade hoch. Mit einem hohen Schritt setzte er seinen linken Fuß auf den Rand des Blumenkübels und stieß sich ab. Er sprang in einen fliegenden Tackle. Traf Lode in die Brust, bevor der Mann schießen konnte. Trieb den Cowboy zu Boden.

Fade musste Lode entwaffnen; diese Pistole wegbekommen. Als sie auf den Beton aufschlugen, streckte Fade seine Ellbogen aus, schob seine Hände an den Armen des Cowboys hinab und drückte Lodes Handgelenke auf den Boden. Ein kurzer Blick zeigte, dass der Cowboy nur eine seiner beiden Waffen gezogen hatte. Die Waffe war immer noch in Lodes rechter Hand. Fade rollte sich in diese Richtung, als Lode versuchte, ihn abzuschütteln. Er nutzte den Schwung, um sich entlang Lodes Arm zu drehen, und während Fade rollte, packte er die Pistole mit beiden Händen und riss sie weg. Fade kam einen Meter entfernt zum Stillstand, glitt auf ein Knie hoch und zielte mit der Pistole direkt auf die Mitte des Cowboys.

Er hatte seit dem Tod seiner Frau keine Waffe mehr abgefeuert, aber dieses Mal würde er eine Ausnahme machen.

»Verstehst du es immer noch nicht?«, sagte Lode und schüttelte den Kopf angesichts der Pistole, sein dicker brauner Mantel um ihn geschlungen. »Diese Waffe wird mir nichts anhaben. Dir aber eine Menge.«

Bevor Fade reagieren konnte, zog Lode seine andere Pistole, sein Finger spannte den Hahn, während die Pistole sich hob, und drückte dann ab, als die Waffe waagerecht war.

Fade spürte, wie der Schuss traf, seine Schulter erwischte und ihn herumdrehte. Schmerz flammte durch seinen linken Arm. Fade bewegte sich mit dem Schwung, hielt seine Pistole mit der rechten Hand weiter erhoben. Drückte ab. Die Waffe donnerte und Lode zuckte zusammen. Fade sah die Markierung auf der Jacke des Mannes, aber der Cowboy schien nicht beunruhigt. Währenddessen konnte Fade spüren, wie sich das Blut ausbreitete. Ein Schuss in die Schulter sollte ihn nicht sofort töten, aber er würde auch nicht helfen. Er konnte immer noch verbluten, und sein linker Arm war nutzlos. Lode spannte den Hahn erneut und zielte auf Fades Kopf.

»Wenn du Götter hast, zu denen du beten kannst, dann ist jetzt der Zeitpunkt«, sagte Lode.

»Waffe fallen lassen!«, kam der Schrei von der Einkaufszentrumsseite her. Ein Paar Sicherheitsleute. Fade sah, dass sie nur Taser trugen. Mutig, aber dumm von ihnen, einen bewaffneten Mann anzugehen. »Wir werden dich niederschießen, wenn du dich noch einmal bewegst!«

Lode seufzte. Drehte sich zu den Sicherheitsleuten und

legte seine Pistole auf den Boden. »Das geht euch beide nichts an.«

»Da ihr in unserem Einkaufszentrum kämpft, geht es uns sehr wohl etwas an«, sagte einer von ihnen, ein kahlköpfiger Mann, der aussah, als würde er gleich durch seine Uniform schwitzen.

Die beiden Wachmänner näherten sich langsam. Fade legte seine Waffe nieder und drückte seine Hand auf die Wunde. Seine Hand kam nass, glitschig und rot zurück. Er war für so etwas ausgebildet worden. Wie man bei einer Katastrophe weitermacht. Das Problem war, dass dies keine normale Mission war. Dies war kein normales Problem. Als die beiden Sicherheitsleute zu Lode kamen, griff einer nach einem Paar Handschellen. Lode schlug zuerst zu. Ein Eins-zwei-Schlag knockte den ersten Wachmann aus und schickte ihn zu Boden. Der zweite versuchte zurückzustolpern, den Taser zu heben, aber Lode schlug ihn weg. Er packte den Wachmann am Hemd und warf ihn zu Boden.

»Siehst du, was ich dir gesagt habe? Solltet euch um eure eigenen Angelegenheiten kümmern. Anstatt euch in Dinge einzumischen, die über euch hinausgehen.« Lode starrte den Wachmann einen Moment lang an und vergewisserte sich, dass er nicht wieder aufstehen würde.

Der Cowboy wischte sich die Hände an seinem Mantel ab, drehte sich zu seiner Waffe zurück, und Fade schoss ihn mit dem Taser ab. Drückte den Knopf und sandte die Elektroden in Richtung von Lodes Gesicht. Sie trafen, blieben stecken und schickten den Cowboy zuckend zu Boden. Fade ließ die Waffe fallen. Griff hinüber und nahm mit seiner rechten Hand eine der Handschellen. Humpelte zu Lode hinüber und betrachtete diese geschlossenen bewusstlosen Augen, diesen schlaffen Mund. Diese Jacke konnte

Kugeln abhalten, aber wenn man ihn ins Gesicht traf, war Lode nur ein weiterer Mann.

Es war schwierig, ihn mit einer Hand zu fesseln, und mehr als ein paar Tropfen seines Blutes fielen auf Lodes Jacke, aber Fade schloss das Metall um die Handgelenke des Cowboys. Zog sein Handy heraus, als seine Sicht zu verschwimmen begann.

Fade saß am Boden, den Rücken an Lodes bewusstlosen Körper gelehnt, während die Welt schwankte. Er brauchte ein Krankenhaus, irgendeine medizinische Versorgung, sehr bald, sonst würde das hier übel werden. Er öffnete das Handy. Hörte eine Sirene. Räder hielten hinter ihm am Bordstein an, und Fade dachte, Hilfe sei eingetroffen. Türen schlugen zu, Stimmen riefen.

Vielleicht würde er überleben und Jaycee wiedersehen.

Die Audience reagierte nicht. Jaycee hatte Sassix' Anweisungen befolgt – sie sagte dem Tisch, dem darin laufenden Programm, es solle »die Tür setzen« und Jaycee dorthin zurückschicken, wohin Lode und Veronica gegangen waren. Nicht dass sie einen Plan hatte, was sie tun würde, wenn sie dort ankäme, aber manchmal musste man einen ersten Schritt machen, um den zweiten zu finden.

»Warum tut es nichts?«, fragte Jaycee das spinnenartige Wesen, das noch immer in der Nähe schwebte.

»Weil Sie, wie ich glaube, kein Raker sind.« Sassix kratzte energisch mit seinen Beinen. »Ich kann nicht sicher sein, aber es erscheint angemessen, dass der Gardener nur qualifizierten Kreaturen erlaubt, diese Geräte zu benutzen.«

»Und es gibt nicht viele wie mich? Die hier zufällig hineingeraten?«

»Die meisten, die das tun, enden leider ziemlich tot.«

Sassix blickte über den Hof zu einigen anderen Kreaturen an den Tischen hinüber. »Einige der Anwesenden hier sind durchaus räuberisch veranlagt. Sie wären möglicherweise direkt gefressen worden, wenn nicht ich Sie gefunden hätte.«

»Das ist beruhigend.« Jaycee wandte sich wieder dem Tisch zu. Schlug aus Frustration auf die Oberfläche, die immer noch das Gesicht ihres Vaters zeigte. »Können Sie es tun? Die Tür für mich einstellen?«

»Das kann ich nicht. Uns ist es nicht erlaubt, in andere Welten zu reisen.« Sassix klang nicht allzu betrübt über diese Regel. »Zumindest nicht, wenn der Gardener es nicht für notwendig erklärt. In meinen tausend Jahren habe ich das nur einmal erlebt. Als ein kritisches Element einer geschätzten Zivilisation in Gefahr war, verloren zu gehen. Viele Rakers gingen hinein, und wir nutzten jedes Werkzeug, das wir hatten.«

»Hat es funktioniert?«

»Kommt darauf an, wie Sie ›funktionieren‹ definieren. Die Zivilisation wurde tatsächlich gerettet, aber stellen Sie sich vor, so vielen neuen und fortschrittlichen Technologien ausgesetzt zu sein? So vielen Spezies, deren Existenz Sie sich nicht vorstellen konnten?«

»Ich muss mir das nicht vorstellen«, erwiderte Jaycee. »Also sind sie verrückt geworden oder so?«

»Sie sind seit Jahrhunderten instabil. Wir sehen ihre zugewiesenen Rakers kaum noch, da sie so beschäftigt sind, Ordnung zu halten.« Sassix deutete auf einen leeren Tisch, der nur etwa dreißig Zentimeter über dem Boden stand. »Und doch scheint die Hoffnung stattdessen zu Ihnen gekommen zu sein.«

»Was?« Jaycee schaute das Wesen an, das mit einem

Bein zum Turm zeigte. Eve ging auf sie zu, Augen und Mund fragend gewinkelt.

Der Raker näherte sich dem Tisch mit einem fragenden Blick für Jaycee, wandte sich aber zuerst an Sassix. »Erschreckst du jetzt junge Mädchen, Sassix?«

»Kaum«, sagte das Wesen, und Jaycee bemerkte den fröhlichen Tonfall. »Ich denke, was sie hierher gebracht hat, hat sie weit mehr erschreckt, als ein gutaussehender Vertreter wie ich es je könnte.«

»Er war wirklich nett«, sagte Jaycee. »Ohne ihn wäre ich wahrscheinlich tot.«

»Hat er dir erzählt, wie sie fressen?« Eve milderte die Worte mit einem Lächeln. »Der Grund, warum sie Steine an ihren Beinen haben? Sein Planet ist durchzogen von Höhlen. Sie verstecken sich an den Decken und verschlingen Dinge, die vorbeilaufen.«

»Das klingt natürlich. Wie normales Raubtierverhalten«, sagte Jaycee zu Sassix. »Ich dachte, nur fortgeschrittene Zivilisationen hätten Rakers?«

»Oh, das sind wir. Die Methoden, die Eve erwähnt, sind, nun, zum Sport. Jedenfalls heutzutage.«

»Sicher, Sassix. Zum Sport.« Eve legte ihre Hand auf den Tisch und drehte ihn von Fades Gesicht weg. »Ich bin überrascht, dich hier zu sehen?«

Jaycee erzählte Eve die Geschichte, während Sassix sich höflich verabschiedete und zu seinen Artgenossen davonhuschte. Bei der Nachricht von Lodes Schusswunde blickte Eve vom Tisch auf, wandte sich aber bald wieder zurück. Die Audience wechselte vom Gitternetz aus Linien und Punkten zu einer Karte von Jaycees Stadt, dann zu einer Anzeige über Veronica Pline. Ihr Vater, Christopher, kam als Nächstes. Dann eine Nahaufnahme eines seltsamen Gebäudes nördlich der Stadt. Ein Rechteck mit einer großen, runden Silostruktur daran.

»Dorthin bringen sie deinen Vater.« Eve zeigte auf das Bild auf dem Tisch. »Und Lode.«

»Wer ist ›sie‹?«

»Christopher Pline und diese Sicherheitsfirma, die dein Haus gestürmt hat. Ich habe gesehen, wie sie deinen Vater und Lode in einen ihrer SUVs gezerrt haben. Ich wollte ihnen nachgehen, bis ich merkte, wie viele es waren.«

»Und was wirst du jetzt tun?«

Zum ersten Mal sah Jaycee tatsächlich, wie Sorge Eves Gesicht streifte. Ihr Lächeln verblasste zu einer geraden Linie, und Eves Augen schauten zu Boden. »Ich bin nicht sicher. Allein kann ich nicht in dieses Gelände einbrechen. Nicht ohne Geräte zu benutzen, die über dem aktuellen Niveau der Erde liegen.«

»Aktuelles Niveau?«

»Die Audience verfolgt, wie fortgeschritten eine Zivilisation ist, Jaycee. Der Gardener und der Hain sind voller unglaublicher Werkzeuge. Waffen und andere Dinge. Aber wenn wir sie an einen Ort bringen würden, der nicht bereit ist, sie zu empfangen, könnten wir die ganze Welt ins Chaos stürzen.«

»Also meinst du, wir brauchen altmodische Hilfe?«

»Ja, aber wir haben bereits einen Raker weniger, und Lode ist sowohl gefangen als auch potenziell gefährlich.«

Jaycee betrachtete sich selbst. Sie fühlte sich gut. Perfekt. Und sie war vor nicht allzu langer Zeit in die Brust geschossen worden. Wenn der Hain für sie Wunder vollbringen konnte, dann konnte er das vielleicht auch für jemand anderen tun.

»Ich glaube, ich kann dir die Hilfe besorgen, die du

brauchst.« Jaycee nickte zur Audience. »Wir müssen allerdings erst nach Hause zurück.«

Krankenschwestern, Chirurgen, Techniker; eine endlose Parade von Menschen war seit der Operation in Thalias Zimmer ein- und ausgegangen. Sogar eine pflichtbewusste Nachfrage eines Polizisten, der wissen wollte, ob sie wüsste, wer sie angefahren hätte. Ihre Antwort: ein weißer SUV voller bewaffneter Sicherheitskräfte. Das hatte Thalia einen ausdruckslosen Blick und ein Aktenzeichen eingebracht. Eines, von dem sie sich sicher war, nie wieder etwas zu hören. So hatte sie den vergangenen Tag in medikamentenbedingter Benommenheit verbracht und dem Fernsehen im Zimmer vage Aufmerksamkeit geschenkt, wann immer sie nicht schlief.

Bis Jaycee mit der Frau hereinkam, die Thalia mit ihrem Auto von einer Klippe gestoßen hatte. Eine Frau, die völlig unverletzt schien und Thalia anlächelte, als sie den Raum betrat.

»Äh«, brachte Thalia hervor.

»Psst«, unterbrach Jaycee sie. »Nicht reden. Was als Nächstes passieren wird, ergibt keinen Sinn, also musst du einfach mitmachen, okay?«

Thalia zog eine Augenbraue hoch. Sie war zwar nicht ans Bett gefesselt, aber mit zwei gebrochenen Beinen und einem gebrochenen Schlüsselbein würde sie nicht viel Widerstand leisten können. Als der Arzt ihr die Liste der schweren Verletzungen ihres Körpers vorgelesen hatte, war Thalia erstaunt, dass sie überhaupt überlebt hatte. Anscheinend war die Karosserie ihres eigenen Wagens, der Limousine, an den richtigen Stellen über Thalia gerollt, um sie am Leben zu halten. Und in schrecklichen Schmerzen.

So ein Glück, hatte der Arzt gesagt, als sie eine weitere Dosis betäubender Schmerzmittel verordnete.

Die Frau nahm eine kleine grüne Brosche heraus und hielt sie vor Thalia. »Fass sie an«, sagte die Frau. »Lass nicht los.«

Jaycee nahm Thalias Hand und führte sie zum Schmuckstück. Gemeinsam umfassten sie es, und Thalia fragte sich, ob Jaycee in irgendeinen seltsamen Kult geraten war. Ob dies eine Art Ritual war. Dazu gedacht, ihr Chi wiederherzustellen oder ihren Körper mit der Kraft einer alten Gottheit zu heilen.

Stattdessen verschwand das Krankenhaus, und Thalia fand sich auf einem silbrigen Boden wieder. Kein Tropf mehr. Kein Bett. Nur die zermalmende Qual eines Körpers, der sich nicht selbst tragen konnte und plötzlich auf einer harten Oberfläche landete. Thalia keuchte. Tränen schossen ihr in die Augen. Sie wollte schreien und hätte es wahrscheinlich auch getan, wenn nicht der pure Schock, aus einer Realität in eine andere gerissen zu werden, den Schmerz gedämpft hätte.

Was zum Teufel war gerade passiert?

»Wir sind im Hain.« Jaycee beugte sich über Thalia und blickte ihr eindringlich ins Gesicht, um vermutlich zu sehen, ob Thalia die Reise überlebt hatte. »Es gibt viel zu erklären, aber kurz gesagt: Die Luft hier wird dich besser fühlen lassen.«

»Das hoffe ich«, krächzte Thalia. »Denn du hast mich viel schlimmer gemacht.«

»Der Schmerz wird bald weg sein«, sagte die Frau. »Jaycee, halt sie ruhig. Wenn sie sich bewegen kann, bring sie runter in den Innenhof.«

Bevor Thalia protestieren konnte, drehte sich die Frau um und verließ den Raum. Jaycee setzte sich neben Thalia auf den Boden, die ihren Kopf nicht drehen konnte, um Fades Tochter anzuschauen.

»Was ist das für ein Ort?«, fragte Thalia, und Jaycee erzählte es ihr. Eine seltsame Realität weit draußen im Weltraum oder in einer anderen Dimension, Jaycee war sich da nicht wirklich sicher. Betreut von jemandem, der der Gärtner genannt wurde.

»Dir ist klar, dass das alles nach Unsinn klingt.« Thalia hätte härter argumentiert. Wäre überraschter oder verwirrter gewesen, aber ehrlich gesagt, wenn alles, was sie spüren konnte, die tausend Nervenenden in ihren Beinen waren, die jede Empfindung wegbrannten, war es unmöglich, sich über irgendetwas anderes aufzuregen.

»Glaub mir, ich dachte dasselbe«, sagte Jaycee. »Ich wäre auch tot, wenn es nicht wahr wäre. Der Cowboy, Lode, hat auf mich geschossen, Thalia. Kam in mein Hotelzimmer und hat mich erschossen. Ich habe sein Abzeichen ergriffen - so nennen wir den grünen Edelstein, und bin hier gelandet. Der Hain hat mich zurückgebracht.«

»Du wurdest angeschossen?« Thalia konnte die Worte nicht glauben. Jaycee hatte immer so jung gewirkt. Zu unschuldig, um an der Erwachsenenwelt aus Kugeln und Erpressung, Entführungen und Verträgen teilzunehmen. Sie nahm an, dass sie alle immer befürchtet hatten, es könnte irgendwann auf Fades Tochter zurückfallen, aber dieser Zeitpunkt war nie die Gegenwart gewesen. Jaycee hatte noch das College vor sich. Vielleicht eine Karriere, fernab von all dem.

»Ich habe noch nie so etwas gefühlt, Thalia«, sagte Jaycee, wobei die Worte ebenso an sich selbst gerichtet schienen wie an Thalia. »Du siehst ständig diese Filme. Siehst die Serien und liest die Bücher, und die Gewalt geht an dir vorbei. An jenem Nachmittag, als ich sah, wie unser Wohnzimmer in Stücke geschossen wurde, das war seltsam.

Verrückt sogar. Aber ich wurde nicht verletzt. Irgendwie schien es immer noch getrennt zu sein. Ein Teil einer Fantasie, die nicht wirklich ich war, verstehst du?«

»Ja, das tue ich«, sagte Thalia. Sie hatte Fade bei den Spezialkräften kennengelernt. Als die Realität dessen, was es bedeutete, ein Leben zu nehmen, zu tun, was auf der Leinwand so alltäglich war, ihnen bewusst wurde. Das Training hatte es nicht real gemacht. Die Uniform hatte es nicht real gemacht. Aber als sie zum ersten Mal den Abzug betätigte und keine Papierzielscheibe am anderen Ende wartete? Das hatte die Illusion zerstört.

»Er hat jetzt Fade, Thalia«, begann Jaycee wieder. »Lode hat meinen Vater mitgenommen. Eve und ich werden ihn zurückholen, und wir brauchen deine Hilfe dabei. Deshalb bist du hier. Um wieder fit zu werden und dann mit uns zu gehen.«

»Typisch. Die erste Chance auf Urlaub seit Jahren, und Fade nimmt sie mir weg.«

»Urlaub? Du wärst in diesem Krankenhaus gewesen.«

»Aber niemand hätte auf mich geschossen. Das macht es zum Urlaub.«

»Du und Papa, ihr seid so seltsam.«

Thalia lächelte. Selbst das tat weh. Weniger, weil ihre Lippen vernarbt waren, sondern weil es ein bisschen Konzentration erforderte und die Aufmerksamkeit vom Rest des Schmerzes ablenkte, was nur dazu führte, dass ihre gebrochenen Knochen umso lauter schrien. Thalia hatte sich bereits eine geistige Notiz gemacht, aber sie schrieb sie erneut – nie wieder überfahren lassen. Sie würde lieber eine Kugel nehmen. Ein Messer.

»Spürst du es schon?«, fragte Jaycee. »Es wird wie ein Kribbeln sein, als ob etwas dich zusammennäht.«

Thalia spürte es. Etwas in ihr heilte ihre zerrissenen Muskeln, richtete ihre gebrochenen Knochen. Der Schmerz verschwand, und als Jaycee fortfuhr, den Hain und seinen Zweck zu beschreiben, wurde Thalia klar, dass es kein Zurück mehr gab. Sie waren nicht mehr nur Menschen.

Veronica hatte diesen Ausdruck noch nie zuvor im Gesicht ihres Vaters gesehen. Ein kleines Grinsen, ja, aber mit einer tieferen Note darin. Seine Augen kräuselten sich, als er die Hand ausstreckte und sie auf ihre Schulter legte. Sie fest drückte.

»Ich bin stolz auf dich«, sagte Christopher Pline zu seiner Tochter. »Beide Abzeichen wieder hier. Sogar der unvorsichtige Cowboy wieder in unserem Gewahrsam.« Ihr Vater trat einen Schritt zurück, ging zu seinem Schreibtisch und ließ sich in den Stuhl fallen. Das Mittagssonnenlicht spielte durch die Fenster und nahm den hypermodernen Möbeln etwas von ihrer Strenge.

Veronica blieb auf den Beinen stehen. Unsicher, wohin sie als Nächstes gehen sollte.

»Jetzt, bevor du es vergisst, möchte ich, dass du alles aufschreibst«, sagte Christopher. »Alles, was du mir erzählt hast. Alles, was du dort drüben gesehen hast.«

»Auf was?«, fragte Veronica. »Kann ich deinen Computer ausleihen? Ich habe meinen nicht von zu Hause mitgebracht.«

Das Grinsen ihres Vaters wurde breiter. »Ich hatte gehofft, dass ich dir das sagen darf. Veronica, ich gebe dir ein Büro. Genau hier in diesem Gebäude.«

»Ein Büro?«

»Ja. Du wirst hier arbeiten. Direkt mit mir. Lernen, wie das alles zusammengesetzt ist.« Christopher lehnte sich auf seinem Schreibtisch vor. »Nun, ich weiß, was du denkst. Du weißt nicht einmal, was diese Firma macht. Wie sie funktioniert. Aber du wirst es lernen. Du warst schon immer gut darin. Wir werden dich mit kleinen Dingen anfangen lassen, und dann wirst du in meine Fußstapfen treten.«

Wovon sprach ihr Vater? Veronica war gerade mal achtzehn. Fast neun Monate vom Highschool-Abschluss entfernt.

»Vater, was ist mit der Schule? Mit dem College?« Sie hatte bereits mit den Bewerbungen begonnen.

Christopher schwieg einen Moment, sein Gesicht verzog sich zu einer Grimasse. Dann stand er auf, kam zu ihr herüber und legte erneut seine Hände auf ihre Schultern. Nicht fest, nicht stolz wie zuvor. Nein, dies war der Griff von jemandem, der nach Verständnis suchte. Der im Begriff war, schlechte Nachrichten zu überbringen.

»Veronica, ich hoffe, du verstehst. Es gibt kein Zurück zu dem, wie es vorher war.« Christopher senkte seinen Kopf und schaute sie von unter seinen Augenbrauen an. »Denk darüber nach. Könntest du nach dem, was du gesehen hast, wieder in den Englischunterricht gehen? Könntest du zur Erstsemester-Orientierung gehen und über eine Reise an einen Ort jenseits von Zeit und Raum sprechen?«

»Ich würde diese Geschichte wahrscheinlich nicht erzählen.«

»Natürlich nicht.« Christopher ließ los und hob seine Hände. »Du könntest ein Leben in der Lüge führen. Alles ignorieren und versuchen, deine Hausaufgaben zu machen. Den gleichen Weg gehen wie deine Mitschüler. Nach den Noten streben. Die Bestenliste und Partys am Freitagabend. Du könntest eine von einer Million anderen Studenten sein, Veronica.«

»Oder ich könnte hier sein«, Veronica sprach die Worte für ihn aus. »Ich könnte für dich arbeiten. Könnte mir für dich die Hände schmutzig machen. Könnte mein Leben für dich aufgeben.«

»Für uns, Veronica.« Christopher schlug auf seinen Schreibtisch und zeigte dann aus dem Fenster. Zum Himmel. »Du musst verstehen – alles da draußen? All das? Es spielt keine Rolle. Eines Tages wird ein Erdbeben kommen und alles hinwegfegen. Ozeane werden ansteigen und unsere Städte reinwaschen. Jemand wird den falschen Knopf drücken und die Welt in eine feurige Hölle schicken. Kein College, das du besuchst, kein Highschool-Abschluss wird dich davor bewahren. Aber diese Abzeichen? Dieser Fremde und seine andere Welt? Sie sind der Schlüssel.«

»Du klingst wie ein Wahnsinniger.« Veronica rieb sich die Arme. »Du glaubst, die Welt wird untergehen? Ist es das, was du sagst?«

Christopher schüttelte heftig den Kopf. Veronica kannte diesen Blick. Hatte ihn schon ein paar Mal zuvor gesehen. Immer dann, wenn ihr Vater an etwas glaubte, jenseits des Punktes der Vernunft. Jenseits des Punktes, an dem es ihm egal war, was es kostete, es zu erreichen.

»Ich sage, wir können alles überleben«, sagte Christopher. »Egal welche Katastrophe, wir können entkommen. Wir können ewig leben, lernen und wachsen. Wir können jeden mit diesen Abzeichen retten, wenn wir lernen, wie man mehr davon herstellt.«

»Diese Wendung habe ich nicht kommen sehen«, erwiderte Veronica. »Jeden retten? Warum hast du das nicht gleich am Anfang gesagt?«

Nun verschwanden die letzten Reste von Glück aus dem Gesicht ihres Vaters. »Was ist los mit dir, Veronica? Ich biete dir hier eine Chance.«

»Ich bin nicht sicher, ob ich sie annehmen will«, Veronica hielt inne. Ellsworth war erschossen worden, war gestorben, als er blindlings Chancen hinterherrannte. »Was ist überhaupt dein Plan? Du konntest nicht einmal ein Abzeichen zum Funktionieren bringen.«

»Wir hatten den Cowboy vorher nicht«, sagte Christopher. »Jetzt haben wir jemanden, der es uns zeigen kann.«

»Klar, als ob er auf dich hören würde.«

»Das wird er«, sagte Christopher. »Weil wir ihm geben werden, was er will, wenn er es tut. Es stellt sich heraus, dass dein Entführer einen Ruf hat. Einen guten, so schwer das auch zu glauben ist. Leute, die bereit sind, in seinem Namen zu zahlen, um ihn freizubekommen. Lode wird eine Wahl haben. Wenn er uns zeigt, wie man das Abzeichen benutzt, gehört Fade ihm. Wenn nicht, dann verliert Lode seinen Mann.«

Also deshalb hatten sie Fade am Leben gehalten. Veronica hatte sie beobachtet, im SUV. Wie sie die Blutung stoppten. Den Mann in einen improvisierten Operationssaal hier auf dem Anwesen ihres Vaters brachten. Obwohl Fade bei ihrer Ankunft gar nicht mehr so schlecht ausgesehen hatte. Nicht wie Ellsworth und Aaron.

All das, um Lode dazu zu bringen, zu verraten, wie die Abzeichen funktionierten.

»Ein Deal«, sagte Veronica. »Ich schreibe auf, was ich gesehen habe. Ich arbeite mit dir. Aber nach der Schule. An den Wochenenden. Und ich gehe aufs College.«

»Ich glaube nicht–«

»Das sind die Bedingungen, Vater. Ich gebe meine Träume nicht für deine auf.«

Für einen Moment dachte Veronica, ihr Vater würde in einen weiteren Wutanfall ausbrechen. Stattdessen nahm Christopher eine ausdruckslose Miene an und streckte dann seine Hand aus. Veronica starrte sie an.

»Schlag ein«, sagte Christopher. Veronica, nachdem sie

die Augen ihres Vaters nochmals überprüft hatte, schüttelte seine Hand einmal auf und ab. »Nun, Veronica, wir haben einen Deal. Sie werden dir dein Büro zeigen. Versuch, deine Gedanken festzuhalten. Und mach ein Nickerchen. Wir werden einen sehr aufregenden Abend haben.«

KAPITEL 12

COWBOYS

ER LAG AUF DEM RÜCKEN. Fade wusste zumindest das, vom Gefühl her. Der Druck auf seiner Wirbelsäule. Keine Matratze also. Hart. Vielleicht eine billige Pritsche oder ein Fußboden.

Es gab keine Lichter. Zumindest keine eingeschalteten. Stockdunkel. Das Brummen einer Klimaanlage gab einen Hinweis darauf, dass er sich nicht in einer Höhle befand. Oder tot war. Eine leichte Brise zog durch den Raum. Belüftet also.

»Bist du schon wach, oder träume ich nur, dass du dich da drüben bewegst?« Lodes Stimme kam aus der Dunkelheit, leise und genervt.

»Du hast mich nicht umgebracht.«

»Nicht wegen mangelnder Versuche«, antwortete Lode. »Scheint, dass du noch genug Glück übrig hast.«

»Ich habe mich bewegt. Als du gezogen hast. Die Schulter gedreht.« Alles, um dem Ego des Cowboys einen Dämpfer zu verpassen. Fade nahm an, dass er ebenfalls hier eingesperrt war. Der Cowboy und der Auftragsnehmer zusammen. Jemandes Vorstellung von einem guten Zeitvertreib.

»Hätte nichts ausgemacht«, sagte Lode. »Da, wo ich dich getroffen habe, hätten die Arterien dich in ein, zwei Minuten kaltgestellt. Schätze, sie haben dich im Wagen gut zusammengeflickt.«

»Schätze schon.« Fade versuchte, seinen Arm zu bewegen, um seine Schulter zu fühlen, aber seine Hände stießen auf einen Riemen. Festgebunden also. Versuchte es mit den Beinen. Gleiches Schicksal – ein einschränkendes Band hielt ihn davon ab, sich mehr als einen Zentimeter zu bewegen. »Ich dachte, du wärst auf ihrer Seite?«

»Wir hatten einen Deal. Sie haben die Bedingungen geändert.«

»War es, weil du versucht hast, mich mitten in einem Einkaufszentrum umzubringen?«

»Glaube, es liegt daran, dass ich etwas habe, das sie wollen.«

»Deinen Hut?«

Lode lachte. »Wohl kaum. Eve hat dich zum Grove gebracht?«

»Wo alle meine Albträume lebendig werden und sich zum Abendessen niederlassen?«

»Genau der Ort.«

Fade blinzelte in die Schwärze. Ohne Fenster, Uhr oder irgendeinen Anhaltspunkt war er orientierungslos. Es schien keine Möglichkeit zu geben, herauszufinden, wo oder wann er sich befand. Der einzige Anker zur Realität war ein Mann, den Fade am liebsten wie eine Brezel biegen und zerbrechen würde. Aber selbst das, selbst die schwelende Wut, erschien hier fern.

»Was hast du gedacht, als du zum ersten Mal dort warst?«, fragte Fade.

»Dass es nicht sehr wie Laramie war«, sagte Lode. »Aber als ich dem Gärtner begegnete, begannen die Dinge Sinn zu ergeben.«

»Kannst du mir das erklären?«

»Du musst verstehen, Fade, ich töte dich nicht aus persönlichen Gründen. Es ist auch nicht geschäftlich, wie all diese verdammten Filme heutzutage sagen.« Lode seufzte. »Nein, es ist, weil du im Weg stehst. Ein Hindernis für diesen Planeten und die Menschen darauf. Verstehst du?«

»Muss sagen, nein, verstehe ich nicht.«

»Der Gärtner, siehst du, der hat einen Plan. Will den Leuten helfen – und ich rede hier nicht nur von Menschen – auf seine Ebene zu kommen. Die Audience führt die Rakers – das sind ich und Eve – zu den Dingen, die diesem Fortschritt im Weg stehen. Leider bist du dieses Ding.«

»Ich werde irgendwie den menschlichen Fortschritt aufhalten?«

»Anscheinend. Heißt normalerweise, dass du etwas Schreckliches tun wirst. Oder zulässt, dass etwas Furchtbares passiert.«

»Klar«, grübelte Fade über die Idee nach. Er hatte keinen Zugang zu Atomwaffen. Nahm keine Aufträge an, um Präsidenten zu töten oder die Wirtschaft zu destabilisieren. Ein paar Schlägereien in Restaurants und Entführungen würden die Welt nicht aus dem Gleichgewicht bringen, oder?

»Als Eve und ich zur Audience gingen«, sagte Fade. »Sagte sie uns, dass du das neue Ziel wärst. Du wärst das Risiko.«

»Hab davon gehört. Ziele können sich aber ändern. Es ist eine Vermutung – wer das wahrscheinlichste Problem in einem bestimmten Moment ist.«

»Klingt, als würdest du gegen die Audience argumentieren«, erwiderte Fade. »Wenn du nicht sicher sein kannst, dass das Ziel immer noch, äh, das Ziel ist, wie kannst du dann überhaupt etwas tun?«

Lode schwieg eine Minute. Fade wollte den Kopf schütteln, aber sie hatten auch den festgebunden. Keine Bewegung für ihn. Trotzdem, wenn Eve und Lode sich nach all ihren Jahrzehnten des Tötens und Beeinflussens von Menschen nie gefragt hatten, ob das, was sie taten, Sinn ergab, dann war Fade dabei, den letzten Rest Respekt zu verlieren, den er noch für die Rakers hatte. Wenn er und Thalia einen Auftrag annahmen, stellten sie sicher, dass er legitim war. Dass die Ziele nicht bösartig waren – abgesehen von der Gier.

»Es ist nicht perfekt«, sagte Lode schließlich. »Du kannst die Geschichte betrachten und sehen, wie knapp wir in all den Jahren davor waren, alles zu verlieren. Der Gärtner ist nicht Gott. Es ist wie beim Pokern. Wir haben ein paar Asse und der River auf dem Tisch verspricht was. Du musst deine Einsätze platzieren und hoffen, dass du gewinnst.«

»Du benutzt eine Glücksspiel-Metapher, um über mein Leben zu reden. Das Leben meiner Tochter.«

»Sie sollte nicht angeschossen werden«, sagte Lode. »Aber darum geht's, Fade. Wenn ich versuche, alle zu retten, bin ich bereit, Opfer in Kauf zu nehmen. So läuft das.«

»Erinnere mich daran, nie zu vergessen, dass du ein herzloser Bastard bist.«

»Werde ich.« Lode verstummte. Fade schloss die Augen. Seine Schulter pochte. »Wie lange, glaubst du, werden wir hier festsitzen?«

»Bis sie beschließen, uns zu töten«, sagte Fade.

»Dich vielleicht«, entgegnete Lode. »Mich werden sie zu benutzen versuchen.«

»Benutzen?«

»Sie wollen die Abzeichen. Dieser Mann, der Vater des Mädchens, will zum Grove.« Lode kicherte. »Denkt, es sei eine Art gelobtes Land. Ich könnte ihn gehen lassen, nur um den Ausdruck in seinem Gesicht zu sehen. All diese Enttäuschung zu sehen. Kurz bevor ich ihn erschieße.«

Thalia konnte nicht glauben, dass sie laufen konnte. Gelaufen war. Konnte nicht glauben, was sie tat, als sie sich auf den Fahrersitz ihrer Limousine gleiten ließ. Sauber und bereit für die Abfahrt, obwohl der Mechaniker ihr den Totalschaden am Leihwagen in Rechnung stellen würde. Worauf Thalia keine gute Antwort hatte. Sie würde mehr Aufträge bekommen, und der Mechaniker bot ihr einen Ratenzahlungsplan an.

Eve hatte sie abgesetzt, nachdem sie Thalias Verstand immer wieder erschüttert hatte, während sie durch den Hain gegangen waren, und würde nun Jaycee zum Haus eines Freundes bringen. Dann würden die beiden sich nördlich der Stadt treffen und überlegen, wie sie an das Gelände herankommen sollten. Den Ort, an dem sie Fade festhielten. Wohin der Cowboy ihn gebracht hatte.

Thalia trat das Gaspedal durch, verließ den Parkplatz und genoss das einfache Gefühl, wie ihr Fuß auf ihren Befehl reagierte. Eine Bewegung der Muskeln. Eine Reaktion der Nerven. Das Brummen eines Motors. Sie war nur einen Tag im Krankenhaus gewesen, aber sie hatte sich nicht bewegen können. Hatte kaum ihre beschädigten, gebrochenen Beine spüren können. Aber als sie dem Gärtner, diesem grau-metallischen Ding, das vor dieser riesigen Kugel stand, dafür gedankt hatte, dass er ihr ihren Körper zurückgegeben hatte, sah es nicht glücklich aus.

»Zu viele, Eve«, hatte der Gärtner gesagt und die Gruppe angesehen. Die drei Frauen. »Die Rakers sind auf Geheimhaltung angewiesen, um effektiv zu sein. Auf jedem Planeten, bei jeder Zivilisation, die von ihrer Existenz erfahren hat, folgte eine Katastrophe.«

»Wir können ihnen vertrauen«, hatte Eve gesagt. Thalia hatte die Aussage wiederholt.

»Uns würde sowieso niemand glauben.« Jaycee. Thalia hielt es für ein Wunder, dass sie den Angriff auf das Haus überlebt hatte. Fade müsste verdammt stolz sein.

»Sie würden überrascht sein, was alles geglaubt werden kann«, antwortete der Gärtner.

»Darüber können wir uns später Sorgen machen«, hatte Thalia gesagt. »Konzentrieren wir uns jetzt auf das Ziel.«

Dafür hatten sie sie angestarrt. Eine Erinnerung daran, dass Thalia die Neueste bei dieser besonderen Show war. Vielleicht überrascht, dass Thalia nicht mehr aus der Fassung war, nicht betäubt von der Umgebung. Von den Abzeichen und dem Publikum und allem anderen.

Tatsache war, Thalia hatte ein Talent dafür, sich auf das Wesentliche zu konzentrieren. Alles andere auszublenden und sich später damit zu befassen. Deshalb arbeiteten sie und Fade so gut zusammen. Sie hielt ihn orientiert, und Fade hinderte sie daran, das große Ganze zu vergessen.

Ach. Ja.

Thalia bog auf die Autobahn ab, Richtung Osten. Ins Landesinnere. Nachmittagswolken warfen Schatten auf die sanften Hügel vor ihr, ein schöneres Bild als der Verkehr, auf den Thalia allmählich stieß. Bis Eve es zum Treffpunkt schaffen würde, wäre es wahrscheinlich schon tief am Abend. Sie würden diese Rettungsaktion nach Einbruch der Dunkelheit durchführen. Thalia bevorzugte es so. Weniger Blendung im Zielfernrohr.

Ihr Handy piepte. Thalia hätte darauf geschaut, aber auf der Autobahn war genug los, um den Blick von der Windschutzscheibe abzuwenden ein riskantes Unterfangen. Als ihr Handy eine Minute später vibrierte, nahm sie jedoch den Anruf an. Freisprechend – eine Stimme kam aus dem Lautsprecher.

»Thalia.« Ihr Onkel. »Das Krankenhaus hat angerufen. Sagte, du seist verschwunden. Ich versuche dich den ganzen Tag zu erreichen.«

»Ich war beschäftigt.«

»Offensichtlich. Wie bewegst du dich? Wie bist du rausgekommen?«

»Hilfe, Onkel. So war das. Was ist los?« Die Warnung des Gärtners huschte durch ihren Kopf. Sie konnte ihrem Onkel keine Details mitteilen. Jedenfalls nicht jetzt.

»Ich nehme an, deinem Tonfall nach hast du die Nachricht gerade eben nicht bekommen?«

»Ich fahre.«

»Dann lass mich dich erfreuen. Dein Freund, Fade. Scheint, dass er in Schwierigkeiten geraten ist, während du repariert wurdest. Christopher Pline hat ihn mitgenommen.« Ihr Onkel ließ die Worte ausklingen. Wartete auf eine Reaktion. Ein Keuchen vielleicht. Einen Fluch.

»Das habe ich gehört.« Thalia gab ihm keins von beidem.

»Von wem? Ich habe die Nachricht erst vor einer Minute erhalten.«

»Ich habe meine Quellen.«

»Du bist ziemlich verschlossen für jemanden, der vor einem Tag fast gestorben wäre.«

»Es tut mir leid.« Thalia tat es nicht leid. »Ich habe keine Zeit für belanglose Gespräche.«

»Ich auch nicht. Nun, da ich weiß, dass du am Leben bist, gehe ich davon aus, dass du Fade nachgehen wirst?«

»Ist das nicht das, was Partner tun? Sich gegenseitig helfen?«

»Ich habe die Firma recherchiert, die Pline beschäftigt, Thalia. Du wirst alleine nicht gut abschneiden.«

»Schlägst du etwas vor?«

Thalia konnte praktisch sehen, wie sich das Gesicht ihres Onkels zu einem Grinsen verzog. Dafür lebte er jetzt. Deals und Abmachungen. Züge auf seinem metaphorischen Schachbrett. Thalia eine weitere Figur, die er herumschieben konnte. Das Problem war, während sie ihm zuhörte, sah Thalia nicht, wie sie Nein sagen könnte.

Als Veronica die Tür öffnete, fragte sie sich, ob sie die beiden Gefangenen tot vorfinden würde. Von ihren Fesseln befreit und an der Kehle des anderen. Ein Kampf, den Lode wahrscheinlich gewinnen würde, da Fade in die Schulter geschossen worden war.

Aber sie waren beide da. Fade auf der Liege. Lode an einen Stuhl gefesselt. Schlafend.

»Offensichtlich sind wir nicht beängstigend genug«, verkündete Veronica. Lode schreckte auf, während Fade eines seiner Augen öffnete und es zu ihr rollte.

Sie schaute Fade an, während sie sprach. Es fühlte sich gut an; die Szene zu setzen. Ihnen zu sagen, wie es laufen würde. Nach einem bisherigen Leben, in dem sie diejenige ohne Macht war, begann Veronica, den Reiz zu verstehen.

»Entweder lass mich gehen oder töte mich.« Lode sprach, aber er machte sich nicht die Mühe, sie anzusehen. Er schien tatsächlich gelangweilt zu sein.

»Weißt du, ich mochte dich.« Veronica machte drei lange Schritte zum Cowboy und nahm ihm seinen Hut ab. Sie hatte den Zero-Point-Wachen gesagt, sie sollten ihn bei

Lode lassen. Wollte sich den Mann nicht zum absoluten Feind machen. »Aber jetzt bist du leichtsinnig.«

»Du wirst mir das zurückgeben, oder du wirst es bereuen.« Lode drehte immer noch nicht den Kopf. Ärgerlich.

Veronica schleuderte den Hut durch den Raum. Er traf die gegenüberliegende Wand fast lautlos und plumpste zu Boden. »Wenn du diesen Hut zurückhaben willst, wirst du tun, was wir sagen.«

Sie wandte sich zur Tür. Wenn keiner von beiden reden wollte, dann würde sie gehen. Ihre Erinnerungen an den Hain zu Ende aufschreiben. Langweilig, aber sicherer.

»Weißt du, mit wem du redest?«, sagte Lode, und zum ersten Mal konnte Veronica ein wenig Wut in seiner Stimme hören. Sie blieb stehen, lächelte die Tür an. »Ich saß in den Zellen von einem Dutzend Diktatoren, die schlimmer waren als du und dein verrückter Vater. War in Kriegen, die gewalttätiger waren, als es sich deine sogenannte Sicherheit vorstellen kann. Veronica, du machst dir gerade einen gefährlichen Feind.«

»Ellsworth hat auch gedroht«, entgegnete Veronica und drehte sich um. »Er ist in seinem eigenen Auto gestorben. Du zeigst uns, wie die Abzeichen funktionieren, oder du bekommst die gleiche Behandlung.«

Lode warf ihr einen stahlharten Blick zu. Trotzig. Sie sollte... nein. Ihr Vater überreagierte. Ihr Vater warf Wutanfälle, die seine eigene Brillanz blendeten. Sie würde nicht wie er sein.

Veronica würde nicht seine Fehler machen.

»Wir verkaufen ihn.« Veronica zeigte auf Fade. »Stellt sich heraus, er hat eine Menge Fans. Leute, die bezahlen werden, um ihn von dieser Liege runter und zurück bei seiner Arbeit zu sehen.«

»Das kannst du nicht tun«, sagte Lode. »Er muss sterben.«

»Ich kann mich nicht erinnern, dass das mein Problem wäre«, sagte Veronica. »Natürlich sind wir bereit, einen Handel einzugehen.«

»Zwei Leute, die um mich kämpfen«, sagte Fade. »Ich liebe es.«

»Halt's Maul«, sagte Lode. »Nenn die Bedingungen.«

»Die Abzeichen«, antwortete Veronica. »Zeig mir, wie sie funktionieren, und ich lasse dich gehen. Danach kannst du mit Fade machen, was du willst.«

Lode lehnte sich im Stuhl zurück. Starrte Veronica an. Langsam schlich sich ein Grinsen über sein stoppeliges Gesicht. »*Dir* zeigen, wie sie funktionieren? Nicht deinem Daddy?«

Veronica verschränkte die Arme. Sie machte sich nicht die Mühe, etwas zu sagen. Sie bedachte Lode mit dem Blick, den er verdient hatte.

»Sind Familien nicht wunderbar?«, sagte Fade von der Pritsche aus. Sie ignorierten ihn.

»Ich mach dir einen Vorschlag«, sagte Lode. »Du lässt mich jetzt sofort gehen, und ich werde dich später nicht töten.«

»Ein letztes Mal, Cowboy. Eine letzte Chance, Ja zu sagen, oder ich gehe durch diese Tür und sage ihnen, dass sie Fade zur Abreise fertig machen sollen.«

Veronica erwartete eine weitere schlagfertige Antwort von Jaycees Vater, aber diesmal blieb er still. Seine Augen waren jedoch geöffnet, und Veronica konnte sehen, wie Fade die Stärke der Fesseln testete. Verschwendete Energie.

»Erinnerst du dich, wie das Publikum sagte, dass ich das Ziel sei? Dort im Hain?«, fragte Lode.

»Vielleicht.«

»Siehst du, das Ziel verursacht alle möglichen Störungen. Sie sind gefährlich, weil sie die Ordnung der Dinge durcheinanderbringen. Veronica, weißt du, warum ich dir oder deinem Vater niemals Ja sagen würde?«

»Offensichtlich nicht.«

»Weil sobald ihr Narren diese Abzeichen verstanden hättet, würden Menschen in den Hain strömen. Rate mal, was dann passiert? Der Gärtner entscheidet, dass die Menschheit ein gescheitertes Experiment ist. Beschließt, den Tisch abzuwischen. Neu anzufangen.«

»Du willst damit sagen, es würde alle töten?« Veronica schüttelte den Kopf. »Du bist lächerlich, Lode.«

»Nee. Ich bin nur gefährlich.« Lode stand auf, wobei der Stuhl an seinen Fußgelenken scheuerte. Er lehnte sich nach vorne und rannte auf Veronica zu. Der hutlose Cowboy mit dem kahlen Kopf, umrahmt von langen, fettigen Haarsträhnen, rannte direkt auf sie zu. Veronica tanzte zurück; außerhalb der Tür. Sie knallte zu, als Lode seine Schulter dagegen warf. Er prallte ab, aber Veronica konnte das Gesicht des Cowboys sehen.

Er lächte.

Normalerweise wäre die Aussicht auf eine Nacht in Allies Haus ein Grund zum Feiern gewesen. Ein Abendessen, das kein Fertigessen war, eine Abwechslung zum üblichen leeren Haus, während ihr Vater zu unberechenbaren Zeiten geschäftlich verschwand. Selbst mit Schule am nächsten Morgen würden sie Filme schauen und Unfug für das Wochenende planen.

Jetzt wollte Jaycee nicht gehen. Wollte nicht die Gesellschaft einer Frau verlassen, die, nach ihren eigenen Kommentaren zu urteilen, über hundert Jahre alt sein musste. Die vorhatte, sich an Gewaltakten zu beteiligen, von denen Jaycee gedacht hatte, sie seien auf den Bereich der Unterhaltungsmedien beschränkt. Die irgendwann versucht hatte, ihren eigenen Vater zu töten.

»Du kannst nicht«, antwortete Eve, als Jaycee zum dritten Mal darauf bestand, dass sie eine Bereicherung wäre. »Es ist nicht so, dass du nicht nützlich wärst, außer dass es genau das ist.«

»Hey, das weißt du doch gar nicht.«

»Sag mir dann, Jaycee. Wie würdest du Thalia und mir helfen?« Eve behielt die Straße im Auge. Sie navigierte durch den Feierabendverkehr, obwohl es weniger der schnelle Slalom war, den Jaycee sich immer in einem Auto wünschte, und mehr ein langsames Vorwärtskommen, während müde Fahrer anhielten und anfuhren.

»Schau, ich kenne Veronica. Ich meine, nicht gut, aber ich kenne sie. Von ihr. Ich war in ihrem Haus«, Jaycee war sich nicht sicher, worauf sie hinauswollte, aber sie war überzeugt, dass irgendwann eine solide Schlussfolgerung auftauchen würde. »Ich könnte vielleicht erraten, was sie tun wird.«

»Ich glaube nicht, dass dieses Mädchen das Problem sein wird.«

»Na ja, ihr Vater wird nicht so anders sein, oder? Ist das nicht das ganze Sprichwort? 'Der Apfel fällt nicht weit vom Stamm'?«

Eve lachte. »Ich glaube nicht, dass sie dabei an sowas gedacht haben.«

Eve lenkte das Auto auf die rechte Spur und sie fuhren die Ausfahrt hinunter. Bogen rechts ab in Richtung Hotel. Ein Zimmer, in dem Jaycee vor nicht allzu langer Zeit angeschossen worden war. Der Gedanke ließ sie verstummen, und die beiden fuhren schweigend weiter, bis Eve ihren kleinen SUV auf den Parkplatz fuhr.

»Hast du noch den Schlüssel?«, fragte Eve, als sie aus dem Auto stiegen.

»Den muss ich wohl vergessen haben mitzunehmen, während ich auf dem Boden geblutet habe«, antwortete Jaycee. Sie erschauderte. Von hier aus konnte sie den Balkon sehen. Die Vorhänge waren zugezogen, aber sie war sicher, dass das Fenster im dritten Stock, dort am linken Rand des Gebäudes, zu ihrem Zimmer gehörte. »Glaubst du, sie haben es gereinigt?«

»Lode hätte das Bitte-nicht-stören-Schild an die Tür gehängt«, sagte Eve, als sie in die Lobby gingen. »Aus Gewohnheit.«

Ob diese Gewohnheit dazu diente, Mordopfer so lange wie möglich zu verstecken oder für eine ruhige Nacht zu sorgen, fragte Jaycee nicht.

»Ich wohne in Zimmer 315«, verkündete Jaycee dem Angestellten, der, als sie die Zimmernummer nannte, ein paarmal zuckte. Als ob Jaycee ihn mit einem Summer geschockt hätte.

»Entschuldigung, was?«, fragte der Angestellte.

»315«, wiederholte Jaycee. »Es ist mein Zimmer, aber ich habe den Schlüssel verloren. Kann ich einen anderen bekommen?«

»Warten Sie.« Der Angestellte starrte Jaycee an. »Ähm.«

»Gibt es ein Problem?«, unterbrach Eve und trat neben Jaycee. »Wir brauchen nur den Schlüssel, damit sie reinkommen kann.«

»Richtig«, sagte der Angestellte. »Sehen Sie, es gibt ein Problem mit diesem Zimmer. Nämlich, äh, jemand ist letzte Nacht dort gestorben. Hab ich gehört.«

Es dauerte einen Moment, bis Jaycee es begriff. Der

Blutfleck. Aber sie hatte ihren Rucksack nicht. Den Computer.

»Die Polizei hat alles. Beweismittel, sagten sie.« Der Angestellte starrte die beiden an, als würde er Geister sehen. Was er in gewisser Weise auch tat. Jaycee hätte nicht überleben sollen, aber dank eines Geräts, das von irgendeinem Wesen erschaffen wurde, das sie nicht verstand, stand sie hier.

Eine Minute später standen Eve und Jaycee vor dem Hotel.

»Wo ist die Polizeistation?«, fragte Eve. »Wenn sie in der Nähe ist, könnten wir hingehen?«

»Ich weiß es nicht.« Jaycee hatte nicht einmal ihr Handy. Der ganze Plan basierte auf der stehenden Einladung, die sie hatte, jede Nacht bei Allie zu übernachten, eine Vereinbarung, die teilweise von Fade vorangetrieben wurde, angesichts seines unberechenbaren Zeitplans.

»Was sollten wir dann tun?«

»Du fragst mich?«

»Ich verstehe deinen Standpunkt, Jaycee.« Eve nahm ihr eigenes Handy heraus, griff wie immer nach hinten und zog es aus ihrem Rucksack. Klappte es auf und starrte einen Moment darauf. »Uns läuft die Zeit davon, bevor ich mich mit Thalia treffen muss.«

»Du könntest mich mitnehmen.«

»Ich könnte dich hier lassen, und du könntest einen anderen Weg zu deiner Freundin finden?«

»Ich habe kein Geld. Kein Handy. Ich kenne diese Gegend nicht, und ich glaube, der Angestellte da drinnen könnte in Ohnmacht fallen, wenn ich zurückgehe.«

»Ich kenne deinen Vater nicht gut, Jaycee, aber ich glaube, er wäre nicht überrascht, das von dir zu hören.« Eve legte eine Hand auf Jaycees Schulter. »Dann ist es beschlossen. Du kommst mit uns. Aber, und ich sage das nicht leichtfertig, du wirst tun, was wir sagen. Ohne Beschwerde, ohne Zögern. Denn in dem Moment, in dem wir dieses Hotel verlassen, hört das auf, ein Spiel zu sein.«

»Ich verstehe.« Jaycee hüpfte nicht zurück zu Eves Auto. Lachte nicht, jubelte nicht, und stieß auch nicht triumphierend die Faust in die Luft. Dies war, was sie gewollt hatte. Losziehen, um ihren Vater zu retten.

Warum fühlte sie sich dann so schlecht?

KAPITEL 13
EINE ABENDVERANSTALTUNG

SIE HATTEN eine Waffe auf ihn gerichtet, während Fade sich umzog. Ein weiterer Wächter half ihm in den Blazer, da Fades linke Schulter nicht mehr mitspielte. Das passiert eben, wenn man angeschossen wird. Man kann keine schicken Klamotten mehr anziehen.

Nachdem Lode die Tür eingerammt hatte, was eine unterhaltsame Show gewesen war, war er wieder in sein mürrisches Knurren verfallen. Der Cowboy hatte nicht einmal seinen Hut aufgesetzt. Er bewegte sich nicht, als sie Fade holten, was allerdings auch daran gelegen haben könnte, dass der Mann, der Fade beim Umziehen bewacht hatte, den Lauf in Lodes Richtung gehalten hatte, bis sie Fade aus dem Raum gebracht hatten.

Insgesamt betrachtet war es das schickste Outfit, das Fade je getragen hatte. Eine Jacke in der Farbe eines tiefen Ozeans, Hosen wie ein stürmischer Himmel, ein schneeweißes Hemd und Schuhe in der Farbe von trockenem Sand. Ein Outfit für alle Klimazonen. Der Wächter lachte nicht, als Fade den Witz machte.

»Du nimmst deinen Job zu ernst«, sagte Fade, als sie ihn

aus dem hinausführten, was wie ein Konferenzraum aussah, der hastig in eine Umkleidekabine umfunktioniert worden war.

»Du verstehst nicht, wo du bist«, antwortete der Mann. »Eine Menge Leute kommen, die dich kaufen wollen, einige wollen dich töten, und du versuchst, witzig zu sein?«

»Verlier dein Lachen und du bist tot, egal ob dein Herz noch schlägt, mein Freund.« Fade hätte fortfahren können. Hätte erklären können, dass sein Leben eine lange Kette von Leben-oder-Tod-Entscheidungen war, und wenn er keine schlechten Witze machen und über die Scheußlichkeit des Ganzen kichern würde, würde er nie lachen.

Sie nahmen Fade mit, ein Wächter auf jeder Seite hielt seine Arme fest und der dritte dahinter mit der Waffe, durch einen langen Flur zu einer zentralen Treppe. Sogar eine ziemlich schöne, wenn auch ein bisschen zu plastisch für Fades Geschmack. Die ganze Anordnung von Chrom und Silber auf den Stufen selbst schien übertrieben. Wie das Geheimversteck eines Schurken aus einem Spionagefilm der Sechziger. Die fließenden Moleküldiagramme, die den Schacht hinauf und hinunter liefen, waren jedoch hübsch. Und die Daten, die mit Unternehmenshighlights darauf gekritzelt waren, boten Fade einen Überblick über die Geschichte. Jemand hatte sich dabei Mühe gegeben.

Sie gingen nach unten und dann in einen großen kreisförmigen Raum mit niedriger Decke. Nach den Markierungen auf dem Boden zu urteilen, sah es aus wie ein überdachter Parkplatz. Rechts von ihrer Tür standen eine Reihe von Stühlen - die Art von Metallklappstühlen, die man benutzt, wenn man sicherstellen möchte, dass die Gäste nicht lange bleiben. Vor den aufgestellten Stühlen stand ein einzelner Stuhl. Alles für Fade.

»Ihr verkauft mich in einer Garage?«, sagte Fade zu dem Wächter.

»Wir hätten es lieber, wenn die Gäste nicht zu weit ins Innere kämen«, sagte eine Stimme, die definitiv nicht die des Wächters war, der Fade an den Stuhl fesselte. »Ich bin im Allgemeinen kein Fan von Leuten deines Schlags.«

Christopher Pline, der Drahtzieher persönlich, war aufgetaucht. Wie Fade trug der Milliardär ein Outfit, das eher zum feinen Speisen geeignet war als zum Versteigern eines Entführers.

»Wenn es dich beruhigt, wir sind im Allgemeinen auch keine Fans von Leuten deines Schlags«, konterte Fade. Pline zuckte nur mit den Schultern und begann dann, seine Menagerie auf ihre Plätze zu dirigieren.

Fade beobachtete, wie sie Stühle umstellten, ein paar Tische mit der Grundausstattung an Gebäck und Getränken aufbauten, wie man sie in einer Bar findet.

»Pline, du lädst all meine Freunde zu dir nach Hause ein«, sagte Fade, als er sah, wie das Essen hereingebracht wurde. »Das Mindeste, was du tun könntest, ist, ihnen eine gute Zeit zu bereiten. Sogar wir vom Abschaum veranstalten bessere Partys.«

»Ich interessiere mich nicht für deine Freunde. Auch nicht für dich.« Pline blieb jedoch in Fades Nähe. Überwachte seine Diener. »Wenn Lode das tun würde, was wir brauchen, wäre ich glücklich, dich jetzt einfach auf die Straße zu werfen und auf diesen ganzen Unsinn zu verzichten.«

»Was ist mit deiner Tochter? Keine Rache?«

Pline sah auf Fade herab. Sowohl in dem Sinne, dass er in diesem Moment größer war als Fade, als auch, so empfand es Fade, als sei Fade so weit unter Plines Radar, dass die Tatsache, dass sie miteinander sprachen, ihn ärgerte.

»Hättest du mich das gestern gefragt, hätte ich dir vielleicht zugestimmt. Hätte vielleicht diese ganze Charade ignoriert, um dich stattdessen in die Hügel zu bringen und selbst eine Kugel in dich zu jagen. Aber im Moment bist du ein Mittel zum Zweck. Das ist alles, was mich interessiert.«

»Veronica muss es lieben, das zu hören.«

»Sie versteht das.« Pline wich nicht aus. Die Worte klangen nicht frustriert. Nein, Christopher Pline glaubte, dass seine Tochter die Welt genauso kalt sah wie er.

Fade war nicht sicher, ob Pline falsch lag.

Ein Wächter kam herüber und flüsterte kurz in Plines Ohr, und sein Entführer hockte sich neben Fade.

»Es scheint, dass unsere ersten Gäste bald eintreffen werden. Nur damit du Bescheid weißt: Wenn Lode meinen Mitarbeitern die Verwendung der Abzeichen erklärt, wirst du ihm übergeben, damit er mit dir machen kann, was er will. Wenn Lode dies innerhalb der nächsten zwei Stunden nicht tut, werde ich das höchste Angebot annehmen, und das war's dann. Ich hoffe, deine Freunde haben dicke Brieftaschen.« Pline richtete sich auf und machte Anstalten, wegzugehen.

»Wenn ich du wäre?«, sagte Fade zu seinem Rücken. »Wenn ich die Person hätte, die meine Tochter von mir weggenommen hat? Würde es keine Auktion geben. Es gäbe keine Spielchen.«

»Und dieser Mangel an Weitsicht, Fade«, sagte Pline und drehte seinen Kopf halb zu seinem Gefangenen zurück, »ist der Grund, warum du auf diesem Stuhl sitzt und ich hier bin.«

Fade beobachtete, wie der Milliardär die Garage verließ. Dann fragte er einen Wächter nach Kaffee.

Der Wächter sagte nein.

Für diese Sache würde es kein Scharfschützengewehr geben. Thalia starrte auf das Anwesen, während die Dämmerung durch das Tal zog. Eine kurze Schlange von Autos fuhr vor ihr, dirigiert von Männern und Frauen in Anzügen, die alle denselben leblosen Blick teilten. Sie hatte in ihrer Zeit genug Partys gecrasht, und Thalia erinnerte sich, dass die meisten Belegschaften zumindest einen Anschein von Vitalität hatten. Die machten Witze untereinander, lächelten, wenn sie ihr Auto parkten oder später eine Spritztour damit machten. Diese hier waren versteinert.

Sie waren Profis.

»Jaycee«, sagte Thalia, als Eve sie die Auffahrt hinauffuhr. »Wenn wir aus dem Auto steigen, möchte ich, dass du bei mir bleibst. Und zwar direkt an meiner Seite. Wenn jemand fragt, bist du meine Assistentin. Verstanden?«

»Deine Assistentin. Verstanden.«

Eve blieb still. Ihre Aufgabe war die schwierigste, aber gleichzeitig auch unkompliziert. Die Abzeichen finden. Wenn möglich Lode finden. Beide aus dem Gelände herausholen. Als sie die Aufgaben verteilt hatten, hatte Thalia argumentiert, sie könnte die Detektivarbeit übernehmen.

»Ich schätze deinen Enthusiasmus, Thalia«, hatte Eve erwidert. »Aber ich mache das schon lange. Ich bin in Nazi-Hochburgen, Kreml-Paläste und amerikanische Botschaften ein- und ausgeschlichen. Ich schaffe das.«

Danach hatte Thalia nicht mehr widersprochen.

Sie parkten den SUV an einem abfallenden Hang. Zermalmten kleines Gestrüpp unter den Reifen. Kein Parkplatz. Und es standen nicht viele Autos hier. Vielleicht ein Dutzend bisher. Also nicht Christopher Plines bevorzugter

Veranstaltungsort. Thalia bemerkte, dass Jaycee den ersten Schritt richtig machte – beim Kommen oder Gehen immer Thalia den Vortritt lassen. Der ganze Abend würde ein Tanz mit dem Mädchen sein, also hoffentlich hatte Jaycee etwas von Fades Talent übernommen.

»Sie ist schon weg«, flüsterte Jaycee, als sie um den SUV herumkam. Thalia folgte Jaycees Blick. Der Fahrersitz war leer. Von Eve keine Spur zu sehen.

»Was bedeutet, dass wir sie nicht erwähnen, bis das hier vorbei ist, richtig?«

»Richtig.«

Thalia übernahm die Führung. Da Jaycee mitkommen sollte, hatten sie in einem Geschäft anhalten müssen, um ihr ein Outfit zu besorgen, das für die Veranstaltung geeignet war. Ihr blutbeflecktes Hemd, versteckt unter Eves Jacke, würde nicht durchgehen. Auch keine Kleider. Figurbetont, keine Taschen? Keine gute Wahl. Also trug Thalia einen Pullover für die kühle Nacht und eine Stoffhose. Jaycee hatte eine leichte Jacke über einer Bluse. Reichlich Platz, um die Dinge unterzubringen, die sie später brauchen würden.

Das Inventar lief in ihrem Kopf ab. Standard für sie, wenn ein Job begann. Was nützte es, ein Werkzeug zu haben, wenn man vergaß, dass es da war?

Keine Waffen, nicht bei der strengen Sicherheitskontrolle. Im Futter ihres Hosenbunds steckte ein zehn Zentimeter langes Messer. In ihrer Tasche lag ein kleines Kabel, mit dem sie ihr Handy an einen Computer anschließen konnte, um eines der Dutzend Programme, die sie dabei hatte, Passwörter mit Brute-Force-Versuchen knacken zu lassen.

Das war alles. Jaycee hatte ihr Handy und ein zweites Messer. Nur für Notfälle.

»Warst du schon mal bei so etwas?«, fragte Jaycee, als sie auf den hohen, gerundeten Teil des Gebäudes zugingen. Sicherheitspersonal dirigierte sie mit beleuchteten Stäben. Wie Flughafenpersonal.

»In diesem Geschäft wirst du entweder freigekauft, getötet oder der Polizei übergeben, wenn du gefasst wirst.« Thalia analysierte, was sie vom Gelände sehen konnte, während sie gingen. Drei Stockwerke, breit und lang. Nicht mit dem Flair eines Hauptcampus oder dem Komfort eines Hauses gestaltet. Ein Klotz von einem Gebäude, wirklich. Nicht hässlich in dem Sinne, dass ein Ziegelstein nicht hässlich ist – nur funktional. »Diese Leute zusammenzubringen lädt nur zu Problemen ein.«

»Weil sie sich alle gegenseitig hassen?«

»Einige von ihnen, wahrscheinlich.« Es wäre so viel schöner gewesen, sich auf einem der Hügel mit Blick auf diesen Ort zu positionieren. Das Ganze durch ein Zielfernrohr zu beobachten. Es gibt einen Grund, warum Fade die meisten Nahkampfeinsätze übernimmt. »Aber die Sache ist, die Leute hassen deinen Vater nicht. Er wird respektiert.«

»Wirklich?«

»Klingt nicht so überrascht. Er macht gute Arbeit.«

»Wie Veronica zu entführen?«

Thalia wollte stehen bleiben, aber sie konnte nicht. Vor und hinter ihnen waren Menschen. Menschen, die es bemerken würden, wenn sie den langsamen Strom zum Gelände unterbrechen würden.

»Du darfst diesen Namen nicht aussprechen«, Thalia hätte Jaycee hinzufügen wollen, tat es aber nicht. Namen waren Risiken. Man wusste nie, was einen verraten konnte.

»Entschuldigung.« Jaycee schaute sich um. Thalia schloss für eine Sekunde die Augen, holte tief Luft.

»Mach dich nicht auffällig. Sei entspannt. Normal. Ich weiß, das ist schwer, aber du musst es versuchen.«

Sie sah, wie Jaycee sich versteifte, weiterging. Immerhin hörte sie zu. Thalia hatte jahrelang Fades Klagen über ein Kind gehört. Sie selbst wollte nie welche, und Fades Erfahrungen machten ihr die Idee nicht schmackhafter. Trotzdem, irgendjemand musste sie bekommen, und sie würde alles tun, um Jaycee heil durch diese Sache zu bringen.

Sie gingen durch eine breite Tür in das, was wie der eigentliche Parkplatz des Geländes aussah. Eine Reihe weißer SUVs nahm die linke Seite ein. Vertraute Fahrzeuge. Das beantwortete wohl die Frage, wer sie überfahren hatte. Vor Thalia, über mehrere Parkplätze verteilt, standen Stuhlreihen. An deren Kopfende saß Fade, gelangweilt und müde aussehend, mit einem dicken Verband über seiner linken Schulter.

»Schau ihn nicht an«, sagte Thalia schnell. »Im Moment ist er nicht dein Vater. Er ist niemand für dich. Er ist kaum jemand für mich.«

Jaycee blieb still, aber Thalia bemerkte, dass das Mädchen immer noch ihren Vater anstarrte. Sie ging zwar weiter, aber mit Augen, die so fest auf ihren Vater gerichtet waren, dass jeder, der den Blick bemerkte, sich wundern würde. Also verließ Thalia die Reihe, legte ihre Hand auf Jaycees Schulter und trat von der Menschenmenge weg.

»Jaycee, hör mir zu.« Thalia verlieh den Worten eine Schärfe. Leise, aber dringend. Jaycee sah ihr in die Augen, und Thalia konnte sehen, dass bereits eine Träne aus dem rechten Auge des Mädchens zu tropfen begann. Das würde nicht funktionieren. Sie hob ihre Handtasche, öffnete sie und nahm einen Make-up-Pinsel heraus. Sie tupfte unter Jaycees Auge und wischte die Träne mit der Fingerspitze weg.

»Gibt es ein Problem?« Eine strenge Stimme. Sicherheitsdienst.

Thalia drehte sich um und setzte ein Lächeln auf. Hielt den Pinsel hoch. »Nur eine schnelle Korrektur. Mehr nicht.«

»Warten Sie bitte, bis Sie durch die Kontrolle sind«, sagte der Mann und deutete auf eine Reihe von Wachleuten, die bei allen Eintretenden gründliche Durchsuchungen durchführten. Behälter wurden mit allerlei Waffen gefüllt. Für ihre Besitzer markiert und beiseite geschoben. Thalia hatte vermutet, dass so etwas hier sein würde. Gut, dass sie kein größeres Arsenal mitgebracht hatte.

»Nochmal Entschuldigung«, flüsterte Jaycee, als der Wachmann wegging und sie wieder in den Strom eintraten. »Ich dachte wirklich, er wäre schon tot.«

»Ist schon gut, aber du musst dich konzentrieren.« Thalia wollte freundlicher sein. Sanfter. Mehr noch wollte sie aber am Leben bleiben.

Die Abzeichen waren klein in ihren Händen. Kühl. Sie fühlten sich an wie Edelsteine, sahen aus wie eine dunklere Version von Jade; alles Wirbel aus Grün und Grau. Ovale, eingefasst in schmuckloses Gold und an einer dünnen goldenen Kette befestigt. Für etwas, das eine Person in eine völlig andere Welt bringen konnte, wirkten sie zu zerbrechlich.

Veronica hielt sie hoch, wie ein Spielshow-Model, als ihr Vater sie in den Raum führte. Ohne Fade darin wirkte Lode, der auf dem Stuhl saß, klein. Allein in einem Raum, der zu groß für den Cowboy war. Besonders da sein Hut noch in der Ecke lag.

»Du hast dich beruhigt, nehme ich an?«, sagte Christopher, als sie hereinkamen. Hinter Veronica folgte ein Wächter. Ein weiterer von Zero Points Söldnern. Allerdings ohne

Waffe. Nur ein Taser und ein Schlagstock, bereit, Lode bewusstlos zu schlagen, falls er sich wieder so widerspenstig zeigen sollte wie zuvor.

»Beruhigt?« Lode hob seinen Kopf, um Christopher anzusehen. »Es gibt nichts zu beruhigen. Ich habe nur versucht, Ihrer Tochter eine Lektion zu erteilen. Es ist respektlos, einem Mann seinen Hut wegzunehmen.«

»Ehrlich gesagt, Lode, ist es mir egal, was du respektvoll findest und was nicht.« Christopher stand direkt vor dem Cowboy. Veronica überlegte, ob sie etwas sagen sollte, ihren Vater warnen, dass Lode schnell zu Fuß war. Aber sie hielt sich zurück. Schaute zu, was passieren würde. »Wir sind hier, um die Sache zu erledigen, nicht um über verletzte Gefühle zu reden.«

»Da liegst du falsch«, antwortete Lode. »Wenn du etwas von einem Mann willst, hast du zwei Möglichkeiten. Freundlichkeit oder Angst. Und du machst mir keine Angst.«

»Das muss ich auch nicht.« Christopher zog sein Handy aus der Tasche. Schaltete es ein und hielt den Bildschirm vor Lodes Gesicht. Veronica wusste, was darauf zu sehen war. Der direkte Feed aus der Garage, wo sich die Leute versammeln würden, die auf Fades Leben bieten wollten. »In zwanzig Minuten wird der Mann, den du brauchst, verkauft. Wenn diese Abzeichen nicht vor dieser Zeit für uns arbeiten, wird er nicht zu dir kommen.«

»Hast du mit deiner Tochter gesprochen, du dummer Mann?« sagte Lode. »Hast du sie gefragt, wohin sie dich bringen werden?«

»Ja. Dein Hain. Ein Ort jenseits der Zeit, oder so ähnlich. Ein Ort voller Möglichkeiten, Lode. Also bring mich dorthin.«

»Hol mir meinen Hut.«

Christopher nickte dem Wächter zu, der in die Ecke ging, den Hut holte und ihn auf Lodes Kopf setzte. Der Wächter ging zurück in Veronicas Nähe.

»Er sitzt nicht richtig«, sagte der Cowboy. »Richte ihn.«

Christopher verdrehte die Augen und wandte sich wieder dem Wächter zu.

»Nicht er. Sie.«

Christopher zögerte. Dann streckte er die Hände aus. »Gib mir die Abzeichen, Veronica, und kümmere dich um den Hut des Mannes.«

Veronica übergab die Juwelen. Ging zu Lode, kniete sich hin und packte die breite Krempe des Huts. Sie zog ihn über Lodes Kopf, spürte, wie er sich setzte.

»Es gibt zwei Möglichkeiten, die Abzeichen zu benutzen«, sagte Lode, als Veronica aufstand. »Die erste ist keine Verwendung. Du musst ich sein. Die zweite allerdings. Die zweite ist einfach.«

»Dann sag es mir, und Fade wird dir gehören«, sagte Christopher.

»Du brauchst nur eins.« Lode nickte auf die beiden Abzeichen in Christophers Händen. Ihr Vater gab eines an Veronica zurück. »Jetzt, halt es fest.«

»Vater«, begann Veronica, aber sie verstummte, als Lode plötzlich vom Stuhl aufsprang. Auf ihren Vater zuraste. Der Wächter bewegte sich langsam. Christopher fiel zurück, wäre direkt in seinen eigenen Mann gelaufen, aber während Veronica zusah, verschwand ihr Vater einfach. Löste sich aus der Existenz.

Der Wächter dahinter erstarrte. Lode nutzte den Vorteil. Stürmte durch den Raum, wo Christopher Pline gestanden hatte, und rammte den Wächter, drückte den Mann hart gegen die Wand. Zero Points Bester ließ den Schlagstock fallen und brach auf dem Boden zusammen, der Kopf rollte zur Seite. Lode, mit dem an seinen Rücken gebundenen Stuhl und in einem seltsamen Winkel stehend, setzte ihn auf den Boden. Die Stuhlbeine quietschten, als sie auf die Metallplatten trafen.

»Wie wäre es, wenn du kommst und mich losmachst?«, sagte Lode zu Veronica. Sie zählte schnell durch. Die anderen Wächter waren alle oben, überwachten die Gruppe zwielichtiger Gestalten, die gekommen waren, um Fades Kopfgeld einzustreichen. Lode selbst stand neben der Tür. Er würde sie wahrscheinlich schlagen, wenn sie versuchte, dorthin zu gelangen.

»Was hast du vor?«, fragte Veronica. Sie bewegte sich nicht. Genug Raum zwischen ihr und dem Cowboy. Wenn er auf sie zulaufen würde, könnte sie zur Seite ausweichen. Ihre Knie waren leicht gebeugt. Bereit zu rennen.

»Von hier verschwinden. Den Mann finden, den ich töten muss, und damit fertig werden.«

»Und was ist mit meinem Vater?«

»Du weißt, wo er ist.«

»Wenn ich dich gehen lasse, holst du ihn zurück?«

Lode sah zu ihr herüber. »Bietest du mir einen Deal an?«

»Deine Freiheit für meinen Vater.« Veronica zwang Stahl in ihre Stimme. Dies war nicht die Zeit zum Zittern. Dies war nicht die Zeit, Angst zu haben.

»Abgemacht. Jetzt mach mich los.«

Veronica steckte das Abzeichen in die Tasche ihrer Jeans und machte sich dann daran, Lode vom Stuhl zu befreien. Zuerst seine Beine, dann seine Arme. Sobald der Cowboy frei war, stand er langsam auf. Massierte seine Handgelenke.

»Ich wurde schon oft gefesselt. Aber es wird nie leichter.« Lode drehte sich um, griff nach dem Stuhl, als Veronica zurücktrat. Hob ihn hoch und warf ihn gegen die Wand. Die Metallbeine schlugen auf, und der Stuhl fiel klappernd zu Boden, unbeschädigt. »Früher, da zerbrach ein Stuhl, wenn man ihn warf. Viel befriedigender.«

Dann wandte sich der Cowboy zu Veronica und schenkte ihr ein zahniges Lächeln. »Jetzt, du kennst das schon. Bring mich zu meinen Waffen, Liebes.«

Vor Fade saß ein Mann, der für den Großteil des südamerikanischen Drogenhandels in die Stadt verantwortlich war. Alexy Navarro, flankiert von einem Paar Schläger, alle in Anzügen vom tiefsten Schwarz, zwinkerte ihm zu.

»Behandeln sie dich gut?«, fragte Navarro. Hinter ihm nahmen andere weiterhin ihre Plätze ein, griffen nach Getränken und Häppchen. Für ein Treffen hochkarätiger Krimineller war dieses bisher recht unspektakulär. Vielleicht wegen der Unmenge an Zero-Point-Wächtern, die in der Parkgarage verteilt waren, viele mit sehr auffälligen Gewehren in ihren Händen.

»Es ist ein Spaß nach dem anderen«, antwortete Fade. Lehnte sich im Stuhl zurück. Theoretisch würden sie jeden Moment anfangen, ihn zu versteigern. Bei welchem Preis würden sie starten? Hoffentlich bei mindestens zehntausend. Fade war doch so viel wert, oder?

»Du weißt, dass ich versuchen werde, dich zu kaufen?«, fuhr Navarro fort. »Aber ich werde den Preis gegen zukünftige Aufträge anrechnen.«

»Du bist so großzügig.«

»Die meisten Leute hier wollen dasselbe.« Navarro lachte. »Du hast es geschafft, uns alle zusammenzubringen, Fade. Wir wollen dich retten, damit du uns helfen kannst, uns gegenseitig zu verletzen.«

»Ich fühle mich geehrt.« Fade fing die Blicke weiterer Gruppen ein. Nicht alle waren kriminelle Unternehmen.

Nicht im strengen Sinne. Alle hatten Fade irgendwann einmal angeheuert. Oder waren Ziele gewesen. Er sah einen der Herren aus dem Restaurant vor ein paar Tagen, immer noch mit einem blauen Fleck im Gesicht. Ob er bieten würde, um zu helfen oder zu schaden, war Fade nicht sicher.

Seine neuen Klienten waren oft die Opfer seiner alten.

Auf der Seite redeten ein paar Wächter miteinander. In gedämpftem Ton. Fade konnte die Worte nicht hören, aber die Dringlichkeit. Er drehte sich gegen die Fesseln, schaffte es, seinen Kopf weit genug zu drehen, sodass sie bemerkten, dass er in ihre Richtung schaute.

»Was ist los? Den Gastgeber verloren?«, fragte Fade.

»Wir lassen uns Zeit«, schoss der Wächter zurück. »Solltest du nicht beten oder so?«

»Sie werden bereits erhört, da bin ich sicher.« Die Wächter entfernten sich, also wandte sich Fade wieder der Menge zu.

Und sah Jaycee.

Nein.

Doch.

Definitiv sie. Diese Augen, die ihn mit der gleichen weitäugigen Sorge ansahen, die er seit sechzehn Jahren kannte. Neben ihr... war das Thalia? Die lebendig und gesund aussah? Fade wollte schreien, die Fragen hinausrufen. Wollte, dass sie heranlaufen und ihn retten. Dass die drei von hier wegfliegen und nie wieder die Worte »Raker«, »Gärtner« oder »Christopher Pline« hören.

Stattdessen zwang er seinen Blick weg. Bemerkte eine neue Frau, die zum Podium kam. Gekleidet in die gleiche Uniform wie die Zero-Point-Wächter, wenn auch etwas eleganter.

»Meine Damen und Herren«, begann die Frau, und die

Augen von fünfzig der gefährlichsten Personen dieser Stadt richteten sich auf sie. »Ich entschuldige mich für die Verzögerung. Bei Herrn Pline ist ein Konflikt aufgetreten, weshalb er heute Abend nicht hier sein wird. Dennoch sind wir bereit, mit dem Bietprozess zu beginnen.«

Die Frau deutete auf Fade. »Wie Sie wissen, ist das heutige Angebot Faden Vance, ein Mann, mit dem viele von Ihnen während seiner Tätigkeit in unserer Stadt in Kontakt gekommen sind. In dieser Zeit hat er sich viele Feinde gemacht und kürzlich versucht, Herrn Plines einzige Tochter zu entführen –«

»Das ist mir tatsächlich gelungen«, verkündete Fade, was einige Lacher hervorrief. »Ich habe sie direkt aus ihrem Haus geholt. Habe sie sicher und wohlbehalten dorthin gebracht, wo sie hinmusste.«

Ein Wachmann trat hinter Fade und drückte ihm eine Elektroschockpistole in den Nacken. Die Metallspitzen bohrten sich in seine Haut. »Wenn du noch einmal redest, schalte ich das Ding ein«, murmelte der Wachmann.

Zu Fades Enttäuschung erhob sich die Menge nicht wie ein Mann, um ihn zu retten. Offenbar war Kundentreue überbewertet.

»Wie ich sagte«, begann die Frau erneut. »Ihnen allen wurden Bieterkellen ausgegeben. Bitte heben Sie diese, um die Annahme eines Gebots anzuzeigen. Der Gewinner erhält Faden Vance in seinem gegenwärtigen Zustand, ohne Bedingungen. Wir beginnen die Versteigerung bei fünfzigtausend Dollar.«

Fünfzigtausend? Das war gar nicht so schlecht. Fade versuchte, seinen Hals von der Waffe wegzudrehen, aber der Wachmann hielt sie dicht dran. Also richtete Fade stattdessen seinen Blick auf die Bieter. Beobachtete, wie die Kellen sich hoben und senkten, während die Zahl stieg.

Einhunderttausend. Einhundertfünfzigtausend. Die Frage war, boten diese Leute, um Fade im Geschäft zu halten oder um ihn für immer auszuschalten?

Er sah, wie Thalia ihre Kelle hob. Zweihunderttausend. Unmöglich, dass sie so viel Geld hatte. Unmöglich.

Der Mann aus dem Restaurant hob seine eigene. Zweihundertfünfzigtausend.

Thalia antwortete entsprechend. Dreihunderttausend.

Jetzt Zögern. Fade wusste, dass einige dieser Leute mehrfache Millionäre waren. Sie konnten sich ihn leisten, wenn sie wollten.

Wenn.

Die Frau zeigte auf Thalia. »Dreihunderttausend Dollar, meine Herrschaften. Ihre letzte Chance bei dieser einmaligen Gelegenheit!«

Fade wartete. Beobachtete, wie die Leute in der Menge sich umdrehten, um Thalia anzuschauen. Die meisten würden wissen, dass sie Fades Partnerin war. Vielleicht war das der Grund, warum sie ihre Kellen unten hielten. Solidarität. Es wäre süß gewesen, außer dass Fade wusste, dass Thalia nicht so viel zahlen konnte, und sie waren von einer ganzen Menge Waffen umgeben.

»Dann geht der Gewinn der heutigen Auktion für ein Gebot von dreihunderttausend an...«, die Frau blickte auf ihr Papier. »Thalia Blum!«

Vereinzeltes Klatschen, und die Leute standen auf. Machten sich bereit zu gehen. Thalia und Jaycee waren in einem Gang und bewegten sich auf ihn zu, als Fade sah, wie der Mann aus dem Restaurant, derjenige, den er vor Tagen bewusstlos geschlagen hatte, vor die Menge trat. Er bewegte sich auf Fade zu mit einem Blick, den Fade schon früher gesehen hatte. Ein feuriges Funkeln in der Iris, ein Glühen von rasendem Versagen. Er hatte nicht bekommen, was er wollte, und jetzt würde er es mit allen Mitteln bekommen.

»Wirst du ihn aufhalten?«, sagte Fade zu dem Wachmann, der ihm immer noch die Elektroschockpistole an den Hals hielt.

»Überlege, ob es sich lohnt.« Aber der Wachmann zog die Waffe weg und hatte sich einen Moment später vor Fade gestellt. »Zurück, mein Herr. Die Auktion ist vorbei und Sie haben nicht gewonnen.«

»Noch nicht«, antwortete der Restaurantmann und schlug zu, trat dem Wachmann in den Bauch. Fade sah den roten Sprühnebel. Ein Stiefelmesser. Der Wachmann taumelte zurück und rief um Hilfe.

Aber niemand bemerkte es, weil eine Reihe von Knallen von der anderen Seite der Garage ertönte. Schüsse, viele davon. Ein großer Lastwagen fuhr rückwärts gegen den Ausgang. Seine Ladetür schoss hoch, und als Fade starrte, begannen bewaffnete Männer und Frauen herauszuströmen. Sie feuerten auf jeden. Der Typ aus dem Restaurant tauchte zurück zwischen die Stühle und suchte Deckung.

Fade erkannte die Leute, die aus dem Lkw strömten. Die Uniformen.

Thalias Onkel hatte eine Party gestartet.

KAPITEL 14

VORBILDER

JAYCEE DUCKTE sich inmitten einer Feuerwerksshow. So klang es zumindest auf dem harten Beton. Schüsse explodierten überall um sie herum, prasselten in Kaskaden nieder. Thalia stürzte neben sie und zog Jaycee zu Boden.

»Nicht aufstehen. Wenn du dich bewegen musst, dann kriech.« Jaycee konnte hören, dass Thalia die Worte schrie, aber sie kamen kaum bei ihr an. Die Garagenwände warfen das Geräusch zurück und überdeckten fast jeden anderen Sinn. Sogar die Angst.

Für einen Moment verstand Jaycee nicht. Warum war sie nicht vor Angst erstarrt? Warum geriet sie nicht in Panik?

Sie waren nicht hinter ihr her. Niemand war es. Dies war ein zufälliges, tödliches Chaos. Ob sie lebte oder starb, lag allein an ihr. Das katapultierte sie in den Moment und hielt sie dort fest.

Jaycee kroch vorwärts. Sie schob sich zwischen den Stühlen und um Menschen herum; dumme Menschen, die immer noch standen. Einige von ihnen, Leibwächter oder einfach Leute mit mehr Tricks im Ärmel, hatten eigene

Waffen aus nicht durchsuchten Verstecken gezogen und erwiderten das Feuer. Oder schossen auf andere Leute, soweit Jaycee das beurteilen konnte.

Was sie wusste, war, dass Fade noch dort vorne war. An der Vorderseite des Raumes. Wo jeder mit flüchtigem Interesse aufstehen und ihn erschießen konnte.

Thalia verschwand hinter ihr. Verloren im Gedränge. Das Schreien und Stampfen der Füße, der von Kugeln getroffenen Körper. Jaycees Hand landete in einer Pfütze; rot und klebrig. Sie dachte nicht darüber nach. Bewegte sich weiter.

Nur Saft. Mehr nicht.

Dann ein Gesicht. Ein Körper. Der vor ihr in den Gang fiel. Seine Augen weit aufgerissen, aber Jaycee sah, wie sie ihren Blick erhaschten. Sah, wie sie sich verengten, sein Mund sich bewegte. Seine Hand streckte sich nach ihr aus. Sie hielt inne. Zuckte vor dieser Hand zurück, bis die Augen des Mannes nach oben rollten und der Arm erschlaffte. Jaycees Verstand wäre fast mit diesen Augen gegangen. Hätte sie fast verlassen und sie in stammelnder Panik zurückgelassen.

Abgesehen von einer Sache. Eine Sache, an der sie festhielt, genauso wie damals in ihrem Haus, als die Kugeln durch das Fenster kamen.

Es gab einen Moment, kurz bevor sie an ihrem allerersten Schultag das Haus verlassen wollte, als sie in Panik geraten war. Sie wollte nicht in den Bus steigen. All diese neuen, fremden Kinder. Die nur darauf warteten, sich über sie lustig zu machen, dessen war sie sich sicher. Ihre Mutter war nicht da gewesen. Ihr Vater auch weg – der Bus war zu spät, und Fade hatte ein Meeting. So sagte er jedenfalls.

Die Busfahrerin war aus dem Führerhaus gestiegen. Hatte sich neben Jaycee auf den Gehweg gehockt. Sie hatte die Fahrerin angesehen, eine Dame mit grauem Wuschelkopf, und war zurückgewichen.

»Weißt du, was in diesem Bus sitzt?«, hatte die Dame gesagt. Jaycee hatte den Kopf geschüttelt. »Ein Haufen kleiner Albträume. Wette, du hast Angst vor ihnen, stimmt's?«

Jaycee nickte.

»Warum? Du bist auch einer von ihnen.« Die Busfahrerin stand auf. Zündete sich eine Zigarette an, eine, die, wie Jaycee bemerkte, bereits zur Hälfte abgebrannt war. »Jetzt steig in den Bus.«

Sie mochten gefährlich sein, aber das war sie auch.

Jaycee bewegte sich weiter, berührte diese unheimlichen offenen Augen nicht. Hinter dem Körper befand sich die letzte Stuhlreihe und dahinter ihr Vater. Jaycee konnte ihn jetzt sehen, wie er an den Fesseln arbeitete. Er hatte den Stuhl auf die Seite gekippt und sich so ein kleineres Profil verschafft. Immer am Denken. In wie vielen solcher Kämpfe war ihr Vater schon gewesen, dass er das wusste? Dass er es instinktiv tat?

Nicht zum ersten Mal in letzter Zeit fragte sich Jaycee, ob sie Fade überhaupt kannte.

»Dad!«, rief Jaycee, als sie die letzte Stuhlreihe passierte. »Ich bin fast da!«

Fade blickte bei ihrer Stimme auf, aber statt Erleichterung sah Jaycee nur Angst in seinen Augen.

»Jaycee! Bleib zurück!« Ihr Vater blickte an ihr vorbei, und Jaycee drehte sich um. Auf sie zu torkelte, entlang der vordersten Stuhlreihe, ein Mann, der aussah, als ob seine Nase vor kurzem gebrochen worden wäre. Nach dem roten Gesicht und dem Schuh mit dem großen Messer, das herausragte, zu urteilen, war es ihm egal.

Jaycee drängte sich in Richtung Fade. In den offenen

Raum. Gewehrfeuer rasselte über ihrem Kopf. Kugeln trafen die Wand und brachen Splitter heraus. Staub überzog die Luft. Noch ein paar Minuten so weiter, und die Leute würden blind durch einen Nebel aus zerbröckeltem Stein schießen. Sie spürte, wie eine Hand ihr Bein packte, und Jaycee wirbelte herum. Der Mann starrte sie an, das Stiefel-Messer erhoben.

»Seine Tochter?«, sagte der Mann. »Du bist hier?«

Jaycee wusste nicht, was sie sagen sollte.

»Lass sie verdammt noch mal in Ruhe!«, schrie Fade hinter ihr. »Sie hat dir nichts getan!«

»Nein, das hat sie nicht«, sagte der Mann. Jaycee hörte jedes Wort perfekt. Als ob alles andere außerhalb von ihnen hinter einem Paar Ohrstöpsel verschwunden wäre. Das Einzige, was sie sehen konnte, war dieser Typ mit seinem kaputten Gesicht und dem Messer in seiner Hand. »Das ist der Preis, den du zahlst, Fade. Du machst dir Feinde, denen es einfach egal ist.«

Er hob den Schuh in seiner rechten Hand, zerrte Jaycee mit seiner linken zu sich zurück.

Er war ein Albtraum. Aber das war sie auch.

Jaycee hob ihr Knie, zog es zu ihrem Bauch. Mit ihrem rechten Bein im Griff des Mannes, auf der Seite liegend, hatte sie nicht viele Optionen. Aber sie hatte eine gute. Sie trat nach vorne, direkt in die Kniescheibe des Mannes. Sein Bein knickte ein, als der Mann mit dem Messer zustach. Ohne das Bein als Gleichgewicht ging der Stich nach rechts, das Stiefel-Messer verbog sich am Boden und brach ab. Diesmal, als Jaycee trat, traf sie den Kopf des Mannes.

Er fiel zurück, sein Schädel knallte auf den Boden. Jaycee griff in ihren Hosenbund, zog das Messer heraus und beugte sich vor. Alles, was sie sehen konnte, war der Mann. Derjenige, der versucht hatte, sie zu töten. Alles, was noch zu tun blieb, während Schreie und Rufe und Schüsse die Luft um sie herum zerrissen, war, den Job zu Ende zu bringen.

»Jaycee!«

Sie hörte es. Gedämpft, in ihrem Hinterkopf. Ihre linke Hand auf dem Bein des Mannes. Noch eine Bewegung, und sie würde das Messer genau dort hineinrammen, wo er seins hatte platzieren wollen.

»Jaycee, hör auf!«

Sie zögerte. Aufhören? Ihr Messer war da. In ihrer Hand. Eine Bewegung, und er könnte ihr nie wieder wehtun.

»Komm zu mir zurück, Jaycee. Komm zurück!«

Jaycee sah zurück, sah das Gesicht ihres Vaters. Flehend. Er sagte ihr nein in einer mächtigeren Sprache, als Worte es je könnten.

»Ich komme, Papa, ich komme«, sagte Jaycee plötzlich. Sie ließ den Mann los, kletterte zurück zu ihrem Vater. Benutzte das Messer, um die Seile durchzuschneiden. Fade, in dem Moment, als er frei war, zog Jaycee in einer festen Umarmung zu Boden.

»Wir werden es schaffen, du und ich«, flüsterte Fade ihr zu. »Wir kommen hier gemeinsam raus.«

Veronica zögerte, als die Geräusche von Schüssen die Treppe hochkamen, aber Lode drängte sie weiter.

»Nichts, worum du dich kümmern müsstest«, sagte Lode. »Nur das Experiment deines verdammten Narren von Vater, das schiefgeht.«

»Klingt genau nach etwas, worum ich mich kümmern sollte.«

Jetzt war es Lode, der anhielt. »Veronica, Sie wirken auf mich wie ein kluges Mädchen. Jemand, der bereit ist, die

Welt so zu sehen, wie sie ist, und nicht, wie Sie sie gerne hätten.«

»Schwer, das nicht zu tun, wenn man ständig als Geisel genommen wird.«

»Das tun sie nur, weil Sie keine Macht haben.« Lode deutete die Treppe hinunter, in Richtung Garage und dem Geräusch von Schüssen. »Was glauben Sie, passiert, wenn Ihr Vater nicht zurückkommt?«

»Wenn er nicht zurückkommt?«

Lode verzog keine Miene. Machte keine Witze. Tat nichts, um Veronica von dem abzulenken, was er gerade gesagt hatte.

»Der Grove wirkte nicht gefährlich?«, fragte Veronica.

»Sie waren bei mir.« Lode ging wieder los. Jetzt war es Veronica, die ihm folgte. Versuchte, Schritt zu halten. »Bei den Rakers sind Sie sicher. Ohne sie, nicht so sehr.«

Sie waren wieder im Gang auf dem Weg zum Lagerraum. So menschenleer wie am frühen Morgen, als sie zuletzt hier durchgegangen waren.

»Sie sagen, Sie haben meinen Vater in den Tod geschickt?«

»Ich habe ihn nirgendwohin geschickt.« Lode hielt nicht an. »Er hat sich entschieden zu gehen.«

»Sie weichen der Frage aus.«

»Hängt alles davon ab, auf wen Ihr Daddy trifft. Das liegt nicht bei mir.«

Der Gärtner. Was würde ihr Vater tun, wenn er mit einer außerirdischen Kreatur konfrontiert wird, die Tausende von Jahren alt ist? Veronica wollte fast mit Lode auf der Stelle zum Grove springen, nur um es herauszufinden.

Der Lagerraum erwies sich als genauso leer wie der Flur. Zwischen anderen Behältern, Kisten und Büromaterialien, die in Regalen gestapelt waren, befand sich in einem sicheren Glaskasten das Paar Pistolen. Eine Reihe anderer Gegenstände teilten sich den Platz. Schlüsselkarten und dergleichen. Lode zögerte nicht. Ging direkt zum Glas, hob seinen Ellbogen und schlug ihn gegen die Dichtung. Es splitterte und beim zweiten Schlag zersprang es.

In einer Sekunde würde der Cowboy seine Waffen haben, und Veronica wäre hilflos.

»Greif nach diesen Pistolen und ich bringe dich um.« Die Worte kamen von hinter ihr. Eine Frau. Sie starrte Lode mit einem Blick an, von dem Veronica hoffte, dass er nie auf sie gerichtet sein würde. Eine frostige Mischung aus Verrat und Enttäuschung.

»Eve!« Lode hingegen sah begeistert aus. »Wurde auch Zeit, dass du auftauchst!«

Eve änderte ihren Gesichtsausdruck nicht. Veronica bemerkte jedoch, dass Eve ihre Hand nach vorne gezogen hatte. Sie hielt ein gedrungenes Ding, fast wie eine Spielzeugpistole. Veronica wich zurück gegen einen Tresen, die Behälter mit Vorräten streiften ihren Rücken. Flaschen bewegten sich. Ersatzglas für die Labore auf dieser Ebene.

»Du bist das neue Ziel, Lode. Weißt du das?« Eve trat einen Schritt in den Raum. Stellte sicher, dass Lode wusste, dass sie die Waffe hatte.

»Die Audience hat es mir gesagt.« Lode bemühte sich seinerseits nicht um die Pistolen. »Nicht meine Schuld, Eve. Ich schwöre. Ich habe nichts Falsches getan.«

»Du hast auf Jaycee geschossen.«

Das brachte Veronica aus dem Konzept. Das muss der Grund gewesen sein, warum Lode in jener Nacht mit leeren Händen zurückgekommen war.

»Sie hat zuerst versucht, auf mich zu schießen!«

»Sie ist ein junges Mädchen. Du hast sie bedroht.«

»Jetzt machen wir Ausreden für sie? Eve, wir sind Rakers. Wir können uns nicht darauf einlassen, uns um Menschen zu kümmern. Das ist nicht unser Job.«

»Was ist dann der Sinn?«, fragte Eve. »Gib auf, Lode.«

Was auch immer das Ziel dieser Frau war, sie war sicherlich keine Freundin. Veronica brauchte Lode, um ihren Vater zu finden, brauchte den Cowboy auf ihrer Seite. Sie griff hinter sich, schnappte sich ein großes Fläschchen und schleuderte es auf Eve. Es verfehlte sie nach oben, traf die Tür zu Eves Seite und zerschellte. Eve zuckte zusammen und bedeckte ihre Haare, als Glas auf sie herabregnete.

»Jetzt, Lode!«, schrie Veronica, aber der Cowboy bewegte sich bereits. Drehte sich mit der Pistole in der Hand um. Drückte einen Schuss ab. Eve fiel zurück, als der Cowboy den Abzug betätigte, und krabbelte zurück in den Flur.

»Warst schon immer schnell, Eve!«, rief Lode der Frau hinterher, während er sich seine andere Pistole aus dem Schrank schnappte. »Und wusstest auch immer, wann man wegrennen muss.«

»Verfolgst du sie nicht?«, fragte Veronica, als der Cowboy seine Holster zurechtrückte. Bei Veronicas Worten sah Lode zu ihr herüber.

»Weißt du, ich nehme keine Befehle von dir entgegen. Bleib ruhig, oder ich stopfe dir auch eins. Die Chancen stehen gut, dass du sowieso ein Ziel wirst.«

»Jeder in diesem Gebäude nimmt Befehle von mir entgegen«, konterte Veronica. »Wenn mein Vater nicht hier ist, gebe ich die Anweisungen. Ich lasse dich töten. Oder verhaften.«

Lode hob die Pistole, zielte auf Veronicas Gesicht. Kniff ein Auge zusammen. Angst brannte in ihr, aber Veronica drängte sie zurück. Angst vor dem Cowboy würde sie nirgendwohin bringen. Würde ihr nichts einbringen. Dann brach Lode in ein teuflisches Lächeln aus und senkte die Waffe.

»Deshalb mag ich dich, Veronica. Du stehst zu deinen Worten.« Dann drehte sich Lode um und verließ den Raum. Veronica wurde klar, dass sie atmen musste, und ließ alles raus. Die Angst, die Wut, die Verwirrung, all das ging mit der abgestandenen Luft aus ihren Lungen.

Sei wie ihr Vater. Sei wie Ellsworth.

Konzentriere dich.

Lode hatte ihren Vater mit einem der Ausweise weggeschickt. Wenn sie Christopher aus dem Grove holen wollte, brauchte sie Lodes anderen Ausweis.

Das war das neue Ziel.

Sie blickte hinüber zu dem zerschmetterten Kasten. Lode war bewaffnet, sie nicht. Veronica hatte ein Ziel. Sie brauchte eine Waffe.

Thalia kämpfte sich durch die Stühle auf die andere Seite der Garage. Jedem Menschen, den sie sah, wich sie aus. Weniger Chance, Kollateralschaden zu werden, weniger Chance, als Bedrohung angesehen zu werden. Sie wusste nicht, wohin Jaycee verschwunden war, und Fade, nun ja, zu ihm zu gehen würde nur ein Ziel auf beide malen. Sie fand einen SUV – einen dieser weißen, die Zero Point so sehr bevorzugte, und drückte ihren Rücken dagegen.

Sie wünschte sich wirklich, sie hätte eine Pistole. Das Messer in ihrem Hosenbund würde hier nicht viel ausrichten.

Thalia hatte jedoch ihr Handy. Sie zog es heraus und wählte die Nummer ihres Onkels. Hörte es klingeln. Dann, mit dem Geräusch von Schüssen, das durch die Lautsprecher drang, nahm ihr Onkel ab.

»Bist du noch am Leben, Thalia?«

»Deswegen rufe ich dich an! Wenn das so weitergeht, bin ich es vielleicht nicht mehr!« Thalia hielt Ausschau, aber die Menschenmassen waren zurück ins Gebäude geströmt, weg vom Lastwagen und dem Kugelhagel. Vorerst wurde die weit entfernte Seite der Garage, wo sie saß, ignoriert. »Du solltest nicht angreifen, wenn wir die Auktion gewinnen!«

»Konnte nicht anders, Thalia.« Ihr Onkel klang am Telefon fröhlich. »Die meisten meiner Konkurrenten an einem Ort? Ihre Waffen weggenommen? Diese Chance konnte ich mir nicht entgehen lassen.«

»Du mordest sie?«

»Mord impliziert, dass sie unschuldig sind, und du weißt, dass das nicht stimmt. Das ist die Sicherung eines Vorteils. Ein Anspruch wird geltend gemacht. Du solltest froh sein.«

Thalia lehnte sich hinter dem SUV hervor und schaute. Die Stuhlreihen waren in Unordnung. Überall lagen Leichen. Die Tische waren umgeworfen oder durch Gewehrfeuer zerfetzt worden, und Staub hatte die Luft erfüllt, aus zerschlagenen Wänden herausgesprengt. Eine Kriegszone.

»Warum sollte ich froh sein?«, schrie Thalia ins Telefon. »Du tötest alle unsere Kunden!«

»Das spielt keine Rolle mehr«, antwortete ihr Onkel. »Darüber musst du dir keine Sorgen mehr machen.«

»Du bist ein Monster.«

»Ich bin ein Geschäftsmann.« Ihr Onkel hielt inne. Sprach mit jemand anderem. »Tut mir leid, Thalia. Muss los. Die Dinge werden hier gerade interessant.«

Das Telefon klickte aus und Thalia sank gegen den SUV zurück. Zumindest flogen in der Garage keine Kugeln mehr. Jeder war entweder geflohen oder außer Gefecht gesetzt worden. Die Streitkräfte ihres Onkels kletterten in den Truck, dessen Motor das Gewehrfeuer durch ein Benzingrollen ersetzte. Das bedeutete, sie konnte auf die Suche nach Fade gehen.

Thalia kroch geduckt über den Beton. Zurück zu den Stühlen, unter der trüben Staubwolke. Ihre Nase brannte, ihre Lungen schmerzten. Sie atmete alle möglichen schrecklichen Dinge ein. Thalias Augen begannen zu tränen, als sich die Luft verdichtete, und sie blinzelte ständig. Bis eine Hand auf ihrem Rücken landete.

»Hey, Thalia. Warte mal.« Fade. Mit Jaycee, die hinter ihm kauerte. »Weißt du, was hier los ist?«

»Wir müssen hier raus, das ist los«, antwortete Thalia.

»Der Ausgang sieht etwas gefährlich aus.« Der Truck war weggefahren, aber draußen hallte noch vereinzeltes Gewehrfeuer. Dröhnen von schwereren Dingen. Flackernde Lichter deuteten darauf hin, dass etwas Feuer gefangen hatte. Wenn die Polizei noch nicht hier war, würde sie bald eintreffen.

»Dann nach drinnen«, sagte Thalia. »Folgt mir.«

Fade widersprach nicht und sie machten sich schnell auf den Weg, hielten ihre Köpfe unten, in Richtung des anderen Endes der Garage. Unterwegs passierten sie den Tisch, der mit Waffen der Teilnehmer beladen war. Thalia nutzte die Gelegenheit, um sich eine zu schnappen. Sie hielt Fade eine Handfeuerwaffe hin, der den Kopf schüttelte.

»Selbst jetzt? Mit deiner Tochter?«, sagte Thalia.

»Selbst jetzt.«

»Worüber redet ihr?«, fragte Jaycee sie.

»Mach dir keine Sorgen«, sagte Fade zu ihr. »Lass uns gehen, Thalia.«

Sie gingen durch die Tür in die unterste Ebene von Plines Komplex. Thalia hatte erwartet, mehr Menschen in Panik zu sehen, aber der Flur stand, abgesehen von einer Person, die um die ferne Ecke verschwand, leer. Hier musste es andere Ausgänge geben.

»Wo ist Eve?«, fragte Fade.

»Auf der Jagd nach Lode«, antwortete Thalia. »Ich dachte, wir lassen sie das unter sich ausmachen.«

Sie erreichten die zentrale Treppe. Von oben hörten sie den knallenden Schuss einer Pistole.

»Nur einer benutzt eine Waffe, die so klingt«, sagte Fade und blickte die Treppe hinauf. »Ich gehe nach oben. Thalia, bring Jaycee hier raus.«

»Ich kann stattdessen gehen. Sie ist deine Tochter.«

»Ich glaube, ich schaffe es allein«, wagte Jaycee zu sagen.

»Nein!«, sagten Thalia und Fade gleichzeitig und sahen sich dann an.

»Er hat auf Jaycee geschossen, Thalia. Das kann ich nicht verzeihen.«

»Du und deine Rache.« Thalia verdrehte die Augen. Dann wandte sie sich an Jaycee. »Komm. Finden wir den Ausgang, dann sagen wir deinem verrückten Vater, wie er dasselbe tun kann.«

Jaycee widersprach nicht, und die beiden ließen Fade am Fuße der Treppe zurück. Sie waren hergekommen, um ihn zu retten, und nun ließen sie ihn zurück.

Wann war die Welt nur so völlig wahnsinnig geworden?

Fade sprang die Stufen im Zweier-Takt hinauf. Um die Biegung der Treppe herum, eine sich windende, die eine... Helix darstellte? Fade hatte keine Zeit, diesen Eindruck zu bestätigen, da erreichte er den Treppenabsatz rechtzeitig, um zu sehen, wie Eve, mit ausgestrecktem Lightning Flash, einen Schuss in die Seite abbekam. Sie drehte sich zu Boden, die Wucht des Schusses verdrehte sie, als sie fiel. Der Lightning Flash flog aus ihrem Griff und sprang den Flur hinter ihr entlang.

Dann richtete Lode seine Pistolen auf Fade. Neigte den Kopf zur Seite.

»Sehe, du hast die Show überlebt«, sagte der Cowboy. »Scheint, ich bin ein Glückspilz. Bekomme meine Waffen und mein Ziel eines nach dem anderen.«

»Schön zu sehen, dass deine Gefühle sich nicht geändert haben«, erwiderte Fade. »Wäre schlimm, wenn ich dich nicht mehr hassen könnte.«

Der Cowboy grinste und drückte ab. Fade ging, sobald er Lodes Mundwinkel zucken sah, in die Hocke. Die Kugeln zischten über seinen Kopf hinweg, und Fade stieß sich ab, sprang nach vorne. Er fing seinen Sturz mit den Händen ab, sah, wie Lode die Pistolen senkte, und rollte sich. Fade zog seinen Körper ein, als er sich drehte, und streckte sich dann aus, als er aus der Rolle herauskam. Fades Füße rammten Lodes Beine, während die Pistolen erneut losgingen. Diesmal trafen sie den Boden um Fades Kopf herum und schleuderten Teile des Teppichs und des darunterliegenden Steins in sein Gesicht.

Fade ignorierte es. Augen auf das Ziel.

Der Cowboy, in Fades Beinen verheddert, versuchte, die Pistolen auf ihn zu richten. Fade jedoch bewegte sich weiter mit der Rolle, setzte sich auf und packte Lodes heiße Waffen mit seinen Händen. Er zuckte vor Schmerzen zusammen, aber ein bisschen Brennen war es wert, um zu überleben. Er schob die Läufe nach oben, und als Fade nahe genug an Lodes wütendes Knurren herankam, schlug er seine Stirn gegen Lodes Nase. Spürte, wie sie brach.

Lode kämpfte, und Fade spürte, wie die Läufe sich zu drehen begannen. Ein klarer Schuss und, Grove-Nanobots, die ihn zusammenflickten, hin oder her, Fade schätzte, er wäre tot. Also ließ er die Läufe los, ließ Lode überkorrigieren, und Fade zog sich weg. Lode, die Waffen jetzt auf die Stelle gerichtet, wo Fade gewesen war, riss sie nach rechts, den Flur hinunter, wohin Fade sich verschoben hatte. Das brachte beide Pistolen in eine günstige Linie.

Fade duckte sich und ging zu einem weiteren Tackle über, in der Erwartung, dass die Kugeln dort fliegen würden, wo sein Gesicht gewesen war. Wie vorher. Nur dass Lode nicht schoss. Fade hatte sich jedoch bereits festgelegt. Ging in einen geraden Uppercut. Lodes Pistole traf seinen Kopf wie ein Hammer. Kam direkt von oben herunter und schlug Fade zu Boden, sein Kopf drehte sich.

Fade sah, wie der Cowboy einen Schritt zurücktrat. Die Pistolen anhob. Fade stieß sich von seinen Armen ab und rollte nach links. Wieder hielt Lode jedoch sein Feuer zurück.

»Du bist ein glitschiger Kerl«, sagte der Cowboy, seine Stimme bekam durch die gebrochene Nase eine nasale Qualität. »Akzeptier es. Du bist erledigt. Mach's wie in den Filmen. Stirb wie ein Mann.«

»Wie ich?« Eves Stimme war schwach, leise, aber brannte mit einer Hitze, vor der Fade Angst gehabt hätte, wäre sie auf ihn gerichtet gewesen. Er drehte sich um, stand auf und sah, wie Eve Lode von hinten ein Bein stellte, indem sie ihr Bein durch das des Cowboys fegte. Ihr eigenes Outfit war rot gefärbt, und der Boden erzählte die dunkle Wahrheit ihrer Wunde.

Lode nahm den Sturz nicht leicht. Schlug hart auf

seinem Rücken auf. Versuchte sich umzudrehen, und Eve setzte einen weiteren Tritt an, schlug gegen Lodes linken Arm, als er sich rollte, und schlug eine seiner Pistolen weg. Lode schoss jedoch seine rechte Hand hervor und fegte Eve von den Füßen. Sie sank auf Lodes Ebene, schien aber im Gegensatz zum Cowboy nicht die Energie zu haben, sich zu bewegen.

»Ausgerechnet jetzt fängst du eine Schlägerei an? Nach so vielen Jahren, in denen du mir gesagt hast, ich soll meine Knarre wegstecken, und dann legst du voll los? Gegen mich?« Lode klang ehrlich verletzt. Er stand auf, gerade rechtzeitig für Fade, um einen Ellbogen um den Hals des Cowboys zu legen, sich zu stützen und Lode zu Boden zu werfen.

Bevor der Cowboy die Chance hatte, sich zu bewegen, schnappte Fade die andere Pistole und warf sie das Treppenhaus hinunter.

»Keine Waffen mehr, Lode.« Fade wich vom Cowboy zurück, gab ihm die Chance, auf die Beine zu kommen. »Du und ich. Hände und Füße.«

Draußen war das Geräusch von Schüssen versiegt. Sirenen ersetzten es. Blinkende Lichter drangen durch die Fenster auf der anderen Seite des Gebäudes. Rot und Blau. Lode bemerkte es auch. Streckte seine Arme aus.

»Na gut«, sagte der Cowboy. »Los geht's, Alterchen.«

Fade blieb leichtfüßig, als Lode sich näherte, wobei der Cowboy seine linke Faust vor die rechte hielt. Als würde er in eine Rauferei gehen. Fade wartete, bis Lode auf einen Meter herangekommen war, und genau als der Cowboy einen Schritt nach vorne machte, huschte Fade in Lodes Reichweite. Verpasste ihm drei schnelle Schläge in den Unterleib und beendete es mit einem Knie in den Bauch des Mannes. Lode wich zurück und Fade nutzte den Raum, um seinen rechten Fuß aufzusetzen und sich in einen Tritt zu drehen. Er traf Lodes Seite und warf den Cowboy die Treppe hinunter.

Fade folgte dem Sturz. Er sprang von der ersten Stufe und traf Lode, als dieser versuchte, auf dem Treppenabsatz aufzustehen. Drückte Lode gegen das Geländer, und Fade stürzte sich in einen Schlaghagel. Ließ die Emotionen durch seine Fäuste in Lode fließen, jeder Schlag eine teilweise Vergeltung für Jaycee.

»Lass ihn in Ruhe.« Die Worte kamen von hinter Fade, aber er kannte die Stimme.

»Du willst ihn nicht retten«, sagte Fade zu Veronica, ohne den Blick von Lodes zerschlagenem Gesicht abzuwenden. »Er wird dir wehtun.«

»Ich weiß, dass er das wird«, sagte Veronica. »Aber ich brauche ihn.«

»Sie braucht mich«, stotterte Lode, oder war das ein Lachen. »Siehst du das, Fade? Du bist nicht der Einzige, den die Leute hier haben wollen.«

»Wirf mir das Abzeichen zu, Lode«, rief Veronica. »Wirf es mir zu, und du lebst. Wenn nicht, lasse ich Fade tun, was er will.«

Lode griff in seine Jacke, zog den grünen Edelstein heraus und warf ihn die Treppe hoch. Fade beobachtete, wie er flog, und sah, wie er zu Veronicas Füßen landete. Sie hielt ihre Hände an der großen Schrotflinte, an einer, wie Fade bemerkte, in deren Schaft die Initialen »C.P.« eingraviert waren. Wo war eigentlich ihr Vater?

»Ich wusste, dass noch ein bisschen Verstand in dir steckt«, sagte Veronica. »Fade, deine Freundin hier oben sieht wirklich schlimm aus. Du solltest ihr vielleicht helfen.«

Fade schaute zwischen Veronica und dem Cowboy hin

und her. Was er wollte, was Fade in diesem Moment mehr als alles andere tun wollte, war Lode über das Geländer zu stoßen. Seine Existenz auslöschen. Aber dafür würde später Zeit sein. Also wich er vom Cowboy zurück, der am Geländer zusammensackte, und ging dann die Treppe hinauf. An Veronica vorbei, die das Abzeichen in eine Tasche steckte und ihre Schrotflinte auf Fade gerichtet hielt.

Eve lag ausgestreckt auf dem Teppich, ihre Augen waren geschlossen und ihr Atem flach. Fade war kein Arzt, hatte keine medizinischen Hilfsmittel. Aber es gab eine Sache, die er tun konnte. Eine Möglichkeit, wie er ihr helfen konnte.

Fade beugte sich hinunter und zog das Abzeichen von seinem sorgsamen Platz um Eves Hals. Er führte Eves Hand zum Stein. Hielt seine eigene um ihre.

Er wollte Eve retten, ja, aber einer Polizeirazzia zu entkommen, wäre nicht der schlechteste Nebeneffekt der Welt.

»Los«, flüsterte Fade. »Bring uns zum Hain.«

Eve sagte nichts, aber Fade spürte, wie sie sich regte. Und sah, wie das Anwesen verschwand.

KAPITEL 15
NEUE LEBEN

NACHDEM SIE FADE am Fuß des Treppenhauses verlassen hatten, rannten Jaycee und Thalia zum hinteren Teil des Gebäudes. Sie wussten nicht, wo ein Ausgang war, aber sie konnten den Geräuschen von stampfenden Füßen und Rufen nach anderen folgen. Bald darauf, hinter einer Reihe von Büros und kleinen Räumen mit sauberen Theken und seltsamen Maschinen, fanden sie Doppeltüren mit einem roten Ausgangsschild darüber. Draußen befand sich ein Weg, der um das Gebäude herum zur Vorderseite führte, wo die Autos parkten.

Das Gewehrfeuer hatte aufgehört und hinterließ ein leeres Loch, wo zuvor ein Höllenlärm geherrscht hatte. Jaycee sah eine Kavalkade von Blinklichtern um die Ecke des Gebäudes. Rot und blau. Die Polizei war eingetroffen und hatte die Vorstellung beendet.

»Sollten wir versuchen wegzulaufen?«, fragte Jaycee Thalia.

»Wir müssen zu meinem Auto kommen und dann an ihnen vorbeirasen. Ich glaube nicht, dass das funktionieren wird. Besser, wir spielen das Opfer.«

»Glaubst du nicht, dass wir verhaftet werden?«

»Keine von uns hat eine Waffe mitgebracht«, sagte Thalia. »Keine von uns hat jemandem wehgetan. Wir gehören zu keiner dieser Gruppen. Wir müssen etwas geschickt argumentieren, aber wir schaffen das.«

Sie folgten anderen Pline-Mitarbeitern zur Vorderseite des Geländes. Dort standen, wie eine Phalanx aufgereiht, ein Dutzend Polizeiautos, ein SWAT-Van und genauso viele Krankenwagen. Leichen wurden verladen, und die Verwundeten wurden genäht und auf die Rückseite der Notfallfahrzeuge geworfen, die dann davonrasten und zurückkehrten wie Bienen, die aus einem Bienenstock kommen und gehen. In der kühlen Nachtluft, unter dem Mondlicht, hätte Jaycee das Ganze hypnotisierend gefunden, wenn sie nicht so erschrocken gewesen wäre. Ihr Vater war immer noch nirgends zu sehen. Sie hatte innerhalb von weniger als zwei Tagen kaum einen weiteren tödlichen Vorfall überlebt. Wozu sich ihr Leben auch entwickelte, es schien, als ob sie nicht mehr viel länger leben könnte. Ihr Glück müsste doch irgendwann ausgehen, oder?

»Bleib einfach ruhig«, sagte Thalia, als sie sich dem ersten Paar Beamten näherten, die den Parkplatz bewachten. Die wenigen Autos, die übrig blieben. »Lass mich reden.«

Und Thalia redete tatsächlich. Die Beamten stellten ihnen Frage um Frage. Durchsuchten beide. Fanden zum Glück die Messer nicht. Notierten Thalias Namen, Jaycees Nummer und winkten sie dann durch.

»Das war gar nicht so schwierig«, sagte Jaycee, die auf dem Beifahrersitz saß.

»Sie müssen die meisten Verdächtigen bereits haben«, sagte Thalia. »Jedenfalls diejenigen, denen sie eine Straftat anhängen können.«

»Was ist mit Fade? Eve? Warten wir hier auf sie?«

Thalia lehnte sich in ihrem Sitz zurück. »Wir können ihnen ein paar Minuten geben. Länger, und wir werden die falsche Art von Aufmerksamkeit auf uns ziehen.«

»Glaubst du, dass er okay ist? Hätten wir bleiben sollen?«

»Fade ist ein schlauer Typ. Ein verdammt guter Kämpfer. Er hat so gute Chancen, da rauszukommen, wie jeder andere.«

Jaycee starrte aus dem Fenster zurück zum Gelände. Beobachtete die Nachzügler, die das Gebäude, die Garage verließen. Ihr Vater war nicht unter ihnen. Sein Gesicht tauchte nicht auf. Wo auch immer Fade war, er war nicht bei ihr. Nach fünf Minuten seufzte Thalia, griff nach vorne und drehte den Schlüssel. Der Motor sprang stotternd an.

»Können wir noch länger warten?«

»Jaycee, an diesem Punkt wurde dein Vater entweder verhaftet oder getötet. Oder er ist mit Eve zurück zum Grove gegangen.«

»Du bist so tröstlich«, antwortete Jaycee. Getötet. Was, wenn Fade dort hinaufgegangen und ermordet worden war, während Jaycee davonlief?

»Du hättest nichts tun können«, sagte Thalia, als ob sie spürte, worüber Jaycee nachdachte. »Du hast ihm bereits genug geholfen. Du hast Fade eine Chance gegeben. Verderbe das nicht.«

Aber als Thalia vom Gelände fuhr, vorbei an der Polizeiblockade und den winkenden Händen der Beamten, konnte Jaycee sich nur fragen, ob sie ihren Vater zurückgelassen hatte, als er sie am meisten brauchte.

Veronica hielt die Schrotflinte auf den Cowboy gerichtet. Ignorierte sein entwaffnendes Grinsen. Sie hatte jetzt das Abzeichen, und das war, was zählte.

»Veronica«, sagte Lode, wobei Überheblichkeit in seiner Stimme mitschwang. »Du hast bekommen, was du wolltest. Dann hast du die kleine Ratte entkommen lassen. Also lass uns reden. Was willst du?«

»Ich will, dass du mir zeigst, wie man das Abzeichen benutzt«, sagte Veronica.

»Hab's dir schon gesagt«, erwiderte Lode. »Das Abzeichen funktioniert auf zwei Arten. Entweder musst du am Rande deines Lebens stehen, oder du musst ein Raker sein. Und du bist keins von beidem, also wird es nichts für dich tun.«

Unten im Treppenhaus hörte Veronica die Geräusche der herannahenden Polizei. Sie brachen in Räume ein und überprüften, ob sich dort Personen befanden. Wenn sie gehen wollte, müsste es bald sein. Lode hörte die Geräusche ebenfalls und nickte die Treppe hinunter.

»Komm schon. Wir haben nicht viel Zeit. Du hast einen Weg hier raus?«, fragte der Cowboy.

»Ob ich einen habe oder nicht, spielt keine Rolle«, sagte Veronica. »Du musst dir nur Gedanken darüber machen, ob ich dich mitnehmen werde.«

»Und wie erwartest du, deinen Vater ohne meine Hilfe zurückzubekommen?«

»Du gehst davon aus, dass ich ihn zurückhaben will.« Veronica zog sich einen Schritt zurück. Es fühlte sich seltsam an, die Worte laut auszusprechen, aber sie fühlte es. Sie wusste, dass es stimmte. Christopher Pline hatte ihr nie etwas anderes als Verachtung gezeigt, sie nie anders behandelt als als eine Last. Eine Form, die in ein nützliches Ebenbild geformt werden sollte.

In ihrem letzten Gespräch hatte ihr eigener Vater gedroht, dass Veronicas Leben vorbei sein würde. Jetzt, jetzt hatte sie eine Chance, es zurückzubekommen. Der Preis war hoch, aber es war ihr Leben.

»Wer will nicht seinen Daddy zurück?«, sagte Lode. Veronica bemerkte den besorgten Unterton in seiner Stimme. Unten betrat die Polizei das Treppenhaus. Die Zeit wurde knapp.

»Ich muss darüber nachdenken«, sagte Veronica. »In der Zwischenzeit könntest du wahrscheinlich ein paar Jahre in einer Zelle gebrauchen.«

Lode schüttelte den Kopf. »Wenn du denkst, dass ich ins Gefängnis gehe, liegst du falsch. Gib mir das Abzeichen.«

Der Cowboy rannte vorwärts und setzte zu einem Schulterangriff auf Veronica an. Sie drückte ab. Die Schrotflinte brüllte, schoss in Lodes Schulter und schleuderte den Cowboy von ihr weg. Und dann rannte Veronica. Wandte sich vom Treppenhaus ab zur Seite des Gebäudes, eine Hintertreppe hinauf zum dritten und dann zum vierten Stock. In das Büro ihres Vaters. Schob die Schrotflinte in einen Safe, setzte sich in den Sessel ihres Vaters und wartete.

Als die Polizei kam, erzählte sie ihnen die Geschichte. Ihr Vater, wahnsinnig vor Macht, ein seltsamer angeheuerter Cowboy, der aus Rachsucht verhasste Gruppen zusammengebracht hatte. Der einen Kampf angestiftet und unzählige Schäden verursacht hatte. Veronica hatte sich natürlich herausgehalten. War im Büro ihres Vaters eingeschlossen geblieben, bis der Ärger vorbei war. Was den Verbleib ihres Vaters betraf, hatte sie keine Ahnung.

Und das war alles, wonach gefragt wurde, bevor die Anwälte kamen. Bevor alle beträchtlichen Ressourcen ihres Vaters zu ihren Gunsten ins Spiel kamen. Assistenten und Anwälte, die einschritten, um ihren Namen reinzuwaschen.

Um ihren Hals hing die ganze Zeit ein glitzernder grüner Edelstein, eingefasst in Gold.

Eine Stunde. So lange dauerte es nach Fades Schätzung, bis Eve von der sterbenden Blässe zu einer normaleren Hautfarbe zurückkehrte. Sie saßen in dem silbrigen Raum im Turm, wohin das Abzeichen sie gebracht hatte. Saßen, während Eve schlief und Fade sich um seine Tochter sorgte.

Schließlich öffnete Eva jedoch die Augen. Sie holte tief Luft.

»Wie fühlst du dich?«, fragte Fade.

»Ich bin jetzt so oft vom Rand des Todes zurückgekommen«, sagte Eve. »Ich weiß nicht einmal mehr, wie es sich anfühlen würde zu glauben, dass dies das Ende wäre. Zu wissen, dass ich nicht mehr aufwachen würde, wenn ich die Augen schließe.«

»Ich würde sagen, das ist ein Plus, oder? Ich weiß ja nicht, wie es dir geht, aber ich würde dieses Gefühl lieber nie haben.«

Eve lachte leise. »Das ist es eben. Nach einem Jahrhundert beginnt sich deine Perspektive zu ändern.«

»Ich werd's mir merken.« Fade stand auf. Ging über den farbenfrohen Boden zur Tür und drückte sie auf. »Ich will dich nicht drängen, aber ich habe eine Tochter, die ich sehen muss. Eine, die sich wahrscheinlich um mich sorgt.«

»Dann sollten wir uns in Bewegung setzen«, sagte Eve, während sie aufstand. »Übrigens danke. Es ist lange her, dass ich auf der anderen Seite von Lodes Waffen stand.«

»Das Geheimnis ist, sie ihm wegzunehmen«, sagte Fade. »In einem Faustkampf hat er nicht viel zu bieten.«

»Mit etwas Glück werden wir ihn nicht wiedersehen.«

Sie gingen durch die Tür auf den Balkon. Fade schaute über das Geländer hinunter zum Wasserbecken. Bereit für einen weiteren Fall. Diesmal musste Eve ihn nicht stoßen. Fade kletterte über den Rand, hing dort für eine Minute, während sein Verstand ihm immer noch sagte, dass Loslassen einen schnellen, matschigen Tod bedeuten würde, und dann fiel er. Hinunter, die kühle Luft umwirbelte ihn und fing ihn dann ein paar Meter über dem wogenden Poolwasser auf. Selbst wenn dies sein letztes Mal sein sollte, war Fade froh, dass er noch eine weitere Chance dazu bekommen hatte. Es lag etwas Befreiendes darin, durch die Luft zu stürzen und alles, was man hat, alles, was man ist, in die Hände von etwas anderem zu legen.

Eve kam hinter ihnen herab, und gemeinsam gingen die beiden hinaus in den Innenhof.

»Warum hast du das gesagt?«, fragte Fade. »Über Lode?«

»Ich hoffe es, aber ich glaube es nicht«, sagte Eve. »Wenn er nicht schon wieder hier ist, dann hat Veronica immer noch sein Abzeichen. Vielleicht bleibt das so.«

»Aber ist er nicht dein Partner?«

»Nicht mehr. Nicht, nachdem wir mit dem Gärtner gesprochen haben.«

»Dann wirst du die Einzige sein?«

Eve antwortete nicht, und es dauerte eine Sekunde, bis Fade verstand, warum. Eine spinnenartige Kreatur kam auf sie zu, ihre Beine klapperten schnell aneinander. Zu seiner Überraschung verstand Fade, was die Kreatur sagte.

»Eve! Du kommst zum schlimmsten Zeitpunkt zurück. Minuten zu spät!«, sagte das Spinnendings und fuhr fort. »Da war ein anderer Mensch hier. Ein älterer Mann. Er war nicht so nett wie das Mädchen von vorhin. Jaycee.«

»Jaycee?«, sagte Fade, und das Spinnendings sah ihn an.

»Freut mich, dich kennenzulernen, ich bin Sassix. Ich

habe Jaycee vor nicht allzu langer Zeit getroffen. Sie war sehr nett, für einen Menschen.«

»Sassix«, sagte Eve. »Was ist mit dem anderen Mann passiert? Wer war er?«

»Da musst du den Gärtner fragen. Er hat den Mann weggeschickt.«

Eve warf Fade einen Blick zu. »Das ist nicht gut.«

»Was meinst du? Was hat der Gärtner getan?«

»Er ist sehr beschützend«, sagte Sassix. »Nur eine begrenzte Anzahl von jeder Welt darf hier sein. Zumindest vorerst. Wenn die Zahl überschritten wird, nun ja, dann wird es chaotisch. Und ihr hattet in letzter Zeit viele Menschen, die hier durchkamen. Ich glaube, er wurde ungeduldig.«

Eve dankte Sassix, und Fade ging mit ihr an den Tischen vorbei und der großen Auswahl an seltsamen Kreaturen, die an ihnen speisten. Die Pflanze von vorher, Arlow, war nirgends zu sehen. Viele andere, seltsame und farbenprächtige, hatten seinen Platz eingenommen. Sie näherten sich der großen Kugel mit ihren verschlungenen Metallsträngen, und als sie das taten, begannen diese zu wirbeln. Das Schwarze und Weiße verschob sich und schoss auf sie zu, formte sich zu demselben metallischen Mann wie zuvor. Der Gärtner in menschlicher Gestalt.

»Du bist zurückgekehrt. Ohne Lode. Ich nehme an, das bedeutet, dass mit ihm abgerechnet wurde?«

»So weit man mit einem Raker abrechnen kann«, sagte Eve. »Ich brauche, dass du ihn entmachtest. Seinen Kern abschaltest. Lode hat das Recht verwirkt.«

»Bist du sicher? Es ist keine Kleinigkeit, einen Raker zu verstoßen.«

»Ich bin sicher. Was auch immer für ein Versprechen Lode einst darstellte, er hat es verloren. Er hat versucht, mich zu töten, er hat versucht, Fade zu töten, und er verursacht mehr Chaos, als dass er hilft. Ich sehe keinen Weg, ihn zurückzubringen.«

»Dann gewähre ich dir als ranghöchster Raker für die Erde dein Recht. Es wird erledigt«, sagte der Gärtner. »Natürlich wird eine solche Handlung den Mann nicht töten. Du wirst selbst abdrücken müssen.«

»Damit komme ich klar.« Eve legte ihre Hand auf Fades Schulter. »Und er wird helfen.«

»Du hast zwei Rakers verloren«, sagte der Gärtner. »Der Druck könnte dich zu einer übereilten Entscheidung treiben. Bist du sicher, dass er die richtige Wahl ist?«

»Moment«, unterbrach Fade. »Was geht hier vor?«

Der Gärtner sah ihn an, wie ein Lehrer einen Schüler ansehen würde, der eine einfache Frage stellt. Oder ein Elternteil ein Kind, das das Offensichtliche feststellt. »Eve glaubt, dass du ein guter Raker sein wirst. Ein Wächter des menschlichen Fortschritts. Bereit, das Notwendige zu tun, um das Wachstum deiner Zivilisation zu sichern, ungeachtet dessen, was dies erfordert.«

Fade starrte Eve an. »Davon hast du mir nichts erzählt.«

»Als Anatole mich rekrutierte, hat er es mir auch nicht gesagt. Stattdessen sagte er mir, als ich an derselben Stelle stand, an der du jetzt stehst, dass Ja zu sagen alles bedeuten würde. Es würde bedeuten, aufzugeben, was du heute hast, und es gegen ein endloses Leben voller schwieriger Entscheidungen einzutauschen. Voller Trauma, Gefahr und Hoffnung. Ob sie es wissen oder nicht, der Rest der Menschheit ist auf uns angewiesen. Ich denke, du hast das Temperament, Fade. Ich denke, du hast die Fähigkeiten und die Hartnäckigkeit, um das durchzustehen. Ich wäre glücklich, dich als Raker an meiner Seite zu haben.«

Da lag eine Entscheidung. Eine Wahl zurückzugehen,

Nein zu sagen und zu hoffen, dass er zu seinem Haus zurückkehren könnte. Zu Nächten, in denen er Schläger in Restaurants verprügelte, Menschen für Lösegeld entführte und schließlich Jaycee zum College verabschiedete, bevor er unvermeidlich den falschen Auftrag annahm und tot auf der Straße endete. Oder er könnte etwas Bedeutenderes tun.

Eigentlich war es überhaupt keine schwere Entscheidung.

Thalia schaltete die Maschine ein und als das vertraute Blubbern einsetzte, blickte sie zu Jaycee hinüber, die auf ihrer Seite ausgestreckt lag, das Handy vor ihrem Gesicht. Sie schrieb jemandem. Die Uhr bewegte sich auf elf zu. Eine Stunde bis Mitternacht und hier stand sie und brühte Kaffee auf.

»Keine Nachricht?«, fragte Thalia das Mädchen.

»Nichts«, sagte Jaycee. »Ich habe sogar einen Freund beim Haus vorbeigeschickt. Nur Absperrband, keine Lichter.«

»Wir hätten inzwischen gehört, wenn die Polizei ihn mitgenommen hätte«, sagte Thalia. »Die ganze Sache mit dem Anruf.«

Sie sah, wie Jaycee nickte. Die Kaffeemaschine zischte eine Minute später aus und piepte, um zu melden, dass der Kaffee fertig war. Der Kaffee war hartes Zeug, wie ranzige Schokolade, die über einem Bunsenbrenner gehalten worden war. Thalia trank Kaffee nicht wegen des Geschmacks: Sie trank ihn, um wach zu bleiben. Und dieser erfüllte seinen Zweck gut. Sie stellte den Becher auf ihre Theke; eine, die L-förmig um die kleine Küche mit mindestens ein Jahrzehnt veralteten Geräten verlief. Ein Fernseher stand an der gegenüberliegenden Wand vor der Couch. Eingeschaltet, aber stumm. Eine Wiederholung des

Tagessports. Beruhigend, die Spiele zu beobachten. Weniger gefährlich als ihre eigenen.

Sie waren in dieses Chaos gegangen, um Fade zu retten, und es war nicht klar, ob sie Erfolg gehabt hatten. Ungewiss, ob es wert gewesen war, ihr Leben zu riskieren. Thalia hatte jede Menge Nachrichten auf ihrem Handy von ihrem Onkel. Er hatte es als vorteilhaft empfunden. Sie waren reingekommen, hatten ihre Rivalen ausgeschaltet und waren verschwunden, bevor die Polizei irgendeine Art von Blockade bilden konnte. Jetzt erzählte er ihr von all den neuen Geschäften. Dankte ihr für die Idee.

Nichts geht über die Begünstigung einer wilden Schießerei.

Das Klopfen erschreckte beide. Thalia verschüttete etwas Kaffee auf der Theke, fluchte, und während sie es aufwischte, rannte Jaycee zur Tür. Öffnete sie. Fade, eine Sporttasche in der Hand und mit müdem Lächeln, stand auf der anderen Seite. Jaycee tat nichts anderes, als in die Arme ihres Vaters zu springen. Ihn in eine Umarmung zu wickeln. Thalia gab ihnen Raum. Bewegte sich für einen Moment aus Fades Blickfeld und ließ sie dieses kleine Wiedersehen haben. Schließlich trat Jaycee jedoch zurück und ließ Fade in die Wohnung kommen.

»Thalia«, sagte Fade. »Danke. Nicht nur dafür, dass du uns hier bleiben lässt, sondern auch dafür, dass du mich geholt hast.«

»Glaub mir«, sagte Thalia. »Du bist eine gute Investition.«

Fade lachte. »Du wirst nicht glauben, was passiert ist.«

»Ich weiß nicht, ob dir das aufgefallen ist, aber wir haben in letzter Zeit eine Menge seltsames Zeug durchgemacht. Im Moment würde ich wahrscheinlich alles glauben, was du mir erzählst.«

Fade schaute sie an, dann Jaycee. Holte Luft. »Eve hat mich gebeten, einer ihrer Partner zu werden. Ein Raker.«

»Wie der Cowboy? Lode?« Jaycee sprach den Namen aus, wie man einen verhassten Feind erwähnt. Spuckte ihn aus, mit Feuer und Essig.

»Richtig, nur ist er nicht mehr bei ihr. Soweit wir wissen, hat die Polizei ihn. Oder Veronica hat ihn getötet.«

»Oder sie arbeiten zusammen«, sagte Thalia. Fade bestätigte den Kommentar mit einem Kopfschütteln.

»Was bedeutet das also, Papa?«

»Ich weiß es noch nicht«, sagte Fade. Er zog seine Jacke aus, stellte die Tasche ab. Dann griff er in die Tasche seiner Jeans und zog einen grünen Edelstein mit Gold drum herum heraus. »Aber jetzt habe ich einen von diesen. Und ich weiß, wie man ihn benutzt.«

»Du kannst jederzeit zum Grove gehen?«, fragte Jaycee.

»Wann immer ich will. Ich soll Eve morgen dort treffen.« Dann ließ Fade das Lächeln von seinem Gesicht fallen und wandte sich an Thalia. »Ich weiß, das ist wahrscheinlich keine tolle Nachricht für dich. Aber ich schließe mich ihnen an.« Fade hielt den Blick, aber Thalia konnte spüren, wie sich das Gespräch änderte. »Wir brauchen einen weiteren Raker. Wenn ich sie überzeugen kann, denke ich, du wärst willkommen.«

»Danke für das Angebot, Fade«, sagte Thalia. »Aber ich kann nicht.«

»Du kannst nicht?«

»Es waren die Leute meines Onkels, seine Teams, die das Gelände zusammengeschossen haben«, sagte Thalia. »Sie kamen, um mir zu helfen. Sie kamen für einen Preis.«

»Du machst doch nicht.«

»Ich muss, zumindest für eine Weile«, sagte Thalia.

Allein diese Worte auszusprechen, kostete sie viel Kraft. Zurück zu dem Leben, das sie zu verlassen versucht hatte.

»Worüber redet ihr beide?«, fragte Jaycee.

»Ich werde für meinen Onkel arbeiten«, sagte Thalia. »Das war der Deal.«

»Für wie lange?«, fragte Fade. Thalia zuckte mit den Schultern. »Weißt du, wenn du ein Raker würdest, würde all das keine Rolle spielen. Er könnte es nicht über dir schweben lassen.«

»Fade, weißt du überhaupt, was ein Raker verdient? Wie willst du dein Haus reparieren? Wer wird sich um Jaycee kümmern?« Thalia wedelte mit den Armen in Richtung ihrer eigenen Wohnung. »Mein Onkel mag eine schlechte Wette sein, aber ich werde mir keine Sorgen machen müssen.«

Fade wollte etwas sagen, nickte dann aber nur. Warf einen Blick auf seine Tochter. »Komm schon, Kleine, ich bin erschöpft. Wie wäre es, wenn wir uns bettfertig machen und Schluss machen? Wenn ich mich recht erinnere, solltest du morgen in der Schule sein.«

Das Problem vermeiden. Typisch Fade.

Aber als Thalia in dieser Nacht ihr eigenes Licht ausschaltete, starrte sie in die Dunkelheit. Kämpfte gegen Erinnerungen und die Albträume, die mit ihnen kamen. Sie hatte schon früher für Geld getötet, und jetzt würde sie es wieder tun. Verdammt seien ihre eigenen Versprechen.

Am nächsten Morgen klingelte Fades Wecker, bevor die Sonne die Berge im Osten überragt hatte. Violettes Leuchten schwebte durch die Fenster als Zeichen der Morgendämmerung. Er erhob sich von der Couch, Jaycee noch bewusstlos auf der anderen Seite des Bettes. Zog die Kleidung an, die er am Vorabend gekauft hatte, und setzte einen Topf Kaffee auf. In der nächsten Stunde standen auch die anderen beiden auf, ahmten seine Routine nach. Alles war normal.

Fade setzte Jaycee an der Schule ab – Thalias Wohnung lag in einem anderen Teil der Stadt, weit weg von der Busroute des Mädchens. Sie sprachen über das Wetter. Über die Fächer, die Jaycee an diesem Tag haben würde.

Eine Übung in bewusster Vermeidung.

Fade fuhr an seinem eigenen Haus vorbei. Absperrband über dem Vorderfenster und der Tür. Er fuhr in die Einfahrt und ging hinein. Durch ein Wunder, oder vielleicht verscheucht von all den Einschusslöchern, waren sie noch nicht ausgeraubt worden. Er bahnte sich seinen Weg durch die Trümmer. Er würde heute Anrufe tätigen. Bauunternehmer. Die Wände reparieren, alles reparieren. Er müsste mit Eve über dieses Gehalt sprechen.

Sein Bett allerdings. Das war noch da. Immer noch gemacht seit diesem Morgen. Keine Kugeln hier. Kein zersplittertes Glas. Er legte sich auf die Bettdecke, zog den grünen Edelstein aus seiner Tasche und baumelte ihn vor seinem Gesicht.

Sein neuer Arbeitsweg, direkt hier.

Mit einer Hand umklammerte er das Abzeichen. Konzentrierte sich und drückte seinen Daumen gegen den unteren Teil.

Das erste Mal zum Grove zu gehen, war zu schnell passiert, um es zu spüren. Zu unerwartet, um es zu verstehen. Jetzt jedoch erfasste Fade die Verschiebung. Das blendende Wegblinken des Hauses und das Erscheinen des Turms. Der silbrige Raum.

Fade folgte den Funken zur Tür, warf sich über den Balkon und bahnte sich seinen Weg über den überfüllten Hof zu dem Tisch, an dem Eve stand. Rakers aller möglichen Spezies stellten sich vor der Kugel auf, gingen hindurch zu unbekannten Welten.

Eve blickte zu Fade auf und schenkte ihm ein willkommendes Lächeln.

»Hast du den Anfängerfehler gemacht?«, fragte Eve ihn, als Fade herankam.

»Anfängerfehler?«

»Das Abzeichen von zu Hause benutzt?«

Fade nickte.

»Es funktioniert nur in eine Richtung, erinnerst du dich?«, sagte Eve. »Du solltest das nächste Mal in der Nähe eines der Orte parken, zu denen das Publikum uns schicken kann.«

»Ah. Ja. Das hab ich nicht gemacht.«

Eve lachte. »Es war schlimmer, als es noch keine Autos gab. Oder Taxis.«

Fade blickte auf den Tisch. Das Publikum hatte das leuchtende Raster aktiviert. Eines leuchtete besonders hell. Eve zeigte darauf.

»Unser nächstes Ziel.«

Eine Teenager-Tochter großzuziehen und gleichzeitig die Welt zu retten – was kann da schon schiefgehen?

Setze Fades Abenteuer in *Das Verderben des Unsterblichen* fort:

ÜBER DEN AUTOR

A.R. Knight schreibt Science-Fiction und Fantasy im eiskalten Norden von Wisconsin. Mit zwei Katzen, die ihm Gesellschaft leisten, taucht er gerne in Abenteuer ein, die sich ebenso sehr um den Bösewicht wie um den Helden drehen.

Nach einem Journalismus-Studium und einer Reise durch das Land, bei der er Gesundheitssoftware installierte, dachte A.R. Knight, es wäre gut, zu dem zurückzukehren, was er liebt. Jetzt hat er ein kleines Büro und frühe Morgenstunden, um all die Geschichten zu spinnen, die in seiner Fantasie entstehen.

Wenn er nicht schreibt, reist A.R. Knight gerne überall hin, sei es zu Inseln vor der Küste Ecuadors, in den Regenwald, zum Snowboarden in den Rocky Mountains oder um Scotch in Edinburgh zu trinken. Das ist das Schöne am Schriftstellerleben – man kann es überall hin mitnehmen.

DANKSAGUNG

Es gibt diese Vorstellung, dass Schreiben ein einsamer Akt sei, aber nichts könnte weiter von der Wahrheit entfernt sein. Jeder Autor ist auf Freunde, Familie und natürlich die Leser angewiesen, um seine Geschichten weiterzuspinnen.

Insbesondere möchte ich meiner Frau Nicole danken, deren grenzenlose Liebe und Ermutigung jeden Tag heller machen. Meinen Brüdern Jonathan, Justin und Matthew und meinen Eltern Bob und Mary, die mir helfen, ein Lächeln im Gesicht zu behalten.

Und natürlich euch allen Lesern, die dieses Leben möglich machen.

Danke.

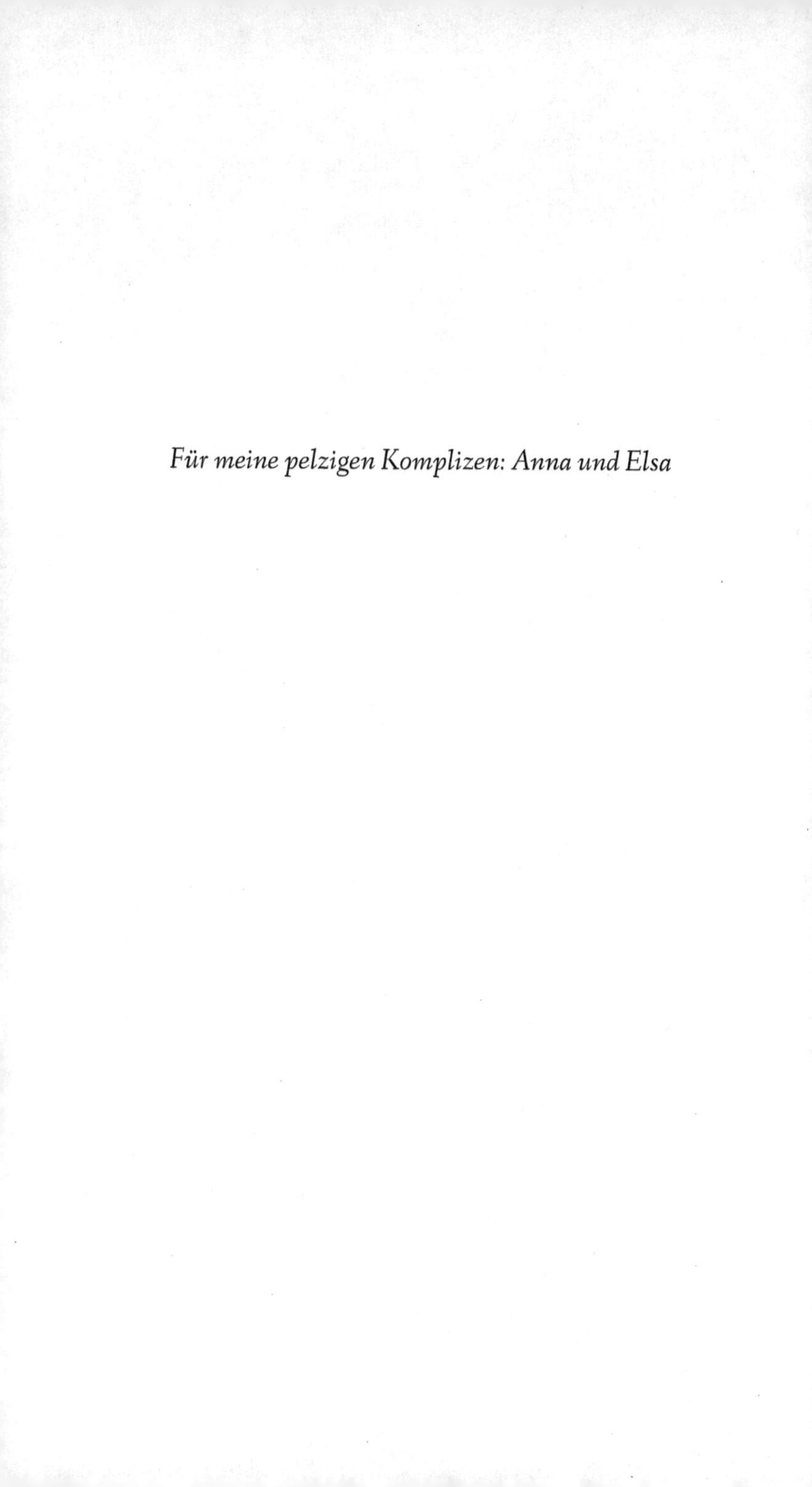

Für meine pelzigen Komplizen: Anna und Elsa

E-Book ISBN: 979-8-88858-661-7

Print ISBN: 979-8-88858-662-4

Vellum flower icon Formatiert mit Vellum

www.ingramcontent.com/pod-product-compliance
Lightning Source LLC
LaVergne TN
LVHW101916220826
846093LV00009B/271

* 9 7 9 8 8 8 8 5 8 6 6 2 4 *